新庄 耕 Shinjo Kou

地面師たち

集英社

地面師たち

一

「干支（えと）は？」

隣の後藤（ごとう）がとうとつに言った。

「え」

緊張した面持ちのササキが間のぬけた声を出している。拓海（たくみ）は、アイスティーのグラスをテーブルにもどした。

「え、ちゃうで。しっかりしいや。これから本番なんやで、頼むわ。ジイさん、ぎょうさん練習したんやから、ちゃんと頭に入ってんねやろ」

後藤は苛立（いらだ）たしげな声をもらし、ベルトを隠すほどの脂肪でおおわれた腹をゆするようにして座り直した。

駅からほど近い喫茶店には、拓海と同年代だろうか、出勤前と思（おぼ）しき三十代後半の女性がノートパソコンをひろげていたり、よれたスーツを着た中年男性が放心したように虚空（こくう）を見つめて紫煙をくゆらせたりしている。各席はゆとりをもって配され、適度なざわめきもあるためか、窓際に面したこちらのテーブルに関心をはらうものはいない。

拓海はアイスティーにささったストローを口にくわえ、後藤の表情をうかがった。かろうじて残された頭髪をポマードで後ろになでつけ、仕立てのいいスーツを身にまとっている。一見して店内のどのビジネスマンより紳士然としていても、ササキをにらみつけるその目は険しい。

「ササキさん」

拓海は、かたい空気を振り払うようにつとめて明るく呼びかけた。

「先方と会ったら、いつどんなタイミングで質問が飛んでくるかわかりません。いつでも答えられるように心の準備をしておいてください。気を張る必要はないです。リラックスして、ごくごく自然に、なるべくわざとらしくならないように」

そう落ち着いた声で語りかけると、ササキはすがるような目をして小さくうなずいた。

「もっぺん最初から暗唱させた方がええわ。不安やわ、こんなん」

横から後藤がじれったそうに声を出す。

拓海と後藤はこの日はじめてササキと対面した。その「出来」については、本番に耐えうるというハリソン山中（やまなか）の所感しか知らされていない。

「ジイさん、あんたの名前は？」

「し、島崎健一（しまざきけんいち）」

身をせり出した後藤に気圧（けお）されつつも、ササキがおずおずと答えている。拓海は、氷の溶けたアイスティーを口にふくみながら、二人のやりとりに耳をかたむけた。

「生年月日」

「生年月日は……昭和十五年の二月……十七日」

ササキの眼がせわしなく左右にさまよう。この日のためにたくわえられた口髭（くちひげ）が、声を発するたび毛虫のごとく動き、窓外にあふれる七月の朝陽をうけて白く光っていた。

「西暦で言うてみ」

間髪いれず後藤がたずねる。

「ええと……一九四〇年の二月十七日。干支は辰で、生まれは新潟の長岡――」

「あかんあかん。訊かれてもないことそんなぺらぺら話したらあかんて。訊かれたことだけでええねん。余計なこと言うたらあかん。すぐボロが出る」

後藤がとがった声でたしなめると、ササキはすみませんと小さく言ってテーブルに眼を落とした。拓海はすかさず表情をゆるめ、ササキをなだめた。

「ササキさん、質問には短く答えるだけで結構です。もし仮に事前におぼえてないことや答えられない質問がきたら、曖昧に言葉をにごしてください。その場合は我々の方でフォローするようにしますから」

フォローすんのも限界あるやろ、と隣の後藤が不満そうに口をとがらせている。

後藤が神経質になるのも無理はなかった。ササキがひとつ受け答えを間違えるだけで、拓海たちがこれまで入念に積み重ねてきたものが崩れ去り、残代金の六億円をとりっぱぐれることになってしまう。拓海は、不安の色を隠そうとしない後藤をなだめつつ、引きつづき暗記事項の確認をササキに求めた。

ササキは緊張を解きほぐすようにコップの水を飲んでから、ふたたび口を開いた。氏名にはじまり、生年月日、干支、出生地、家族構成、家族の氏名や年齢、隣近所の状況、最寄りのスーパーマーケットの名前、物件の概要や外観、売却の理由などと多岐にわたる。ところどころ言葉に詰まるところはあったものの、もれなく記憶にきざまれているらしい。

今回のプロジェクトでターゲットとしている物件の所有者は、島崎健一という七十八歳の男性だった。数年前に妻と死別してからはひとりで暮らしていたという。昨年の夏に都内の老人ホームに入居し、現在はそこを生活の拠点にしている。

　島崎健一のなりすまし役を立てるにあたって、ハリソン山中らはいつもより多くの候補者と面接したと聞いている。中にはこのササキよりも演技力に秀で、容姿や背格好についても、島崎健一にもう少し似ている者もいたらしい。どの候補者を選出するか意見が分かれたものの、結局はその優れた記憶力を買ってササキを採用したハリソン山中の判断は間違っていなかったとあらためて思った。

「ほんで拓海くん、書類の方は大丈夫なん？」

「ええ。何度もチェックしたので」

　三日前に、後藤をふくむメンバーの最終打ち合わせが終わったあとも、拓海はハリソン山中とともに書類や証明書に誤りや漏れがないか、時間を割いて確認作業を行っていた。

「見してくれる？」

　こちらが足元にある茶革のダレスバッグから書類を取り出すのを見て、後藤が速乾性の透明なマニキュアの小瓶をテーブルに置いた。

「もしまだやったら、これ使うてな」

　注意して見れば、後藤の太い指の腹がかすかにつやめいている。両手の指すべてに塗られたマニキュアはすっかり乾ききり、昆虫の殻のように固まって皮膚に密着していた。

「ありがとうございます。僕はもう済ませてきたので、結構です」

　拓海は丁重に答えながら、親指と他の指をさりげなくこすり合わせた。かすかな異物感がつたわってくる。

指の腹や掌に、アメリカの専門業者から取り寄せた超極薄の人工フィルムが貼ってあった。海外の諜報機関などにも採用されたという最新の特殊フィルムで、表面には架空の指紋や掌紋の凹凸がほどこされているうえ、人間と同じ皮脂成分の油膜が塗られている。専用の薬品を使わなければフィルムを剝がすことはできず、お湯や少々の力がかかったくらいではビクともしない耐久性もそなえていた。

物的証拠となりうる指紋の隠蔽は、この仕事をする上では欠かせない。それでもマニキュアを使用した詐欺事件があまりにも頻発したせいで、近頃は、書類などに指紋がひとつもないと、二課の刑事も逆に地面師の仕業を疑うという。後藤のやり方はもう古い。

「……あの」

書類を後藤にわたそうとすると、テーブルのむこうからササキの声がした。

「どうかしましたか」

拓海はササキの方に顔をもどした。

「私も、それを塗った方がよろしいでしょうか」

ササキの視線が、テーブルに置かれたマニキュアの小瓶にのびている。

「ああ、いらんいらん」

いとわしそうに後藤が顔をしかめて、羽虫を払うように手を振る。子供に言い聞かせるような声でつづけた。

「ジイさんは横に座って、あっちの質問にちょこちょこっと答えるだけで終わりやから、こんなもん、なんも心配せんでええ。全部こっちの話。ダイジョウブ。無事に片付いたら残りのお金もろうて、温泉でもゆっくり浸かり」

後藤に代わってマニキュアを塗ってあげようか……すぐに思い直した。いわばスケープゴートであり、形式上の主犯だった。罪をかぶる可能性が高い。罪の重大さと事件の性質ゆえ、指紋をごまかした程度のことで当局の追及から逃れられるはずもなく、ただの気休めにしかならない。

拓海は、さりげなくササキに眼をむけた。

後藤に恐縮しながら相槌を返しているその顔には、長い時間を経て堆積した苦労と、そこから生じる淡い諦念の色がにじみ出ている。七十代なかばを過ぎた身で、借金を返済するために昼間は都内の地下駐車場で管理業務のアルバイトにはげみ、夜は交通誘導員として路上で赤色灯を振っているのだという。かつては名古屋の高級クラブに給仕として勤め、マネージャーにまで昇りつめて華やかな時代を過ごしたこともあったらしい。店の金に手をつけてからは暗転し、いまや当時の面影をうかがい知ることは難しい。

「ジイさん、あんたこれ済んだらどないすんの。なんか当てあるん?」

「……ええ。あの、知人が長崎におりますので、そちらの方にしばらく世話になろうかと」

後藤の問いに、ササキがうつむきがちに言葉を返している。

このプロジェクトによっていわば主役を演じるササキが手にする報酬は、きっかり三百万円でしかない。まとまった金とはいえ、借金を完済するには遠くおよばず、日本を離れて東南アジアなどの海外へ逃亡をはかろうにも中途半端な金額だった。国内の地方都市でひっそりと身を隠すぐらいが現実的な選択なのだろう。

後藤がスーツの袖をまくり、ギョウシェ彫りがほどこされたランゲ&ゾーネの文字盤に眼をやる。約束の時間が迫っていた。

拓海から受け取った書類などを、後藤がファイルから抜き出してひとつずつ確認していく。以前はまっとうな司法書士だったという後藤の眼差しはするどい。印鑑登録証明書、登記事項証明書、固定資産評価証明書、固定資産税課税明細書、運転免許証、実印、物件の鍵……一部の証明書をのぞいてすべて偽造品だった。いずれも道具屋によって精巧に造られている。実印は最新の３Ｄプリンターで寸分たがわず偽造し、運転免許証にいたっては本物と同じＩＣチップが組み込まれている。素人目にはまず本物と見分けがつかない。

「身分証は、ジイさんが持っとかなあかんな」

後藤はそう言って、実印と免許証をササキに手渡した。

「あっちで本人確認求められるから、そんときこれ見したって。財布に入れといた方が自然やわ」

ササキは、自身の顔写真が載った、島崎健一の免許証を興味深げに見つめたあと、色褪せて端がやぶれた革の財布にそれをおさめ、真新しいフランネル地のジャケットの内ポケットに実印とともにしまった。ササキのために拓海が靴やシャツとともに用意したジャケットは、多少の着慣れない感じはするものの、一応は資産家風の印象をあたえてくれている。

「ほんで拓海くん、あれからあっちはなんか言うてきたん？」

後藤が書類の入ったファイルを拓海にもどす。

「いえ、特になにも。決済をせかされて多少うんざりはしてましたけど」

「場所の件も？」

拓海はダレスバッグにファイルをしまいながらうなずいてみせた。

通常、不動産売買の決済場所に使われるのは、銀行の応接室や会議室がほとんどだった。そうでなければ不動産業者の事務所が多い。今回、売主側である拓海たちは、いわば第三者的立ち位置にある弁護士事務所を指定していた。職業柄ひとを値踏みするのが習い性となっているだろう銀行と直接対峙することを避けるだけでなく、行内に設置された防犯カメラに自分たちの姿を残さない狙いもあった。

必ずしも一般的とはいえない決済場所に関して、当初、先方は戸惑いを示しはしたものの、いまのところはっきりとした疑義は出されておらず、こちらを信用しているといっていい。計画は順調にすすんでいた。

「なんや。今度のは、えらい張り合いないな」

後藤がわざとらしくうそぶき、嬉しそうに目尻に小皺をつくっている。

その隙だらけの表情をながめているうち、古い記憶が脳裏をかすめ、しだいに重苦しさがつのってくる。厚く塗り固めていた胸底が音を立てて割れそうな感覚にとらわれる。無意識に奥歯を嚙みしめていることに気づいた途端、右の頬から目尻のあたりにかけて、その箇所だけ固有の意志をもったように痙攣しはじめた。

「どないしたん？」

後藤が怪訝そうに見ている。

「いえ、大丈夫です」

顔面の痙攣もそのままに、拓海は無理に笑顔をつくって言った。コップの水を口にしているうち、やがて痙攣はおさまっていった。

むかいのササキが、落ち着かない様子で窓の方をながめている。後藤が、ふと思い出したようにこちらに眼をむけた。

「そういえば、拓海くんってハリソンとどれくらいの付き合いになるん？」

「四年ぐらいになりますかね」

その間、ハリソン山中とどれくらいの仕事をしただろう。小さい仕事(ヤマ)もふくめればそれなりの数におよぶ。

「なんや、まだそんなもんなん？　俺よりぜんぜん短いやん。めっちゃ白髪(しらが)やし、もっと前からつながってんのかと思うてたわ」

後藤が拍子抜けしたような声を出す。

「そもそも、拓海くんっていくつなん？」

今年で三十七になると答えると、後藤は信じられないといったように瞠目(どうもく)していた。

拓海が後藤と一緒に仕事をするのはこれで二回目となる。それ以前に後藤がハリソン山中とどのような関係にあったのかほとんど知らない。

「大きなお世話かもしらんけど、拓海くんも、いつまでもハリソンなんかにおんぶにだっこのままやと足すくわれるで。他人を信用しすぎたらあかん。自分の身は自分で守らな」

「ありがとうございます、気をつけますよ」

いくらか分別臭い説教を適当にいなしていると、その反応が気に入らなかったのか、ふいに後藤の顔つきが険しさをおびた。

「もともとあいつはな……」

そう言いかけて、後藤は口をつぐんだ。

店員がコップの水をそそぎにあらわれる。拓海はそれを断ると、腕にはめたガーミンの文字盤に眼を落とした。ディスプレイの片隅に表示された心拍数は平時の目安である七十を示し、デジタルの針はもう少しで九時二十分を指そうとしている。待ち合わせの弁護士事務所は地下鉄の隣駅からすぐのところだった。時間には余裕を持っておいた方がいい。

「ぼちぼち行こか」

後藤がテーブルの伝票をつまんで腰をうかせた。


弁護士事務所の応接室に通されると、すでに不動産業者であるマイクホームの関係者が待っていた。

これまで事前交渉や売買契約締結のため拓海と何度か顔をあわせているマイクホームの社長の他に、胸に社長と同じプラチナの社章をつけたその部下二人と、マイクホーム側の司法書士だろう、見知らぬ若い男の姿もある。

席に荷物を置くなり、どちらからともなく名刺交換がはじまった。

拓海は、〝スパークリング・プランニング〟という不動産コンサルタント業をかかげる社名と、今回のプロジェクトで使用している〝井上秀夫（いのうえひでお）〟という偽名が記された名刺を手にした。後藤とともに挨拶にまわっていく。型通りの挨拶とはいえ、残代金の支払いと所有権の移転が同時におこなわれる、不動産売買のクライマックスとも言うべき決済を前にして皆口数は少ない。妙な緊張感が室内にただよっている。関西弁をつらぬく後藤の快活な声だけが、やたらと大きくひびいていた。

ほどなく名刺交換が終わり、総勢八名におよぶ顔ぶれが明らかとなった。

買主側は、マイクホームの三名と彼らが用意した司法書士の一名が居ならび、売主側は、この取引を表向き取り仕切り、売主の代理人役をつとめている拓海、仲介業者役の後藤、売主役をつとめるササキがならぶ。ミーティングテーブルの端には、立会人であり、ふだんはここ「さかい総合法律事務所」に間借りしながら活動している四十代前半の弁護士が座っていた。

拓海は、かたい空気をときほぐすように軽く会釈すると、テーブルのむかいにならんだマイクホーム関係者を見回して口をひらいた。

「本日はお忙しいところご足労いただきましてありがとうございます。いろいろと無理ばかり申し上げましたが、無事にこの日をむかえられて嬉しく思っております」

「こちらこそ、このたびは貴重な物件を私どもにお譲りくださり、深く感謝申し上げます」

四十代なかばという実年齢よりずっと若く見える、端整な顔立ちをした社長が目礼する。慇懃(いんぎん)な語調とは対照的に、不躾(ぶしつけ)な視線が拓海の左隣でうつむきがちに座っているササキの方へそそがれていた。

マイクホーム側がササキと会うのは今日がはじめてだった。

社長は、今回の取引がはじまって以来一度ならず、物件の所有者である島崎健一との面会を拓海に要請してきた。島崎役のササキを何度も会わせれば、それだけ偽者と見抜かれる可能性が高まってしまう。できるかぎりリスクを軽減するため、体調不良や気難しい性格などの理由をその都度でっちあげ、いずれの要求も突っぱねていた。

高額な金銭がやりとりされる不動産売買において、買主側は、書類などの形式上の精査だけでなく、慎重を期してその物件が本当に所有者のものなのか、現地視察とは別に対面での本人確認をすることが少なくない。ましてや今回のようにはじめての取引相手で、親族でもない第三者の拓海が売主の代理人ならばなおさらだった。その意味では、今日まで面会を先延ばしされてきたマイクホーム側のササキに対する露骨な反応は、むしろ自然といえるかもしれない。

「それでは時間も限られていることですし、早速はじめましょうか」

拓海が明るい声でうながすと、右隣に座る後藤がつづいた。

「せやせや、早いとこ片付けましょ。それと個人的なあれですんまへんけど、ワタシ、ちょっと午後から大阪に戻らなあかんのですわ」

場をなごませるように、後藤がわざとらしく卑下(ひげ)した笑みを満面にうかべている。

マイクホーム側の反応はうすかった。一様に硬い表情をくずそうとしない。

拓海がダレスバッグから取り出した書類をテーブルの上にならべると、むかいの司法書士もそれにならい、決済に必要な書類の確認が双方でおこなわれた。

今回、取引対象となっている物件は、恵比寿(えびす)駅にほど近い土地だった。地積は三百四十三平米を有し、七億円あまりの売値でマイクホーム側とすでに折り合いがついている。坪単価にして七百万円弱ほどで、実勢価格が一千万円を超えるこのあたりの土地の相場からすると相当に安い。現況は築五十年以上経過した二階建ての空き家で、庭の草木が手入れもされず鬱蒼(うっそう)としている。都心の一等地でありながら、古びた民家に独居老人が住んでいただけで権利関係に複雑な事情は見られず、抵当権も設定されていない。誰にも土地を売らないという所有者の島崎の思いとは無関係に、このエリアを得意とする不動産業者の間では知られた物件だった。

拓海たち地面師が、島崎健一が老人ホームに入ったという情報を得たのは、入居して半年ほど経った昨年末のことになる。それからあわただしくも周到に準備をすすめ、方々に偽の情報を流すと、いくつかの問い合わせと紆余曲折(うよきょくせつ)を経たのち、二ヶ月ほど前にマイクホームから不動産ブローカーを通じて買いたいという知らせを受けた。拓海は、売主の代理人としてマイクホーム側と交渉をかさねると、大幅な割引にくわえ他にも多数の購入希望者がいることを理由に急かし、あおった。ひそかに作った合鍵で物件の内覧を実施するなど相手をその気にさせて、早々と売買契約を締結し、この日の決済をむかえるにいたっていた。

いかにも実直そうな司法書士が、拓海から受け取った書類に順に眼を通していく。

拓海は平静をつくろって指を組んだ。相手の名刺を一枚ずつ値踏みするようにながめている後藤と、体をかたくしているササキの方へさりげなく眼をやりつつ、テーブルのむこうにたえず神経を集中させていた。知らぬうちに汗ばみはじめ、指先に貼った人工フィルムの異物感がやたらと意識される。

「にしても、あんた、えらい若いな」

後藤がおもむろに顔をあげ、マイクホーム側の司法書士に眼をむけた。

まだ三十代前半に見えるその司法書士は、ふいに声をかけられて、縁無しの眼鏡をかけた顔に動揺の色をあらわにしている。

「登録年次いつなん？」

後藤が高圧的にたずねると、司法書士は心なしかたじろぎながら、登録して五年あまりだと答えた。

「なんやあんた、まだ年次制研修、一回しかうけとらんの。職業倫理めっちゃ大事やで。そんなんで、こない大事な決済つとまるんかいな。ちょっと心配になってきたな」

座が静まり、不穏な空気が室内に流れた。

言いがかり同然の、後藤の不満げな発言に、司法書士は儀礼的に低頭して顔をひきつらせている。マイクホームに対する体裁もあるのだろう、書類を確認する手つきはいかにもやりづらそうだった。

司法書士が皆の視線に耐えながら、丹念に確認作業をつづけていく。

不動産の価格にもよるが、不動産売買にかかる所有権移転登記で司法書士が受け取る報酬の相場は、十万円前後らしい。落ち度があれば顧客から多額の損害賠償請求をされることもありうる。そのリスクの大きさからすると、必ずしもじゅうぶんな報酬とはいえないだろう。若くして独立開業を果たしたこの司法書士はいい加減にかたづける気はないようで、自身に課せられた職務を誠実にこなそうとしている。

途中、気になるところが出てきたのか、司法書士がすでに確認済みの書類を手元にもどそうとしたときだった。その様子をじれったそうに見ていた後藤が口をひらいた。

「そんなちんたらせんと、はよせえよ。新幹線の時間あんねんぞ。乗りそびれたらどないしてくれんねん」

あからさまに険(けん)をふくんだ声だった。

「すみません、島崎さんも午後から老人ホームの定期回診があるようなので、なるべく急いでいただけますか」

拓海が丁重に補足すると、司法書士の隣で落ち着きなく見守っていた社長が代わりにうなずき、それとなくうながしている。

その様子を見ているうち、最初にマイクホーム側と対面した際に社長が発した、懇願するような言葉が思い起こされた。

――お願いします。うちに買わせてください。

主に投資用ワンルームマンションの開発・販売を手がけるマイクホームは、創業七年目ながら社員六十名あまりをかかえていて成長いちじるしい。不動産の仲介から事業をスタートし、販売代理、専有卸を経て、今回がはじめての自社開発となる。

一部上場という経営目標をかかげるマイクホームにとって、自社開発はいわばその足がかりだった。目標実現のために、以前から都内の良質なマンション用地を探していたものの、競争が激しく、開発されつくした都心ではまったく見つからなかったのだという。そのような状況下にあって、島崎健一が所有する恵比寿の一等地が売りに出たとなれば、マイクホームが前のめりになるのも無理はなかった。

たとえば、建蔽率八十%、容積率四百%、前面道路十四m、高度四十mに制限された今回の土地に目一杯のマンションを建築すると、共用部分をふくめても、区の条例を満たした二十八平米の単身者用のワンルームや、より広いファミリーむけの部屋が三十室前後はとれるだろうか。賃貸価格の相場が坪あたり二万円強となるこのエリアでは、満室時の年間賃貸収入が九千万円以上は見込め、そこから諸経費を差し引くと八千万円ほどに落ち着く。仮に利回りを三・五%と期待するなら、マンションの評価額はおよそ二十数億円と算出されることになる。

今度の土地の売値を決めるにあたって、拓海たちは、どれくらいの価格が買い手の心をつかみ、同時に怪しまれず、それでいて自分たちの利益が最大になるか協議をかさねた。最終的に、市場価格からすれば破格だが、現実味を残す七億円と設定した。その値段で土地が仕入れられれば、建築設計費用のほか各種税金や近隣対策費用などを考慮しても、原価はおおむね十五億円ほどにおさえられる。リスクに見合っただけの、大幅な利益が見込めるだろう。まして島崎の所有する土地は都内屈指の一等地にある。商業地のみならず、住宅地としても人気エリアにあり、かつ駅にも近いとなれば、売れ残ることはない。

社長はそうした、今回の契約がもたらす種々の利益と、失敗した折の損失を嫌というほど認識しているからかもしれない。書類確認に慎重な姿勢をかろうじて見せつつも、売主側の機嫌をそこねて万が一取引が破談にならぬよう心をくだいている気配が濃厚だった。

気まずそうな薄笑いをうかべていた司法書士が、ササキに顔をむけた。

「それでは、島崎さま。本人確認をいたしますので、顔写真つきの身分証明書をご提示いただけますか」

入室してから一言も言葉を発していないササキは、いくぶん緊張した面持ちで小さくうなずくと、ジャケットの内ポケットから財布を取り出し、中にしまっていた免許証を司法書士へ示した。

「直接拝見してもよろしいですか」

司法書士は「島崎健一」の免許証を受け取った。形状や外観を確認してから、氏名や住所表記などに視線を走らせ、券面の写真とササキの顔を見比べている。

「では、念のためいくつか簡単にこちらから質問させてください」

司法書士が呼びかけると、ふたたびササキはうなずいてみせた。

「島崎健一さまご本人で、お間違いないですね」

「……間違いありません」

ササキの表情に動揺らしき色は見受けられない。少し答えづらそうにしている雰囲気が、かえって「本物」っぽさを演出できているとすら感じられる。

「生年月日を教えていただけますか」

「昭和十五年の、二月十七日」

ここに来る前の喫茶店でのやりとりを再現するように、ササキがよどみなく答えている。拓海は、平穏な心もちで耳をかたむけていた。

「干支をお願いします」

免許証と卓上のメモを見ながら司法書士が淡々とした調子でつづける。

「ええと……せ、一九四〇年生まれの二月十七日生まれで、た、辰」

記憶を呼び起こすようにササキが眼をつむりながら答えた。暗記した内容に気をとられすぎて、余計なことまで答えてしまっている。思わしくない流れに、拓海は眉間(みけん)のあたりがこわばってくるのを自覚していた。

「こちらに二枚の写真がありますが、ご自宅の写っている方を教えていただけますか」

司法書士が二枚のコピー用紙をテーブルの上にならべた。

片方の用紙には、正面から撮影されたと思しき島崎健一邸のカラー画像が印刷されていた。長らく風雨にさらされつづけた石塀はまだらに黒ずんで苔(こけ)が付着し、そのむこうに、このあたりではいまやほとんど見かけなくなった瓦葺(かわらぶ)きの木造家屋が建っている。もう片方には、島崎邸と同じ年数ほど経年劣化したように見える民家が写っている。一見して雰囲気は似ていても、瓦の色や窓の配置、塀の造りなどがちがう。

ササキが口をつぐんだまま、コピー用紙を凝視している。喉元が、動揺するように大きく上下に動いていた。

想定していない鋭い質問だった。ササキに島崎邸の写真をさらりと見せてはいたものの、細部の造りまでおぼえさせることはしていない。忘れてしまったか、この画像だけでは判断がつかないのかもしれない。

拓海が助け舟を出そうとしたとき、いかにも山を張ってという感じで、ササキが島崎健一邸の写った用紙を指さした。

　うなずいた司法書士がなおも質問しようとしている。

「まだやるん？」

　後藤が、皆に聞こえるような声で口をはさんだ。

「せっかく、こちらの弁護士の先生が島崎さん本人やって証明書つくってくれはったのに。そんな今日会っただけの、なんも知らん司法書士が、弁護士の先生や、天下の公証人の本人確認をうたがったりしてええんかな」

　そうつづけて、弁護士の方を一瞥（いちべつ）した。

　マイクホームと交渉する前、拓海たちは、あらかじめ目星をつけていたこの弁護士のもとへ、島崎健一を装ったササキを単独でむかわせている。そこで、土地の権利証を紛失したとして、所有者であることを証明する「権利証に代わる書類」の作成を依頼させていた。

　この書類、すなわち「本人確認情報」さえあれば、権利証がなくとも不動産の売却が可能となる。書類作成の責任をおう弁護士をいわば善意の加害者として参加させると同時に、今回の決済場所であり、弁護士がふだんから間借りしている、ベテラン弁護士事務所の看板を利用して、このプロジェクトの真実性を強化する狙いもあった。

　聞けば、当初弁護士は、万が一の事態を恐れたからなのか、それとも単純に疑わしさを感じたからなのか、書類作成をしぶったらしい。それでも他人の事務所を間借りしているぐらいだから仕事の依頼は多くないのだろう、結局は相場をはるかに超える報酬で、京都方式の登記共同代理とともに引き受け、生年月日や干支といったいくつかの質疑応答と偽造した免許証によって、ササキを島崎健一本人であると認定した。

ふいに皆の視線を浴びる形となった弁護士は、拓海たちにはめられているとも知らず、まんざらでもない表情で手元の手帳に視線を落としている。

後藤の一言と弁護士の後ろ盾が利いたらしい。本人確認はそれでうやむやとなった。

「それでは島崎さま、こちらのご自宅をマイクホームさまにお売りしてもよろしいですか」

司法書士が、島崎健一邸の画像が印刷された紙を示す。

皆が注視する中、予行演習どおりササキが、

「……はい」

と、ひかえめにうなずいた。

司法書士の指示にしたがって、買主の社長と売主のササキが登記関係の書類に次々と記名、押印していく。

「ここと、それからここにも実印をお願いいたします」

ササキの表情は相変わらず余裕が失われているものの、書き慣れた感じが出るまで何度も筆写させたはずの〝島崎健一〟の文字に迷いはなかった。指示にしたがって実印を押す動作もそつがない。

室内は物静かだった。紙のめくれる音やペンを走らせる音がひびいている。

拓海は安堵(あんど)した心もちでササキの様子を見つめていた。隣の後藤も、もはや司法書士を急き立てるようなことはせず、黙って見守っている。

やがて、それぞれの記名と押印済み書類の確認を終えた司法書士が、出席者を見回しながら口をひらいた。

「登記申請書類はすべて整いました。決済をしていただいて結構です」

知らぬうちに息を詰めていた拓海は、鼻腔（びこう）からゆっくりと息を吐き出した。ここまでくれば、あとは残代金の振り込みだけだった。

今回の契約では、買主と売主の二者間取引のため、手付金や中間金を差し引いた六億円近くにおよぶ残代金は、マイクホームの口座から島崎健一の口座に振り込まれることになっている。無論、自宅が売却されていることなどつゆほども知らない島崎健一本人の口座に振り込まれることはない。拓海たちは、運転免許証を偽造するなどして、漢字の異なる〝シマザキケンイチ〟名義の架空口座を用意していた。手付金や中間金については、すでにその口座に振り込まれており、マイクホーム側もなんら疑いをもっていない。

司法書士の言葉をうけ、マイクホームの社長が部下の男性社員に対して残代金の支払いをするよう指示を出している。男性社員はその場で、銀行に待機させている別の担当者に送金を実行するよう電話をかけた。

人声がまばらになった。間もなくそれも絶え、重い空気がひっそりとした室内にただよう。十分は経ったような気がするが、ガーミンの文字盤を見ると三分しか経っていない。心拍数があがり、九十を超えている。拓海は所在なくテーブルの書類を整理しつつ、遅々とした時間の流れを意識していた。

残代金が架空口座に振り込まれ、着金確認がとれしだい、拓海の部下という設定でハリソン山中から連絡がくることになっている。それでほとんど片がつく。通常は一時間もせず完了するだろうか。銀行の混雑状況によってはそれ以上かかることもないではない。

密室に欺く者と欺かれる者が顔を突き合わせ、なにもせず、じっと待つよりほかないこの時間がいとわしかった。後藤も、プロジェクトの成功を目前にして柄にもなく緊張しているのか、黙って卓上のスマートフォンに眼を落としている。

おもむろに社長がササキの方に微笑をむけたかと思うと、

「あの、今日はわざわざこちらまでお越しくださって、ありがとうございました」

と、口をひらいた。

「老人ホームの住み心地はいかがですか」

着金確認前とはいえ、社運をかけた取引を一応はまとめあげて気をよくしているのか。上気した社長の顔には、不安と紙一重の、無理やりこしらえたような興奮がひろがっている。

売主が個人の場合、不本意な理由で売却を迫られているケースもありうる。とりわけ今回のように希少な物件の場合、買主側は、些細なことで売主が機嫌をそこね、気が変わらぬよう、会話は時候の挨拶程度にとどめ、求められれば口を開くという態度をとることが多い。マイクホームの社長が積極的にササキへ話しかけるのは、拓海たちにとって意外だった。

「……ええ。そうですね……まあ」

役目を終えて気を抜いていたらしいササキが、ふいの問いかけに狼狽(ろうばい)していた。

島崎健一が現在入居している老人ホームについては、入居一時金に億を超す金が必要なこと以外は、ホームの名称と所在地ぐらいしか事前情報をササキに伝えていない。それ以外のことをたずねられても答えられるはずがなく、下手に答えればあっさりと化けの皮がはがれてしまう。

「社長さん、そらそうですわ。島崎さんがいてはるホームはえらい上等なとこやから、下手なホテルなんかよりよっぽど快適です」

スマートフォンを注視していた後藤がいつもの調子で強引に回答を引き取る。相変わらず馴(な)

れ馴れしいその声に、わずかながら焦燥の響きがふくまれている。

「そうですよね。あそこはラグジュアリー度でいったら都内でも指折りですもんね。メディアでもよく取り上げられてますし、レストランの中にお鮨屋さんが入ってたりなんかして」

「ああ……そうそう。鮨屋な。ええよな、鮨」

魚嫌いの後藤がササキに代わって苦し紛れに言葉を返している。島崎健一が住む老人ホームに関する情報については、後藤も拓海もほとんど知らないも同然だった。

にわかに状況が切迫してくるのを感じた拓海は、マイクホーム側に気づかれないようテーブルの下でスマートフォンを操作した。ほどなく、すぐ隣で携帯電話が鳴った。

ササキはポケットから携帯電話を取り出すと、事前の取り決めにしたがって、無言の相手にむかって応対するふりをしている。

「ホームからで……」

ササキが送話口を手で押さえながら、大事な話をしなければならないのだと言いたそうな眼でこちらを見ている。相手に気づかれる恐れがあるときの緊急避難だった。喫茶店で繰り返した練習よりも、自然な振る舞いだった。

「それでは、いったん外しましょう」

拓海は皆に聞こえるように言い、ササキを連れて部屋の外へ出た。

弁護士事務所の外でササキを落ち着かせている間、拓海はスマートフォンを内ポケットから取り出し、老人ホームとは別の話題に変えるよう後藤にメッセージを送った。

五分ほどしてから、ササキとともにもどると、応接室はにぎやかな笑声に満ちていた。拓海の指示どおり、後藤がうまくやってくれたらしい。駅の立ち食いそば屋に見る関西と関東の出汁の違いについて、誇張しながら比較文化論まがいの持論を述べ、いつもの調子で皆の笑いをとっている。

無事に危機が去り、席についた拓海はくつろいだ心もちで後藤の雄弁な語りに耳をかたむけた。

「思い出した」

ふいの声だった。

それまでずっと黙っていた新人と思しきマイクホームの若い女性社員が後藤の話を断ち切り、ササキに顔をむけている。つけまつ毛に縁取られた目を嬉しそうに見開きながら、なにか重大なことをひらめいたと言わんばかりに、スーツの上からでもわかる豊満な胸の前で合掌している。

「さっきの老人ホームって、もしかして、いずみ鮨さんの二番手さんが握りに来てくれるところじゃないですか。そうですよね。アタシ、知ってます。昔からいずみ鮨さんよく行ってるんです。親が大将のファンで」

よほどその鮨屋に思い入れがあるのか、女性社員は、苦笑いをうかべながらやんわりとたしなめる社長の制止にもとりあわず、いかにも我慢できないといった感じで話している。

思わぬ伏兵の出現に、後藤が脂汗をうかべながらどうにか話をそらそうとした。かえって彼女を勢いづかせるだけだった。

「あそこの鮨は本当に美味しいんですよね。お店で使ってるグラスもぜんぶ江戸切子で素敵だし。島崎さんも、いずみ鮨さんよく利用されるんですか」

後藤の努力もむなしく、女性社員がササキにたずねる。

「……ええ……まあ」

戸惑いを顔にうかべたササキがささやくような声で答えた。

「あんなに美味しいお鮨がご自宅で毎週食べられるなんて本当に羨ましいです。大将のお鮨も美味しいですけど、私は二番手さんの握るお鮨も大好き。赤酢のシャリで、あのなんとも言えない空気の入り方が絶妙で。あそこって、週に一度かな、二番手さんがいらっしゃると思うんですけど、何曜日でしたっけ」

ササキが口をつぐんだ。うつむいて適当にごまかすこともできず、なかば放心したように、立てつづけに質問してきた正面の女性社員を凝視している。

妙な沈黙につつまれた。

隣を見れば、後藤も発言の機を逃したらしい。ササキの方を傍観したまま固まっている。拓海はにわかに頭部が熱をおびてくるのを意識した。外に避難する手をもう一度使いたかったがどうしてか体は動いてくれない。なんとかしてこの場をとりつくろわなければならないというのに、唇はこわばり、くすぶった焦りだけが胸底にわだかまっていく。

マイクホーム側の面々に怪訝そうな色があらわれはじめたとき、とっさに拓海は口をひらいた。

「火曜……だったかな。いや、水曜日だったたっけな」

腕組みをし、余裕のない表情のまま天井を思案げにあおぐ。皆の視線が自分の方にむけられたのに気づくと、その顔にぎこちない笑みを貼りつけ、言い訳がましくつづけた。

「あ、すいません。じつは先日、私もお鮨行ったんですよ。別にそんな高級なところじゃなくて、くるくる回るやつなんですが、イクラを頼むと皿にこぼれるぐらい山盛りにしてくれたりして、ついたくさん食べ過ぎちゃって、二十皿以上はいったかな。あれ、何曜日だったかななんて急に思い出してしまいまして。すみません……なんか」

なんら脈絡のない、雑音同然の空言だった。それでも、ササキにむけられていた注意がうやむやになっていくのがわかる。

「ちゃうで、あれ水曜やで。そのあとお姉ちゃんとこ行って、ほら、なんやっけ、あのミキちゃんって横についてくれた大学生の女の子。授業のない水曜しか出勤してへんて言うてたもん」

後藤が我に返ったようにすぐさま話を合わせてくる。もはやその声に焦燥の響きは感じられない。

「そうでしたっけ。酔っ払いすぎて、忘れてしまいました。たしかに、水曜でしたね」

拓海もいつもの平静さを取り戻すと、これ以上会話の主導権をマイクホーム側ににぎられぬよう、社長に水をむけた。

「社長はふだん、どのあたりで呑まれるんですか」

難が去ったその後も、ササキに質問がおよばぬようとりとめもない世間話で時間をかせいでいると、拓海のスマートフォンが鳴った。ハリソン山中からだった。無事に着金確認がとれたという。拓海は端末を握りしめたまま、後藤にむかって得意げにうなずいてみせた。

端で傍観者を気取っていた弁護士があくびを噛み殺す。気づけば室内の緊張はほぐれ、なごやかな空気がただよっている。

手数料の振り込みや銀行の記帳などが済み、領収書や取引完了確認書の写しを手にした司法書士が、法務局へ所有権移転の手続きにむかう。それを見届けてから、拓海は出席者全員に聞こえるように声を張った。

「以上で、すべての取引が完了いたしました。お疲れ様でした」


個室内には陽気な声がしきりだった。

拓海たちが談笑しながらメニューに眼を落としていると、入り口の引き戸がひらいた。

「ねえ、なんでまた焼肉なのよ。今回はロブションだと思って、すっごく楽しみにしてたのに」

ショッキングピンクのオータクロアを手にさげた麗子（れいこ）が入ってきて、その場に立ったまま不満そうに口をとがらせている。

丈の短いノースリーブの黒いワンピースからは、やや内股気味に湾曲した脚がのび、豊胸した胸元に毛先をカールした明るい色の髪がかかっている。ヒアルロン酸やボトックスを打った顔は不自然に突っ張っていて、うっすら年相応の陰りもただよっている。それでも後ろから見ればとても五十歳近くには思えず、実際、街を歩いているとしばしば声をかけられるのだという。

「麗子ちゃん、なに言うてんの。打ち上げ言うたら、肉に決まっとるやん。フレンチなんて、んなバタ臭いもん食うたらあかんて。盛り下がるやん」

後藤がメニューから顔をあげた。

「麗子は、そういう小洒落（こじゃれ）たとこは俺らなんかと行かない方がいいよ。どうせまた後藤さんがくだらないことばっか言って追い出されるだけなんだから」

後藤の隣にいる竹下（たけした）が、オールセラミックの真っ白な前歯をのぞかせながら乾いた笑声をひびかせた。

「そんなん言うたら、竹下さんなんか、追い出されるどころか入店お断りやん」

後藤がからかうような眼で竹下を見ている。

週に三日は日焼けサロンのあるサウナに通う竹下の肌は、異様に黒い。シャツからレザーのスニーカーまで全身を白のハイブランドでコーディネートしているため余計に目立つ。今年で齢(よわい)五十七をむかえ、当人によるとふたまわりは若く見られるとうそぶいているものの、正体不明の胡散臭(うさんくさ)さが際立っている。

竹下は独自のネットワークと組織をもち、土地の情報を集める図面師として一線を走りつづけてきた。今回のプロジェクトが成功したのも、いち早く島崎健一が老人ホームへ入居したことを察知した竹下の手腕によるところが大きい。

「麗子さん、気が利かなくてすみません。気兼ねなく話せるところの方がよかったので。次はロブションにしましょう」

拓海の右隣で皆のやりとりを見守っていた最年長のハリソン山中が、鷹揚(おうよう)な低声(こごえ)をひびかせた。

銀座の一流テーラーでフルオーダーするというダブルのスーツは英国製の高級生地でしたてられ、唐紅(からくれない)が鮮やかなハンドロールのシルクタイと調和をなしている。黒々とした髪とあごひげは品よくととのえられ、富豪にふさわしい格調と威厳をハリソン山中に与えつつ、前科二犯におよぶ地面師としての素顔と実年齢を隠すのに役立っていた。

「麗子ちゃん、そんなとこでごちゃごちゃ言わんと、はよここおいで」

後藤がそう言って、右手に空いた肘掛け椅子に腕をまわした。

「後藤さんの横はうるさいし、ポマード臭いから、拓海ちゃん、お隣いいかしら」

麗子が自分の隣に腰をおろす。

鼻をつくような甘ったるいフローラル系の複雑な香りがひろがった。

「拓海くん、店員呼んでくれる？　酒たのも、酒。とりあえずビール五つ」

「ビールなんて嫌よ。私はドンペリのロゼ」

後藤と麗子をいなして店員を呼び、ドリンクの注文を告げる。料理は、予約の際にもっとも高いコースを注文済みだった。

間もなく運ばれてきたドンペリのボトルが抜栓され、グラスにそそがれていく。ハリソン山中が小指に義指をはめた右手でグラスをかかげると、皆もそれにならった。

「皆さん、お疲れ様です。無事に今回もプロジェクトが成功して感無量です。これも皆さんのご尽力のおかげです。あらためて感謝申し上げます。今後もご協力いただくかと思いますが、ひとまず今夜は仕事のことは忘れて大いに愉しみましょう。乾杯」

ハリソン山中の、百八十センチを超える体には似つかわしくない澄ました声をうけ、皆一斉に歓声をあげながらグラスの酒を口にふくんだ。

ユッケやナムルなどのオードブルからはじまり、アワビの踊り焼きをはさんで、きめの細かい和牛の肉が部位ごとに網の上に載せられていく。埋込み式のガスロースターからはしきりに肉や脂の焼ける音がし、香ばしい匂いがテーブルにひろがる。次々とグラスの酒が空けられ、ひかえめな笑声とともにくだけた雰囲気が座に満ちていた。

「竹下さん、ちゃうねんて。拓海くんが途中でフリーズ起こしてえげつなかったんやって。せやけど、老人ホームの鮨屋は反則やで。あの、暴力的にでかいオッパイした姉ちゃん、いきなりペラペラペラペラしゃべりよって。ササキのジイさんにもからむし。どないしようか、ほんま困ったわ」

何杯目かのマッコリのグラスを手にした後藤が愉快そうに目を細めながら、武勇伝よろしく決済の一部始終を皆に話して聞かせている。かなり酒がまわっているらしい。大きな顔はすっかり赤らみ、禿げあがった額に皮脂がういて天井の光をはじき返していた。

苦笑しながら後藤の話を聞いていた拓海は尿意をおぼえ、席を立った。

個室を出て、途中ですれちがった男性店員にトイレの場所をたずねると、嫌な顔ひとつせず丁重な態度で教えてくれる。客単価の高いこの店で多くの客と接してきたはずの店員の眼には、自分のことがどのように映っているだろう。小綺麗にまとめた髪型や肌艶、セレクトショップで買い求めたシングルスーツ姿とは裏腹に、老人さながらの白髪のため年齢不詳に見えるかもしれない。

トイレから出たところで、通路にハリソン山中が立っていた。

「お疲れさまです」

そう言って、個室にもどろうとすると、すれ違いざまに、呼び止められた。

「彼らには油断しないでくださいね」

ハリソン山中が声を低める。

言われるまでもなかった。どれだけ酒が入ろうと、どれだけ熱にうかされようと、自分を見失うわけにはいかない。

個室では、変わらず皆が酒肴を楽しんでいた。

「ほんで竹下さん、今回の報酬、また例の教団につっこむん?」

後藤がマッコリを呑みながら興味深げな眼で竹下にからんでいる。

「もちろん。生徒数増えてきたからヨガ教室も増やさなきゃなんないし、教典とか冊子とか信者用のグッズもそろえなきゃなんないから」

竹下がいくらか得意げな調子で答えた。

何年か前に単立の宗教法人を手に入れた竹下は、図面師の仕事と並行して、布教活動と信者の獲得を活発におこなっているというのは拓海も聞いている。最初その話を耳にしたときは、そんな怪しげなものがうまくいくのかと半信半疑だった。信者数は今も順調に増加し、それにともなって寄付やお布施(ふせ)などの収入も右肩上がりなのだという。

「そんなゴキブリみたいに真っ黒な尊師で、信者なんか集まるの?」

竹下の顔を盗み見しながら麗子が笑いをこらえている。

「俺は表に出ないよ。出る必要もないし。表に出てチヤホヤされて喜んでるやつなんてさ、たいてい馬鹿だから。荒っぽいことしないで、淡々と当たり前のことしてりゃ自然とひとは集まってくるって」

「当たり前のことって、どういうことですか」

気になって拓海は口をはさんだ。

「要はみんな救われたいわけよ。病気だったり貧困だったり、死後のことだったり理由もなく生きるのが辛(つら)かったり、なにかしらの不安を多かれ少なかれかかえてるわけ。うちは現世利益(げんせりやく)うたってるけど、現世でも来世でも、ちゃんと真面目にお布施して信仰したならば、あなたは必ずや救われますよって言ってあげる。それが当たり前のこと。一族郎党すってんてんになるまで金むしりとったり、病が治るとか言ったりすると駄目だな」

「竹下さんが宗教やってる理由ってのはやっぱりお金なんですか」

宗教法人が一般法人よりも税制面で破格の優遇をうけ、有形無形の資産を築きやすいということは拓海も知識としては知っていた。

「当然。別に尊師になりたいわけじゃねえし、金はいくらあっても困らねえからな。それに、ずっとあぶねえ橋わたってらんねえって」

冗談とも本気ともつかない調子で竹下がうそぶいている。

それを聞いて茶化している後藤にしても、子連れの女と二年前に再婚したばかりで、地面師稼業のことは家族には一切伏せているらしい。いつまでも大きなリスクを引き受けていられないのは同じだった。

後藤も、父親が暴力団組員だったという竹下も、もともと一応は堅気(かたぎ)だった。それぞれ彼らなりの事情があって道を踏み外し、金のためにたまたま今こうして力を合わせているに過ぎない。ともに前科持ちで、いつまた塀のむこう側に落ちるともわからないリスクを思えば、どこかで区切りをつけるのもひとつの考え方なのだろう。むしろハリソン山中のように、どれだけひとを欺いても飽き足りない、骨の髄まで詐欺師気質が染み込んでいる人間の方が異常なのかもしれない。

「そういえば麗子ちゃん、ササキのオッサンってもう長崎に行ったの?」

トングを手にした竹下がシャトーブリアンを網に置きながら、麗子の方に眼をむける。

「今朝ね」

麗子が皿のカクテキに箸をのばす。

なりすまし役を手配するのは麗子の役目だった。今回のプロジェクトで採用したササキも、彼女の協力者の人脈から見つけてきたらしい。麗子は、デートクラブのマネージャーをしていたときにハリソン山中と知り合い、仕事を手伝うようになったという。他のメンバー同様、経歴は不明瞭だった。

「そうだ、ハリー。忘れないうちに」

麗子は箸を置いて、オータクロアから出した領収書の束をハリソン山中に渡した。

ササキや弁護士の報酬をはじめ、偽造書類の作成費などプロジェクトで発生した経費はすべてハリソン山中が負担することになっている。そうしたこともあって、ハリソン山中の取り分は他のメンバーよりも多い。今回で言えば、マイクホームからだまし取った七億円あまりのうち、三億円が首謀者であるハリソン山中にわたり、最も逮捕リスクが高い交渉役の拓海と後藤が一億円ずつ、応援部隊などの手配をした裏方の竹下が一億五千万円、麗子が五千万円、資金洗浄を経てそれぞれの架空口座に振り込まれていた。

「ササキさんの長崎までの航空代はわかるんですけど、この、飲食代と宿泊代っていうのは……百万近いですけど」

領収書に眼を落としていたハリソン山中が麗子の方に顔をむけた。

「今回はいろいろ調整しなきゃいけなくて、大変だったの。別にそれぐらいいいでしょ」

「そら高いわ」

後藤が顔をくもらせる。

「関係ないんだから黙ってて」

麗子は、真っ赤なマニキュアの塗られた指先でシャンパングラスの脚をつかみ、澄ました表情で酒に口をつけた。

「なるほど、そういうことなら承知しました。ササキさん以外の候補者の用意も大変でしたもんね。後ほど振り込んでおきます」

ハリソン山中が余裕のある声で言った。

あきれるほどやわらかいシャトーブリアンを平らげ、焼きもののなくなった網の下では、等間隔につらなった青い火がわずかにゆらめいている。グラスを握りしめたまま、その火を凝視していた拓海は、我に返り、テーブル下のつまみをひねってロースターの火を落とした。

店員があらわれ、冷麵やクッパのお椀(わん)を各自の前に置いていく。

「そう言えば、マイクホームの社長、今日発売の『フェイス』ですっぱ抜かれてたよな」

クッパをかきこんでいた竹下がスープを飲み干して言った。

「何の件でやられたんですか」

拓海が見たところでは、マイクホームの社長はいかにも女性から好かれそうな風貌で、派手に遊んでいそうではあった。それでも一般人であることに変わりはない。写真週刊誌にスクープされるなど思ってもみなかった。

「いや、俺もよく知らねえんだけどさ。あの社長、あれなんつったかな、なんとかっていう女子アナと付き合ってるみたいで、一緒にマンションから出るとこ撮られてたぜ」

竹下が皮肉まじりに口(くち)の端(は)を引き、オールセラミックの歯列がのぞく。

「そらおもろい。ごっついインチキディールまとめて、ええ気分になって女と乳繰り合(お)うてるとこ撮られたんか。傑作やな」

後藤が大げさに手をたたいて笑うと、炭水化物をパスしてひとりデザートのメロンを食べていた麗子もおかしそうに相好をくずした。

「早くて来週ぐらいですかね、法務局から所有権移転の申請が却下されるのは」

ハリソン山中が拓海に眼をむけていた。

今回のプロジェクトで用いた偽造書類それ自体は精巧に造られているとはいえ免許証番号やＩＣチップに記録された情報は島崎健一のそれとは別人のものだった。調べられればでたらめだとわかってしまう。法務局の登記官が書類の不正に気づくか、所有者の島崎健一へ通知がとどくのは時間の問題で、そう遠からぬうちにマイクホームに申請却下の連絡がいくことになるだろう。拓海は、おそらく、とハリソン山中を見てうなずいた。

「いずれにしろ、あんまりゆっくりはしてられませんね。私は明朝、メキシコのカンクンに発ちますが、皆さんはどうされる予定ですか」

ハリソン山中が皆を見回すと、他のメンバーも今週中には国外へ出発し、ほとぼりがさめるまでしばらく日本から距離を置いて雲隠れするという。麗子は愛人のいるハワイのコンドミニアムへ、後藤は家族には出張と称し、カジノで散財するためシンガポールとマカオへ、竹下はモナコの別邸で気ままに過ごすようだった。

「拓海ちゃんは？」

麗子が残り少なくなったメロンをスプーンですくいとりながら言う。

「拓海くん、また山やろ。ほんま辛気臭いで。あんなんしんどいだけやのに、なにがおもろいんかまったくわからへん」

麗子のぶんの冷麺を食べていた後藤が顔をしかめる。

拓海は曖昧に笑うだけで、否定はしなかった。明日の午前中に車で東京を発ち、福島県南会津の旅館で前泊してから、丸山岳を四泊五日で縦走する予定を立てている。

丸山岳にのぼるのはこれで二度目だった。登山道の整備どころか、道そのものが存在しない丸山岳をのぼるには、残雪期をねらうか無雪期に沢をさかのぼるかしかない。前回は残雪期の五月だったために、ほとんど雪山だった。同じ山でも、雪があるとないとでは景色がまったくちがう。今回はなるべく時間をかけてのぼり、緑の氾濫（はんらん）する丸山岳の大自然に少しでも長く身をひたしたかった。

個室の引き戸がノックされ、店員が食後のコーヒーを各自の前に置いていく。

「次はどういう感じなん？」

後藤がコーヒーをすすりながら、ハリソン山中を見る。

「竹下さんの仕事次第ですが、今度はもっと大きなヤマを狙おうと思ってます」

そう返して、右手の小指に光る二連の指輪をまわしている。なにかよい着想がうかんだときにしばしば見せるハリソン山中の癖だった。

「大きいって？」

竹下がたずねた。

「死人が出てもおかしくないぐらいのヤマです」

少しのためらいもないハリソン山中の返答に、スマートフォンをいじっていた麗子が驚いたように顔をあげた。

「死人って、どういう意味だよ……」

竹下が眉をひそめる。

「ヤマが大きくなると、どうしても滑落しやすくなりますから」

皆、はかったように押し黙り、発言するものはいなかった。扉のむこうを、退店する客のにぎやかな声が通りすぎていく。

ハリソン山中が吹き出すように声を出して笑った。

「冗談です。驚かせてすみません、一般論を話したまでです。我々には関係ないことですから、忘れてください」

拓海は、無言でコーヒーを口にふくんだ。ほんのわずか、ハリソン山中の笑声に戯言とは思えない響きがふくまれている気がした。

「少なくとも、今回程度のヤマをやるつもりはありません。成功すればリターンはかなりのものになると思います。ですが、そのぶんリスクも高い。手を引くならいまのうちに申し出てください。無理強いはしません。他に頼みますから」

そこでハリソン山中はいつもの微笑をうかべ、

「三ヶ月半後に合流しましょう。詳細はまたこちらからご連絡させていただきます」

と、会計のために店員を呼んだ。

*

辰は、伏し目がちに捜査二課長の話を聞いていた。曲がり気味の背を気持ち伸ばすように立ち、皺の多い節くれだった手を小柄な体の前で組んでいる。

「例の再任用の件ですが、少し難しそうです。こちらも、いろいろと手は尽くしてみたんですが」

執務机のむこうに腰かけた年少の二課長は、いささか言いづらそうに口にした。

本庁きってのエリートでありながら、いたずらに驕るようなところはない。定年間際の年長者に対する最低限の気遣いが言葉の端々ににじみでている。なかば予期していた結果なだけに、どこか安堵しているのを自覚しつつ、辰は他人事のような気持ちでうけとめていた。

二課長の背後には、ふんだんに陽光をとりこんだ窓がひろがり、淡青の空をいただいた皇居の緑がわずかながら視界の端にちらついている。

「わかりました。わざわざ、ありがとうございます。これで未練なく、あとを任せることができます」

直立不動の辰は、声低く言った。

「体調の方はいかがですか」

二課長が、深く皺のきざまれた辰の顔をうかがう。

「ご心配おかけしました。もう大丈夫です」

腎臓と肝臓の機能低下により辰が倒れ、二週間ほどの入院を余儀なくされたのは、半年ほど前のことになる。医師に言わせれば、酒とストレスが原因だという。重大事件の解決をさけぶ上からの強いプレッシャーのもと、ときに何ヶ月も自宅に帰れないような地道な捜査が求められる刑事を長年していれば、むしろどこかしら体調に異常をきたすのが普通だった。なにも辰ばかりが不運なわけではない。

「それなら安心しました。後進の指導と並行して、引きつづき捜査をお願いいたします」

いくらか緊張をといたかに見える二課長の声を、辰は黙って聞いていた。

「地面師の犯人検挙については期待してますので」

二課長は口ではそう言ったが、知能犯を専門にあつかう捜査二課が近年重点を置いているのは、一般市民を標的とした「振り込め詐欺」をはじめとする特殊詐欺だった。年間被害額は数百億円にいたったままで、一年間の被害件数も優に一万件を超えている。いっこうに根本解決の目処が立っていない。背後に反社会的勢力などの組織的関与が指摘されており、解決を望む声が内外に多かった。

それに比べ、地面師が暗躍するような古典的詐欺事件は、被害者加害者問わず不動産ブローカーまがいのプロが入り乱れ、被害件数自体もたかが知れている。二課ではこれ以上の人員を割く余裕も、その気もないようだった。大学も出ていない叩き上げのロートル刑事がひっそりと捜査人生の最後を飾るヤマとしては、むしろふさわしいのかもしれない。

「全力を尽くします」

辰は、小さく一礼して退室した。

自席にもどると、深々と椅子に腰をおろし、もたれるように背をあずけた。無意識のうちに肺にためこんでいた吸気がかすかな擦過音を立てて鼻からもれでる。

他の同僚刑事は捜査で出払っていて人影は少ない。たまに電話が鳴るぐらいで物静かだった。年度末に定年をひかえた辰が、大掛かり、かつ長期的捜査を必要とするような、重大事件の捜査本部に戦力として呼ばれることはもはやなくなっていた。せいぜいが後方支援という名の、体のいい雑用ぐらいしかまわってこない。それでも、どんなときも決して手を抜かない実直さの他に、これといって取り柄のない自分を刑事として残してくれている、上の温情に敬意をはらわなければならなかった。

しばらく虚空を見つめ、おもむろに身を起こす。引き出しから一冊の使い古したファイルを取り出して机にひろげた。ファイルのページをめくっていくと、やがていつもの箇所で手が止まった。

そこには、ひとりの男の身上調書が記載されていた。
いくつかの偽名を使いまわしているが、本名は山中ハリソン、仲間内では外国式にハリソン山中で通っているらしい。昭和三十年に島根県の商家に生をうけ、高校卒業後に暴力団組員となった。どのような下手を打ったのか、ちょうど三十歳のときに破門されている。その後は、組織にいたときに習得した地上げのノウハウを活かし、次々と大掛かりな土地がらみの詐欺を仕掛け、地面師として名をはせる。バブル崩壊後に、都内の雑居ビルをめぐる詐欺事件で主犯格として逮捕・起訴されると、懲役五年の実刑判決をうけて収監された。出所後はしばらくおとなしくしていたものの、すぐに金に詰まって犯行をかさね、現在もいくつかの大型詐欺事件でハリソン山中の関与が疑われている。

辰はページを一枚めくり、書類の片隅に記載された十年以上前のある事件に視線をそそいだ。事件の首謀者はハリソン山中で、捜査本部の一員として辰は呼ばれていた。およそ二年におよぶ地道な捜査がみのり、ハリソン山中の居場所（ヤサ）をつきとめ、身柄を確保した。連日連夜、裏付け捜査と並行して取り調べを行ったが、その後まさかの嫌疑不十分で不起訴処分となったのは、辰も想像だにしていなかった。

容疑を否認し、黙秘をつらぬいていたハリソン山中に対し、こちらは事前に検察とも入念な調整をはかっていた。辰をふくめ何人もの捜査員がそろえた証拠は、被疑者の犯罪事実を立証するにじゅうぶんなはずだった。不可解な結果に、捜査員の間では、ひそかにハリソン山中サイドとつながっていた検察ＯＢの横槍が入ったという話も流れた。真相はいまもって明らかとなっていない。

ハリソン山中が釈放された日、検察庁の玄関にいた辰は、取調室で終始だんまりを決めこんでいた男の歓声を聞いていた。ハリソン山中は辰の姿を見かけると、一瞬、表情を怒気にそめたあとで、挑発するような薄笑いをその目にうかべた。以来、捜査にたずさわったすべての同僚刑事と同じく、ハリソン山中という存在が辰の中で熾火のようにくすぶりつづけている。

　ファイルを引き出しにしまったところで、別室で取り調べをしていた同僚刑事がもどってきた。三十代で捜査二課に配属されてまだ日は浅い。

　見れば、表情が曇っている。

　どうした、と辰は斜むかいの席に座る同僚刑事に声をかけた。

「例の、渋谷署からうちにきたやつなんですけど」

　地面師が関与しているとおぼしき詐欺事件が本庁にまわってきているというのは、辰も聞いている。

「どうだった」

「いや、被害者本人は自分がだまされたって、顔色変えてわめいてるんですけどね。どうなんでしょうね。『フェイス』の記事見ましたけど、あんな女子アナなんかと付き合ってチャラチャラしてる奴」

　同僚刑事が、一部のキャリア組にありがちな慢心をうっすらにじませつつ、投げやり気味にこぼしている。

　地面師がからむような、土地をめぐる詐欺事件は捜査がむずかしい。ただでさえ素性不明の連中がのさばる不動産業界では利害関係者が多く、取引も複雑だった。皆自分が被害に遭ったと主張し、誰が真の被害者なのかわかりづらい。今回の事件でも、被害を訴えるマイクホームの社長が、実は加害者側で、金融機関から金をだましとったと見ることもできなくはなく、同僚刑事の斜にかまえた見方も一応は辰にも理解できた。

辰は同僚刑事にたのみ、渋谷署でまとめられた捜査資料の一部を見せてもらった。

「……なりすましか」

資料を見ていくと、なりすまし犯を利用した典型的な地面師の手口だった。

なりすまし犯はすでに行方をくらましていた。被害を訴えるマイクホームの社長や、なりすまし犯の本人確認をおこなった弁護士などの関係者に対して、任意の聴取がおこなわれているのだという。

「この被害者、まだいる？」

「いえ、もう帰しましたけど」

同僚刑事の当惑した声が返ってくる。

「悪いけど、呼び戻してくれないか」

資料に眼を落としたまま言った。

「しかし……」

辰は音を立てずに舌打ちをし、顔をもたげた。

「迷惑はかけないから」

感情を排した視線をすえると、同僚刑事は気まずそうに口をつぐんだ。

二

流水量は少なく、渓流はゆるやかだった。

一歩ずつ慎重に足を運ぶたび、スパッツ越しの足首にひんやりとした水の感触がつたわる。不揃いな石の凹凸が沢タビを履いた足裏に意識された。

五十リットルのザックを背負った拓海は、足を止めて額の汗をぬぐった。ボトル状の携帯浄水器で水分を補給しながら、あたりの景色に眼をむける。

両岸の河原のむこうに鬱蒼とひろがるブナの原生林は目の覚めるような緑にそまっていた。まだらに重なりあう樹葉にくだかれた盛夏の日差しが、石の突き出た透明な川面(かわも)に散らばってまぶしい。渓谷にたちこめる暑気にあぶり出されるように蟬(せみ)しぐれが降りそそいでいる。清冽(せいれつ)な沢のせせらぎにまじって、軽やかな野鳥の地鳴きが林のそこかしこで聞こえていた。深く呼吸をすれば、眼前の風景を丸ごとすりつぶしたような濃密な森の香りが鼻腔になだれこみ、都会の塵芥(じんかい)でくすんだ肺が澄み切った空気に満たされる。

早朝に林道から黒谷川水系に入渓し、休憩を小刻みにいれながらゆったりとしたペースで大(おお)幽沢(ゆうさわ)を遡上してきた。千八百二十メートルに達する丸山岳山頂まではまだ先が長い。登山計画には余裕をもたせており、急ぐつもりもなかった。

上流へさかのぼるにつれ、しだいに沢幅がせばまってくる。いつしか両岸のブナ林が途切れていた。

東の沢出合をいくらか過ぎた頃には、太陽は中天を通り越していた。水面(みなも)にゆれる自分の影が東寄りに落ちている。

沢から一段あがった林の平地に、テン場の見当をつけてザックをおろす。

倒木などを集めて火を起こすと、竿(さお)を手にし、道中に目をつけていた沢の淵にむかった。渓魚に気づかれないよう岩陰から慎重に毛鉤(けばり)を打ち込む。水の流れを読み、繰り返し竿を振った。

喰いが渋い。上流へポイントを変え、ようやくまずまずのサイズの渓魚が釣り上がった。淡褐色の魚体に白い斑点がうきあがり、陽光をうけてきらめいている。

テン場にもどり、釣ったばかりのイワナをタープの下でさばく。米とともに飯盒で炊いた。素朴だが贅沢な食事を済ませると、あとはなにもすることがない。

気づけば雨がしとしとと降っていた。あたりはすでに冷気をともなった闇が染みだしている。焚き火の明かりだけがたよりだった。

就寝用の化繊のジャケットに身をつつみ、チタン製のマグカップにアイラモルトをそそぐ。酒を呑みながら、火をたやさぬよう薪をくべた。

火床からじんわりとひろがる熱が、冷えた四肢をつつみこむ。芯まであたためてくれた。たえず橙色にひるがえる光芒がいくぶん酔いのまわった顔を照らす。音を立てて薪が跳ね、火の粉が頭上のタープにむかって舞い上がっていく。

芳醇なピートが香る酒を口の中で転がしつつ、炎のせめぎあいを見つめた。顔面の皮膚が痙攣しはじめる。なにもかも燃やしつくさんとする激しい音が暗夜の静寂を侵し、耳朶にこびりついて離れない。

海にほど近い横浜の生家が火事に見舞われたのは、六年前の深夜のことだった。

当時、生家の隣町に住んでいた。知らせをうけて駆けつけたときには、見慣れた二階建ての木造家屋は激しく燃えさかる炎にのみこまれ、防火服を身につけた消防士たちの放水をうけていた。次々と煙が湧きあがり、焼け焦げた臭いがあたり一帯に立ちこめる。消防士の怒号にも似た必死の声が飛び交い、そこだけ昼間のように明るかった。

仕事場で連日徹夜をしていた拓海は、無言で成り行きを見守る野次馬の後ろに立ちつくし、花火でもながめるように生家が燃えるさまを見つめていた。中にひとが取り残されているという誰かの声を耳にし、両親や、この日たまたま泊まりに来ていた妻子のことが頭をよぎりもした。すべてが現実感にとぼしく、不思議と胸内は平静だった。

火事が起きる半年ほど前、親族で経営する会社が倒産の憂き目にあっていた。

五十名ほど従業員のいた会社は、医療機器や医療消耗品を取り扱う専門商社だった。先代から引き継いだ叔父が代表を、父が専務としてそれをささえ、拓海も大学を卒業してからいち営業員として勤務していた。倒産におちいるまで、時代の変化に翻弄されながらもどうにか利益を確保しつづけており、同族経営にありがちな権力争いも見られなかった。まとまった休みともなれば、社員や家族をともなって叔父の別荘がある逗子に繰り出し、海辺で余暇を楽しむほどだった。

倒産によって父は、叔父とともに連帯保証人として億単位の債務を背負うことになった。倒産の引き金となった取引を主導していた父は、ひとり責任を感じていたらしい。親族から見放され、眼窩が落ちくぼむほど憔悴しきった様子からもあきらかだった。父はどうにか再起をはかろうと奮闘し、拓海も不眠不休で手伝っていた。火事が起きたのは、そのさなかのことだった。

焼け跡から見つかった妻子と母はすっかり炭化していた。拓海が警察署の検視室で目にした際には、かろうじてひとの形とわかる真っ黒いかたまりだった。現場をおとずれた消防士によれば、妻はかたわらにいた三歳の息子をかばうような姿勢に見えたという。

現場の状況から、失火の可能性は低く、心中と他殺の両面で捜査がおこなわれた。唯一現場から救助された父が、自暴自棄になり、家族を楽にしてやりたかったと供述したことで事件は間もなく解決をみた。父は殺人と現住建造物等放火の罪で懲役二十三年の判決をうけ、いまなお千葉刑務所に収監されている。

父の面会に訪れたことはない。父に殺された母と妻子をもち、母と妻子を殺した父をもつ。その現実に押しつぶされ、事件後はひと目をさけるように部屋にこもりつづけた……。

マグカップを持った右手の甲に動くものがある。ヒルだった。黒っぽい、指先ほどの小さな体をくねらせている。

ヒルが尺取り虫のように全身でブリッジをこしらえながら移動していく。やがて親指の付け根のあたりでじっと動かなくなった。

先端が熾火となった枝を手にとった。しばらくヒルを見つめ、それから思い出したように枝先を近づけた。かすかに焼ける音がし、剝がれ落ちる。ヒルのいた箇所が黒っぽい血で濡れていた。足元の暗がりに落ちたヒルを探し出して、赤々とした枝先を何度となく押しつけた。

翌日は一日中どんよりと曇っていたものの、登頂を予定していた三日目には、前日の天気が嘘のように晴れた。

日差しが容赦なく照りつけていた。全身から汗が吹き出してくる。標高はすでに千百メートルを越え、沢が階段状となって傾斜がましている。ガーミンの示す心拍数が百四十台にせまっていた。息がつづかない。食料を消費したぶんだけ多少は軽くなっているはずのザックが両肩に食い込む。あえぐように岩に手をつきながら高度をかせいでいった。

沢の水量が減り、やがて涸(か)れ沢となった。

稜線(りょうせん)へ詰め上がる。背丈ほどもある鬱蒼とした藪(やぶ)が立ちはだかっていた。頂上へ行くにはそこを抜けるよりほかなく、意を決して突きすすむ。どこをどう選んでも、密生した笹藪や根曲がり竹に視界をさえぎられ、ところどころ地面に足がつかない。力ずくでかきわけた藪の枝葉が勢いよく跳ね返って目元を狙うかのように顔をたたき、幾度となく足をとられては倒れそうになる。踏ん張りがきかなかった。いたずらに体力をうばわれるばかりで、遅々として前に進まない。乱れた呼吸で悪態を口にしながら藪をこいでいった。

ふいに藪が切れ、視界がひらけた。

思わず声がもれる。

眼前に草原がひろがっていた。萌黄色(もえぎいろ)の下草が一面をおおいつくし、点在する池塘(ちとう)の水盤が澄みきった淡青の空を映している。山頂にいることを忘れてしまう。緑の海はなだらかな稜線を這(は)い、北西にあるもうひとつのピークへのびて双耳峰(そうじほう)のたおやかな山容をつつんでいた。

拓海はザックをその場に置いた。かすかに残る踏み跡をたどって草原の中を歩く。

どこを見回しても、自分のザックをのぞいて人為的な営みを感じさせるものは視界にない。遠く視線をのばせば、朝日岳(あさひだけ)や梵天岳(ぼんてんだけ)をはじめとする南会津の雄大な連峰がのぞめ、霞(かすみ)を濃密にしながらどこまでもつづいている。疲労の蓄積した足に、深々としずみこむ草のやわらかな感触がやさしかった。

草原に腰をおろし、おもむろに上体を倒す。見えるのは茫漠(ぼうばく)とした空だけだった。目の端に陽光がきらめき、額の上に片腕をのせてさえぎる。そよ風が汗のにじんだ頬をなで、青臭い匂いが鼻腔をかすめていく。草原をわたる野鳥のささやきを耳にするうち、いつしか寝入っていた。

懸念していた天気の崩れはなく、その日は草原のたもとで野営した。

山頂の雪渓で水をくみ、道中で摘んだギョウジャニンニクを炒飯(チャーハン)にして食事を済ませる。すでにあたりは闇につつまれていた。

拓海はシュラフから顔を出し、タープのむこうにひろがる夜空を見つめた。

満天に散った星々が、それぞれの明度をわきまえながら、さえざえと光輝をはなってひしめいている。想像を絶する長い時を超えてこの地へたどりついた星屑のまたたきは、いくらながめても飽くことがなかった。

どれだけの偶然がかさなり、いま自分はここにいるのだろう。

もし雨に降られていたら、こうして頂上でビバークすることはなかったかもしれない。恵比寿のプロジェクトが失敗していれば、今頃はハリソン山中たちと新たなターゲットを探し回っていたかもしれない。そもそも家業の倒産や父の蛮行がなければ、海を離れ、山に登ろうなどとは思わなかっただろう。

あの火事でひとりになってから、ゴミの散乱した部屋に閉じこもりつづけた。底なしの喪失感に疲れ果て、頭の中が分厚い諦念におおいつくされていた。染みのひろがった天井を見つめながら、ひっそりと生(せい)が閉じることをどこかで期待していたのかもしれない。にもかかわらず、結局は生きる道をえらんでしまった。生そのものを諦めるには若すぎた。以来、なにかに期待し、誰かを信じて生きていくことをやめた。

コオロギの消え入りそうな鳴き声がする。そよ風をともないながら喧騒(けんそう)になれきった鼓膜にそっとふれる。

いつか焦点が曖昧になり、あらゆる光をのみつくした天空の陰影を凝視していた。脳裏が、薄汚れたフロントガラスばかりながめていた数年前の記憶に侵食されていく……。

首都高速道路の橋脚を映す汚れたフロントガラスがあわく明るむ。

路肩に車を停めてからずっと、リクライニングを倒したシートに体をあずけていた。物憂げな眼に、ヘッドライトの残影が車の走行音とともにあらわれては消える。

無理なローンを組んで、この型落ちのジムニーを買ってから、まだ半年も経っていない。水垢で汚れた窓ガラスの端に、自分の顔がうっすら映り込んでいる。いつの間にか真っ白になってしまった頭髪だけ、あたかも闇夜に浮かんでいるようだった。

急ブレーキの音がした。拓海が半身を起こすと、すぐ前方の道路で法人タクシーが停まっていた。

タクシーの後部ドアが開き、客とおぼしきスーツ姿の中年の男がおりてくる。

「そんなんだから、てめえはいつまで経っても底辺マンなんだよ。タクシーセンターに通報してやっからな。おぼえとけ、クソが」

目的地までのルートか、走行中の乗務態度でも気に入らなかったか。男はドアを片手でおさえたまま、こちらに聞こえるほどの激しさで車内へ罵声をあびせていた。

タクシーが片側四車線の道路を一部ふさいでしまっている。六本木方面を目指す後続の車が車線変更を余儀なくされていた。

拓海は、ハンドルを握りしめたまま形ばかりに低頭している男性運転手に眼をむけた。まだ三十代か。自分と同世代に見える。

タクシーの車内灯にうかびあがった表情には、やっかいな客を引き当ててしまったとでも言いたげな苛立ちと、通報による後日のペナルティを見越したおびえが入り混じっていた。もしかしたら、この運転手も先はそう長くないかもしれない。

拓海が、前職のタクシー会社を解雇されてから四ヶ月ほど経つ。

タクシー運転手という仕事に思い入れはなかった。求人広告に掲載されていた〝寮完備〟や〝二種免許取得費用の全額負担〟の条件につられたわけでもなかった。そもそも長らく部屋で引きこもっていた人間に、多くの選択肢は残されていない。少ない中から、タクシー運転手であれば他人との接触は最低限で済むだろうという消極的な理由で選んだにすぎなかった。

一応は道をおぼえ、日を追って仕事にも慣れていった。客の事情を一切かえりみない無愛想な乗務態度を再三にわたってとがめられ、それでもあらためなかったために解雇を通告された。手元に残ったのは、わずかばかりの金と、サービス業はいまの自分にはとても務まらないという薄々気づいていた現実だけだった。結句、他のタクシー会社を探すことなく、一年あまりでタクシーをおりることとなった。

職種はちがえど、いまの仕事も、かたむける意欲の乏しさという点では大差ない。かろうじて生活が維持できるだけの対価のほかに意義は見いだせなかった。切れかかった糸でつながれた凧(たこ)のごとく、あてどなく世間の日陰をただよう。いっそのこと突風にもまれて引きちぎれてしまえばいいとすら思っていた。

助手席に転がしていたスマートフォンが鳴った。

拓海はいとわしそうに手をのばした。発信元も確認せず、シートに置いたまま端末の通話アイコンをタップする。

「お前、いまどこ」

年少のマネージャーの横柄(おうへい)な声が狭い車内にひびきわたる。

この仕事をはじめて以来、勤務中の電話はスピーカーモードで通している。タクシー運転手時代の習慣を引きずっているわけではない。耳障りな言葉をぶつけられたとしても、その方が他人事として受け流せる気がした。

　マネージャーの後ろでは電話がひっきりなしに鳴っていた。この夜も、女をもとめる客は引きも切らない。

「赤坂で、サキさん待ってます」

　拓海が赤坂のホテル前の路上で待機してから、四十分近く経っている。客室にいるサキからは、サービスが終了したと十分ほど前に連絡があった。いまだホテルのエントランスにあらわれる様子はない。

　コースは百二十分だった。高級店を謳(うた)うにふさわしく、サービスにセックスをふくまないのに四万円近くする。客はそこから安くはない追加料金を払って六十分の延長をしていた。店のサイト上で〝現役モデル〟を騙(かた)るサキのことがよほど気に入ったのかもしれない。

　客は、このところよく利用しているウチダという男だった。ほとんどすべての客がそうであるように、「ウチダ」も適当につけた偽名だろう。ウチダは、定宿にしているらしいこのホテルをかならず指定してくる。以前から店のスタッフに記憶された客だった。

　店では、キャストのサービス前にドライバーが客の部屋までおもむいて料金を徴収することになっている。この日は、送りを担当した別のドライバーが金を受け取ったが、拓海もウチダについては何度か目にしている。六十前後とおぼしき物腰のやわらかな男だった。いつもバスローブをまとい、支払い時にのぞく長財布にはちきれんばかりの札が入っているのが印象的だった。

「まだ待ってんのかよ。連絡して急がせろよ、後ろ詰まってんだから」

マネージャーが急き立てるように言う。

「サキもどってきたら、つぎ恵比寿のマンションな。住所、送ったから」

フロントガラスのむこうでは、先ほどのタクシーがハザードランプを点滅させていた。ようやく客から解放された運転手がシート脇のレバーを引いてドアを閉めている。車内灯が消える瞬間、運転手がなにごとか叫んだ。唇の動きから、ざけんな、でなければ、なめんな、と言ったように見えた。車の走行音がかまびすしく、運転手の声はここまでとどいてこなかった。

「おい、わかったのかよ。返事ぐらいしろよ、てめえ」

マネージャーが声をとがらせている。

「……はい、わかってます」

前方をむいたままスマートフォンをつかみ、通話を切った。

苛立ちを凝縮したため息が漏れ出ていく。シートにもたれようとして、ひとの気配を感じた。助手席の窓のむこうに、化粧っ気のないサキが立っていた。

「なんでまたアンタなの」

タイトスカートにつつまれた瘦せぎすの腰を助手席にすべりこませてくる。サキはハイヒールを履いたままダッシュボードの上に組んだ足をのせた。

「この車、ほんとムリって言ったのに。ボロいし、汚いし、狭いし。これで事故起きてアタシがケガしたらどう責任とってくれんだっつうの……言っとくけどアンタ、ちょっとでもスカートの中みたら金もらうから」

無視して車を発進させた。

友人か、他のキャストか。サキがどこかへ電話をかけている。汚れた窓ガラスを鏡がわりにし、指先で髪をいじりながら延々と鬱屈を吐き出している。

「聞いてきいて、さっきの客ほんと気持ち悪かったんだけど。なんだと思う――。ちがう、ぜんぜんそんなんじゃない。顔舐めさせろって言うの。一時間ずっとだよ――。顔だけ――。嫌がってるのが興奮するんだって――。でしょ、ほんとやばくない？――。え、やった。でも、三万くれるって言われたら普通やんない？」

拓海は片手でステアリングを操りながら、前方に意識を集めていた。

深夜の路上に、客を求めてさまようタクシーのテールランプがうごめいている。赤い海蛍を思わせる。光の群れを見つめている間は、あらゆるノイズからのがれられる気がした。

その日も明け方に仕事が終わった。

夕食とも朝食ともつかない弁当と缶ビールを買ってから、自宅アパートにもどる。細い路地をはさんでならぶラブホテルの隙間から、朝日が差しこんでいる。棚の上の、妻子と暮らしていたときからの電気ポットを避けるように小さな日向をつくっていた。

布団を敷きっぱなしにした六畳間に腰をおろし、缶ビールを呑みながら郵便物に眼を通していく。前の住人宛のセール案内や飲食店のチラシの中に、長1サイズの白い封筒がまじっていた。

封筒は、前に家族と住んでいた横浜の住所から転送されてきたものだった。表には、几帳面だが波打った字で拓海の名が記され、裏には、〝千葉県千葉市若葉区貝塚町一九二〟とある。何度も目にしたせいですっかり覚えてしまった住所のかたわらには、〝辻本正海〟と申し訳程度に添えられていた。

拓海はビールを口にふくみ、開封することなく封筒をめいっぱいねじった。そのままゴミ入れがわりの段ボール箱に放り投げた。

翌日からも、マネージャーやキャストの小言を適当にいなすだけの、代わり映えのしない日常が過ぎていく。二週間が経ったこの夜もまた、拓海は赤坂のホテルの前に車を停め、フロントガラスの汚れを見るともなしにながめていた。

スマートフォンが鳴った。

電話は、ホテルの部屋にいるサキからだった。予定しているサービスの終了時間より三十分以上も早い。

「いますぐこっち来て」

スピーカーからサキの声が聞こえてくる。いつになく切迫していた。なにかトラブルでもあったのか。客はウチダだった。

車を路肩に停めたまま部屋におもむくと、入り口に体をバスタオルで巻いただけのサキが立っていた。二週間前のときと同様、顔面を舐められたらしい。アイラインや口紅がだらしなくのびて化粧がくずれている。見方によっては、出来そこないのピエロのようだった。

事情をきくと、彼女は目に激しい憎悪をにじませながら、避妊具の用意もなくウチダに襲われたのだと訴えた。

バスローブ姿のウチダは窓際の一人掛けのソファに腰掛けていた。窓のむこうにそびえる東京タワーの明かりに眼をやりつつ、素知らぬ表情でウイスキーグラスをかたむけている。拓海の視線に気づき、薄笑いをうかべて立ち上がった。

「いやね、きちんと経緯を説明しますと、欲求不満な彼女が私のテクニックにすっかりとりこになってしまいまして、それでどうしても私の優秀な遺伝子を残したいってお願いするものですから、本当はまったくこんなことしたくなかったんですけど、仕方なく彼女のいやらしい性器の中で射精してあげようとしたんですよ。私の希望じゃありません。彼女の希望だったんです、欲求不満な彼女の」

ウチダの語り口は饒舌（じょうぜつ）だった。いかにも自分は義の側に立っているかのように、みじんも焦っているふうなところがない。

「ふざけんなよ、アタシがそんなこと言うわけないじゃん」

サキが叫んだ。

「嘘はいけませんよ」

ウチダの顔からは余裕すらうかがえる。

「自分からワンちゃんみたいな格好でお尻つきだして、性器からびしょびしょにヨダレをたらしてたじゃないですか。興奮して忘れてしまったかもしれませんけど、欲張ってアヌスにもバイブをくわえこんだくせに、それでも満足できなくて、一生懸命いやらしいお尻を振りながら私のペニスがほしいってせがんでましたよ」

「そんなことしてねえよ」

サキが声を張り上げる。拓海の視線を意識した羞恥が語尾にからまっていた。

拓海はツインベッドの片方に眼をむけた。乱れたシーツの中央付近が濡れ、マットに張りついている。ペニスの形を模したパープルの性具と、黒のビー玉をいくつもつらねたようなものが転がっていた。

「素直じゃありませんね」

ウチダが困ったように首を横にふる。ガウンのポケットからスティック状のレコーダーをとりだし、スイッチを押した。サキの熱っぽい声が吐息まじりに流れる。ウチダの主張をなぞるように、声を振りしぼって何度も哀願している。

「やめろよ」

「ちゃんと素直に認めるんなら、すぐにでも止めますよ」

わめき散らすサキを尻目に、ウチダは楽しそうにレコーダーに耳をかたむけていた。

「そういう意味じゃないもん、そんなことしてないもん……」

サキがその場にくずおれる。ピエロじみた顔がゆがむ。口紅で赤くよごれた頰に涙がつたっていた。

「ま、というわけなんです」

ウチダがレコーダーを止めた。分厚い財布を手にして、拓海のもとに歩み寄ってくる。これはちょっとした迷惑料です、と長財布から一万円札を三枚抜き出して数え、差し出してきた。

拓海は紙幣を見つめた。

「いらないです」

ウチダの表情がいぶかしげにくもる。

「金は受け取りません。店にどうこう言うつもりもないです」

「……ほう」

意外そうな調子でウチダがつぶやく。

「興味ないので」

拓海は静かに返した。

「なに言ってんだよ。お前、店の人間だろうが。助けろよ」

見れば、サキが泣きじゃくりながらこちらをにらみつけている。

「うるせえんだよ」

さめた視線を返し、拓海はおさえた口調でつづけた。

「おれは誰の味方もしない」

知らぬうち、頬の筋肉が激しく収縮している。

かたわらで興味深げに静観していたウチダが、思い出したように財布から名刺を一枚ぬいた。なにか困ったことがあったら、と目で笑いながら差し出してきた。

その夜のウチダとのトラブルは、当然のごとく店で問題となった。拓海の怠慢な対応について、マネージャーから詰問された。激しく罵倒され、弁解の機会すらあたえられなかった。

またしても職を失い、自宅アパートの天井の染みをながめる日がつづいた。いつまでもそうしていられるほどの蓄(たくわ)えはなかった。

どうするかな……。

畳に横たわったままつぶやいてみた。なにかをしたい意欲があるわけでもない。なにができるわけでもなかった。惰性のように前職と同じ出張型風俗店のドライバーの求人を探し、何件かあたってみた。いずれも電話の時点ですげない対応をされてしまった。

寝返りをうつ。空の弁当容器やペットボトルが床に散乱している。その中に、ほとんど埋もれるようにくしゃくしゃになった白い紙片があるのが目についた。ウチダから手渡された名刺だった。しばらく見つめ、やがて身を起こして電話をとった。

受話口からコール音がし、おぼえのある声が聞こえた。最初は拓海のことがわからないようだった。赤坂のホテルで起きたサキとのトラブルを話す。すぐに思い出したらしく、不審の念を声音ににじませながら用件をたずねてくる。

拓海は、なにか仕事はないだろうかとつたえた。運転手ぐらいはできるとのべた上で、ウチダのもとで働いてみたいとも付けくわえた。

「ダウト」

ウチダが間髪いれずに言う。

「私と働きたいなんてちっとも思っていない」

断定的な言い方だった。ウチダに小細工は通用しないらしい。

「まったくそのとおり。でも、仕事はほしい」

ウチダが愉快そうな声を出して笑った。

「あいにくですけど、運転手は間に合ってますので」

もとより大して期待をかけていたわけではなかった。拓海は型通りに礼をのべ、電話を切った。

「またデリヘルか……」

力のないつぶやきが六畳間にかき消えていく。

空腹をおぼえ、弁当を買いに立ち上がると、畳に転がしていたスマートフォンが鳴った。かけたばかりのウチダからだった。

「さっきの話ですけど、運転の仕事でないといけませんか」

ウチダが期待をふくんだ声をひびかせる。

「……いいえ。金さえくれれば」

とまどいがちな声で答えた。受話口のむこうにいる相手が相好をくずしたのがはっきりと感じられた。

それがウチダ、いや、ハリソン山中との付き合いのはじまりだった。


その翌週、ハリソン山中に最初の仕事を頼まれた。誰でもできるという言葉どおり、指定された日時に工場におもむき、そこで代金と引き換えに品物を受け取ってくるというものだった。

「それだけですか」

交通費などの経費込で三万円という報酬にしては簡単すぎる。ハリソン山中はティーカップに口をつけながらうなずいた。

「ただし、注意事項が何点かあります」

長々しい注意事項をメモすると、昼下がりの喫茶店をあとにした。

後日、工場へむかった。

目的の工場は、都心から一時間近く電車に揺られたのち、バスで十分ほどのところにあった。駅を少し離れると間もなく住宅街がひろがる。交通量の多い幹線道路に入り、フランチャイズの飲食店や営業車両が停めてあるような事業所が目につきはじめた。

胸のざわめきが自覚される。拓海は酒瓶の入った紙袋をかかえながら、ありふれた郊外の風景をながめつづけた。

最寄りのバス停で下車し、地図を見ながら五分ほど歩くと、中古自動車販売店のむこうに目当ての建物が見えてきた。工場といっても、何百人もの従業員が働くような大規模なものではなく、二、三十人も働けばいっぱいになりそうな町工場だった。外観からして倉庫といった方が近い。

　ハリソン山中の「注意事項」にしたがって工場の前を通り過ぎ、敷地周辺を歩きはじめた。自動車整備工場、小型のコンテナをいくつも積み上げたトランクルーム、建設会社の資材置き場が点在し、その隙間を埋めるように民家が密集している。

　さりげなく周囲に意識をはらう。腰の曲がった老人が犬の散歩をしているほかは、不審な車両も人物も見当たらない。もしもなんらかの異変、つまるところ警察関係者の存在を察知したなら、そのまま工場にはよらず引き返してくるよう指示をうけていた。

　敷地内に踏み入り、開け放しの入り口から工場の内部をのぞいた。

　断続的な機械音が充満し、なにかの薬品の臭気にまじってインクらしき臭いがただよってくる。入り口脇には未開封の紙の束が積まれ、年季の入った大型の印刷機が壁に沿って何台もならんでいる。天井につらなる蛍光灯のもと、青い作業服を着た数名の従業員が各印刷機の前で作業をしていた。

　拓海は、印刷物の仕上がりを確認している近くの男性従業員に近寄った。

「あの、社長は？」

　疲れ切った顔をこちらにむける。

「二階」

　そっけなく答え、男性従業員は手元の印刷物に視線をもどした。

　階上は事務所になっていた。外に出払ってしまっているのか、事務員の姿は見えない。奥の事務机に、社長とおぼしき作業服姿の老いた男がいた。綺麗に禿げ上がった頭を光らせながら、弱った声で誰かと電話で話をしている。

「はい。はい。申し訳ございません。今日中に金は入ってくるんでもう少しだけお待ちいただけませんか、お願いしますよ。こっちが頭下げて頼んでるじゃないですか、なんとか頼みますよ」

社長がこちらに気づいた。口元から受話器を離す。

「おい。あんた、ウチダのところのか」

若干の動揺を自覚しつつ、拓海はうなずいた。

たったいま金が来ました、と告げて社長は受話器を置いた。

「先にくれ」

事務机のむこうからこちらにかたい視線を当て、低声をひびかせる。ハリソン山中に持たされていたちょっとした厚みのある封筒を手渡した。

社長は奪うように受け取り、もどかしそうに封筒から紙幣を引き出そうとした。ゴムサックをはめた指先がいたずらに封筒のふたを弾いている。

拓海は黙って、細かくふるえつづける社長の手元に視線をそそいだ。ここへ来る前、ハリソン山中が途中で酒の一本でも買っていった方がいいと言っていた理由がおのずと知れる。

社長は手土産のウイスキーをつかむと、礼も言わず開栓した。そのまま直に口をつけ、喉を鳴らしながら琥珀色の液体を胃に流し込んでいく。わざわざデパートで買いもとめた秩父産のシングルモルトだった。そのどことなく切実な表情を見るかぎり、アルコールであれば銘柄などなんでもよかったのかもしれない。

よれたシャツの袖で濡れた口元をぬぐい、封筒の紙幣を数え直す。あれほどふるえていた手元の挙動が嘘のようにしっかりしている。

「ちょうどあるな」

社長は金の入った封筒をスラックスのポケットにねじこむと、机の引き出しからＡ４サイズの封筒を取り出し、汚物をあつかうかのようにこちらへ放り投げた。

拓海は、隣の机をかりて内容物に眼を通していった。

中に入っていたのは、ガスや水道といった公共料金の明細書、固定資産税の通知書、その他透かしの入った住民票だった。ぜんぶで七名ぶんある。この工場、ないし協力会社で偽造されたものなのか。事前に説明らしい説明はなかった。

持参したプラスチック手袋をはめ、資料を参考にしながら、各書類に印字された氏名、日付、金額、住所などに誤りがないか一枚ずつ慎重に照らし合わせていく。不備はなさそうだった。

「おい、小僧」

酒を呑みながらこちらの様子をながめていた社長が、机にボトルを置いた。

「なんでこっちが……てめえらみたいな悪党に手かさなきゃなんねえんだ、え。なんで真面目にやってきたこっちが、てめえらみたいな社会のゴミクズ相手しなきゃなんねえんだ」

黄色く濁った眼がすわっている。

「ふざけんじゃねえぞ。答えやがれ、バアロウ」

拓海は眉ひとつ動かさず、口をつぐんでいた。

「いいか。こっちはな、こっちはなんもないところからな、いろんなもんあきらめて、歯くいしばってここまでやってきたんだよ」

繰り言のような恨み節が連綿とつづく。

「なんでいまさらゴミ漁りしなきゃなんねえんだ。おいゴミ。お前だよ、ゴミ。聞いてんのか、バアロウ。ゴミの分際で口もきけねえのかよ」

「……これで失礼します」

目礼し、罵声を背にうけながら印刷機の音が鳴りひびく工場をあとにした。「簡単」な仕事だった。にもかかわらず、体が重く感じられる。

都内へもどり、新宿駅に着いたときには、すでに陽が暮れかかっていた。

街は人々でごった返し、騒々しい電光につつまれている。もう二十分もすれば約束の時間となる。ハリソン山中の指示どおり、急いで近くの大手家電量販店で買い物を済ませ、飲食店の密集した繁華街にむかった。

指定された立ち呑み屋は吹きさらしで、間口がひろい。軒先に出したドラム缶のテーブルにまで客の姿があって活気にあふれている。

店に入る前、さりげなく後ろを振り返った。誰かにつけられている様子はない。

「らっしゃい」

藍染の半纏をまとった店員たちが口々に威勢のよい声を出す。

壁際のカウンターに陣取り、偽造文書をおさめた家電量販店の紙袋を足元に置く。メニューをながめるふりをして店内に視線を走らせた。

二十人は立てそうなカウンターが店いっぱいにコの字をえがいている。中の焼き台では、さまざまな部位や臓物の豚串がならべられ、香ばしい煙をあげている。客の入りは八割ほどだろうか。賑わしい彼らを見渡しながら、ハリソン山中の注意を思い起こしていた。

――尾行がいないと思ってもまだ安心しないでください。店内に客をよそおって私服刑事がまぎれているかもわからない。男ばかりとはかぎりません。注目するのは足元。私服の刑事は本革の靴や底が硬くて重いスニーカーではなく、走りやすいランニングシューズを履いています。全体の装いは地味です。靴とちぐはぐな組み合わせなので、注意すればその不自然さに気づくはずです。足元が確認できなければ、眼を見てください。眼を見ればわかります。くつろいで酒肴を愉しむでもなく、酔いの勢いをかりて話しこんでいるでもない。ひとり物思いにふけるでもなく、仕事の失敗を思い返して苦渋の酒盃をなめているでもない。人恋しさに負けて、無節操に話し相手を探すでもない眼。どれだけ手元のグラスや皿を見ていたとしても、その眼はたえず鋭い意識を外へむけています。

そうした人物がいればそのまま店を出ることになっていた。見たところ該当しそうな客はいない。拓海はビールと串焼きを数本たのむと、腕から外した時計をカウンターに置き、待ち合わせ相手が来るのを待った。

相手が誰で、どういう人物なのかはなにひとつ聞かされていない。年齢はもちろん、性別すらわからなかった。ハリソン山中からは、足元の家電量販店の紙袋とカウンターの腕時計を目印に、相手の方が自分を見つける手筈になっていると聞かされていた。

注文した串焼きをあらかた食べ終えても、それらしき人物があらわれる様子はない。腕時計に眼をやった。二十分して誰も来なければ、なにか問題が発生したと判断して速やかに店を出ることになっている。

「へい、らっしゃい」

景気のいい声が店内にひびきわたった。

そっと体のむきを変え、入り口を覗き見る。ひとりの男が立っていた。眼鏡をかけたスーツ姿の五十年配だった。手にはナイロン製のビジネスバッグとは別に、家電量販店の紙袋がさがっている。赤地に各電機メーカーのロゴがびっしりと印字されている。拓海が足元に置いている紙袋と同一のデザインだった。

男は、案内されたカウンターの一角についた。運ばれてきたウーロンハイを一口呑むと、店員に断って拓海の隣へ移ってきた。

ジョッキに手をのばし、ビールを口にふくむ。

隣の男が気になってならない。こらえきれず横目で盗み見ると、男は手元のメニューをながめながら煮込みをあてに淡々とウーロンハイを呑んでいる。どことなくこちらを意識しているようにも、単にひとりの時間を過ごしているだけのような気もする。この男が待ち合わせの相手なのだろうか。ハリソン山中からは、相手と話す必要はないと言われていた。自分からは確かめようのない状態が気詰まりだった。

男が煮込みを平らげ、残りの酒を呑み干す。いかにも二軒目に行くといった風情で会計を済ませると、そのまま店を出ていった。

足元の紙袋に眼をむける。いつのまにか男のものと入れ替わっていた。偽造文書をおさめた封筒は消え、さっき買ったワゴンセールのヘッドフォンもない。代わりに、映画のタイトルが背に印刷された数枚のＤＶＤだけが入っていた。

「なにか、お飲み物お持ちしましょうか」

袖から若い女性店員が額にねじり鉢巻をしめた顔をのぞかせる。

「……いえ、ごちそうさまです。お会計してください」

気の抜けた生ぬるいビールを口にふくみ、暖簾（のれん）のむこうに見え隠れする路地に眼をむけた。

男の姿はもうどこにもなかった。仕事終わりの勤め人たちが、三々五々と肩を寄せ合いながら往来を歩き過ぎていく。睦まじげで、年齢も性別もさまざまだった。彼らの陽気な声を耳にしつつ、印刷工場の社長がはなった罵声を反芻していた。

その一件を皮切りに、拓海はハリソン山中の仕事を次々とこなしていった。依頼内容は「簡単」で、並行してつづけていた日雇いのアルバイトよりずっと割がよかった。

酒浸りの社長のところにはその後も何度か行った。他の印刷工場や大手印刷会社の内部協力者、道具屋と呼ばれる男のもとへ偽造印鑑を受け取りにいったこともあった。あとから思えば、あの細かな「注意事項」の指示もふくめ、試されていたのだろう。

立ち呑み屋で隣りあわせた五十年配の男のように、他にも仕事を手伝っている人間は何人かいたものの、入れ替わりが激しく、拓海ほど継続している者はいないようだった。

報酬に不満をもたず、どんな仕事も断らない。それでいてとくにミスらしいミスをしなかったからかもしれない。あるとき、ハリソン山中に新宿歌舞伎町の裏路地にある喫茶店へ呼び出された。

いつものような仕事の依頼かと思ったが、少し様子がちがう。

「そろそろＩＣに対応した免許証でないとだめなんですよね……」

ハリソン山中がめずらしく思案げな表情であごひげをなでている。

数年前から、運転免許証がＩＣ対応化したものに順次切り替わっているというのは拓海も知っていた。それまでのプラスチックカードにただ個人情報が印刷されたものとはちがい、カード表面の印字や透かしだけでなく、より詳細な個人情報が記録・暗号化されたＩＣチップが内部に埋め込まれている。専用の機器によって、情報の読み取りと真贋判定が可能だった。すでに免許証所有者に行き渡っており、管轄機関である警察当局はむろんのこと、銀行などの民間企業でもおおむね対応済みだという。

ＩＣ化の目的は、免許証にひもづけされた個人情報の管理コストを合理化するだけにとどまらない。個人の身分を証明する文書として国内では最上級の信頼が置かれている、免許証の偽造を防止する狙いも小さくなかった。

小間使いとはいえ、いくつもの仕事を重ねるうち、ハリソン山中が数々の偽造文書を使ってなにかしらの詐欺行為におよんでいることはわかっていた。免許証のＩＣチップ導入によって、これまでどおりに仕事が運ばなくなりつつあるのだろう。

「彼しかいないかもしれないな」

ハリソン山中がひとり言のようにつぶやく。窓越しに路地の陽だまりを見つめていた視線を拓海へもどし、つづけた。

「ちょっと、お願いしてもいいですか」

それから数日が過ぎたこの日、梅雨に後戻りしたかのように朝から糠雨が降っていた。夜になるのを待ち、電車を乗り継いで臨海工業地帯にむかう。

駅からは路線バスに乗った。目的の停留所は遠く、車内に乗客の姿がほとんどいなくなってもなかなか到着しない。いつか人家はまばらになっていた。工場や倉庫、トラックや商業車のならんだ駐車場が産業道路沿いにつらなっている。闇夜の中にコンビニエンスストアがあらわれ、人影のたえた店内の蛍光灯がまぶしい。

拓海は後方の席でシートに背をもたせていた。街灯の光跡が雨滴の張りついた窓ににじみ、後景に消失していく。

　利便性にめぐまれているとはいえなかった。盛り場が近いわけでも、風光明媚というわけでもない。その街にひとりで暮らす心理とはどのようなものなのだろう。

　これから会いに行こうとしている長井という男は、拓海よりいくらか年少だった。ハリソン山中の話によれば、明晰な頭脳と卓越した技術をもっているらしい。高校生の頃に出場した国際数学オリンピックではメダルを獲得し、世界的ソフトウェア会社などが主催する海外の技術カンファレンスに毎年招待されるほどだったという。国内外で将来を嘱望されていたにもかかわらず、その後どうしたわけか、長井は表舞台から姿を消した。いまは気がむいたときにだけインターネット上で仕事をし、隠居同然の暮らしを送っているようだった。

　ハリソン山中は、長井の協力をとりつけ、免許証を偽造しようと考えていた。刷新された免許証は、これまでのように透かしなどの印刷技術だけでは対処できない。ＩＣチップのスキミングと複製が欠かせなかった。

　完全な昼夜逆転の生活を送っている長井は、夜でなければ取り合ってくれないらしい。気難しい性格のため、ハリソン山中も一度仕事をともにしただけで、その後は依頼を断られている。今夜、拓海が訪問することは、一応は長井につたえてあるという。これまでの経緯があるせいか、ハリソン山中自身、さほど大きな期待をよせている感じではなかった。

　車内のアナウンスが目的のバス停を告げている。拓海は窓枠に手をのばし、降車ボタンを押した。

　バス停は工場地帯にあり、ひっそりとしていた。十分ほど歩いたところに長井の自宅はあった。

小さな建物は三階建てで、白壁の鉄筋コンクリートづくりだった。外観の劣化が目立ち、かなりの築年数が経っているように見える。各フロアは一室ずつで、一階と二階は空きテナントらしい。長井は三階に住んでいた。

玄関の呼び鈴を押す。応答がない。番号をひかえていた長井の電話にかけてみても、コール音がむなしく鳴りひびくだけだった。

外出しているのだろうか。

念のためドアノブを引いてみると、抵抗なくドアがひらく。鍵はかかっていなかった。U字ロックもドアチェーンもされていない。

若干の罪悪感をおぼえつつ、そっと内部をのぞく。

玄関の照明は消えていた。肩越しにわずかながら差し込んでくる街灯の明かりがたよりだった。

もともとは事務所として使われていて、あとから住居むけに改装したのかもしれない。靴を脱ぐような場所はなかった。コンクリートの玄関は、そのまま六畳ほどの台所の土間と連続している。おびただしい量の弁当の空箱とペットボトルがいくつものゴミ袋からあふれ、無造作に床に積み上がっていて足の踏み場がなかった。

台所をはさんだ先に部屋があった。わずかにひらいたドアのむこうは薄闇にふさがれている。

「すみません」

やや大きな声で呼びかけた。

応答はない。やはり不在なのかと思ったとき、空箱の蓋とおぼしきプラスチックのへこむ音がした。もぞもぞとした黒い影が部屋のむこうから近づいてくる。

正体不明の影に身構えた。よく見れば、そう大きくはない。黒猫だった。

赤い首輪をつけた黒猫は、警戒する様子もなくすり寄ってきた。拓海の脚にやわらかな頭部を無邪気にこすりつけてくる。その場にしゃがんで黒猫の背中をなでてやった。肉付きはよく、毛並みも悪くなかった。大切にされているのかもしれない。

黒猫にかまっているうち、背中でおさえていたドアがはずみで閉まった。奥の部屋の片隅がほのかに白く明るんでいるのに気づく。なにか照明器具が点灯しているというより、テレビかパソコンの画面のバックライトの光が漏れているような感じだった。

立ち上がり、ややためらったのち玄関の電灯をつけた。

弁当の容器やペットボトルはたしかに散らかっていたが、単に捨てていないだけなのか、いずれも綺麗に洗浄されているようだった。腐敗臭などもしない。

弁当の容器を踏まぬよう、慎重な足運びで室内に入る。背後からあらわれた黒猫が軽快な足取りで拓海を追い越し、奥の部屋に消えた。

部屋の前まですすみ、中途半端にひらいていたドアを引く。声をあげそうになった。

眼の前にひとが立っていた。

線は細いものの、百七十センチ台なかばの拓海よりも高い。異様だったのは、その風貌だった。パーカーのフードを深々と頭にかぶり、胸まである長髪を首にかけたヘッドフォンの間からたらしている。ドラッグストアで売られているような白いマスクをし、室内にもかかわらず黒く大きなサングラスをかけている。こちらからはまったく目元が見透かせなかった。

「……長井さんですか」

わかりきったことだった。無言ではいられなかった。

「誰だよ」

マスク越しの声はくぐもって聞き取りづらかった。顔と同様、声色からは感情が読めない。

長井の背後には、十畳はありそうな薄暗い部屋がひろがっている。壁際の机でパソコンのモニター二台が発光していた。

拓海は、ハリソン山中の使いのものだと身分を明かした。免許証のＩＣチップ偽造に協力してもらえないかと手短につたえる。

「いまは誰の仕事もしない」

拒絶の気配が濃厚だった。あまりのかたくなな反応に、事前に考えていた説得の文句を口にする気力もうせてくる。

ハリソン山中の言伝どおり、具体的な金額を提示しながら、じゅうぶんな報酬を支払う用意があるので考え直してくれないかと食い下がった。

「出てけ」

彫像のごとく微動だにしない長井が静かに言った。

これ以上の交渉は、相手の心証を悪くするだけのような気がする。自分に課せられたのは長井に仕事を依頼することで、結果まで責任をもてと言われているわけではなかった。

あきらめて踵を返そうとしたとき、かたわらの棚で物音がした。黒い影が眼前を横切る。黒猫だった。主にむかって飛びつく。

長井が反射的に両手でうけとめた。黒猫の前足がぶつかり、長井のサングラスがずれる。そのまま重みで床に落ち、プラスチックの乾いた音が足元の闇だまりにひびいた。

玄関からの暖色の電光に照らされた素顔を目にし、拓海は息をのんだ。

顔面の皮膚が激しいひきつれを起こし、大小無数の皺が渋皮のごとくケロイド状の凹凸をつくっていた。不自然に大きな鼻はマスクでは隠しきれず、いびつな形状をなしている。人為的な手術によって形成されたような、とってつけた感がある。とりわけ顔の左側が無残だった。眉毛はすべて抜け落ち、ひきつれた瞼の皮膚が崩れて眼がほとんどふさがってしまっている。おそらく光は感じられないのだろう。そのわずかな隙間から白濁した水晶体らしきものがのぞいていた。

長井はとっさに左手で顔をおさえた。

「見るな」

だしぬけの怒号に、黒猫がおどろいて長井の右腕から飛びおりる。

見ては悪いといった自覚がないではなかった。それでも、長井の顔から無遠慮な視線を外すことができずにいた。

見覚えのある傷跡だった。

殺人と現住建造物等放火の罪で起訴された父親の公判がようやく判決をむかえた日、法廷にあらわれた父親を見ると、それまで右手に巻かれていた包帯がはずされていた。自宅に火を放った際に火傷を負った患部は、複数回にわたる皮膚の移植手術をうけねばならないほどひどかった。溶かした赤い蠟をぶちまけたようなケロイドが手の甲から肘にかけてひろがり、左手の指にいたっては皮膚がひきつれを起こして癒着していた。色味はちがえど、長井の傷はそのとき見たものと同種の態様をしている。

「……火傷か」

でなければ、強い酸性の薬品でも浴びないかぎりこうはなりそうにない。

「見るなっつってんだろ」

長井が腰を折って声を振り絞った。もどかしそうな悲鳴が森閑とした部屋にこだまする。滑舌が悪く、声量を制限されるらしい。

拓海は、長井のうつろな左目に見入っていた。

「……痛かったろ」

無自覚にそうこぼしていた。なにかしらの思惑があるわけでも、憐れんでいるわけでもなかった。

「殺すぞ、てめえ」

長井が憤怒の形相で振りむいた。

頬骨付近に鈍痛がし、視界が乱れる。とっさに両手で空をかいた。体勢をもどせず、そのまま後方へくずおれていく。プラスチックのつぶれる感触が背中や腰につたい、派手な音が耳元で鳴った。

顔をしかめながら上体を起こすと、感情をむきだしにした右目と感情を失った左目が等しくこちらを見下ろしていた。

「わかったようなこと言ってんじゃねえよ」

マスク越しの怒声が荒々しい吐息とまじりあう。心なし語尾が震えて聞こえた。

拓海は片肘をついて頬をさすっていた。やがて散乱した弁当箱を踏み、相手とむかいあった。

「嫁と……三歳の息子、それから母親」

口の中が切れているらしい。血の味がする。怪訝そうな表情を右目にうかべる長井を無視し、つづけた。

「みんな火事でなくした。なんも残ってない。こっちは、それでもう手一杯なんだ。お前のことまで、いちいちわかってらんないよ」

強く言ったつもりだった。なぜか自嘲するような語調になってしまう。

「父親が借金かかえて、自暴自棄になって家に火つけたんだ。真っ黒だよ、みんな丸焦げ。かりんとうみたいになって。あんなにやわらかかったのに、冷たくてガサガサなんだよ。さわるとボロボロくずれちゃって」

あの一件のことを誰かに話したのは、これがはじめてだった。相手が長井でなければ、顔の傷がこれほど痛ましく、それも火傷によるものでなければ、素直に胸底のわだかまりを言葉にできなかったかもしれない。

右目を虚空にむけたまま、長井が立ちつくしている。途方に暮れているように見えた。

長井の足の間から黒猫が顔を出し、おっとりとした足運びで台所をうろつく。黒猫が気ままに移動するたび、プラスチックの触れ合うかすかな音がした。

「……邪魔した。失礼するわ」

踵を返した。背中に聞こえてくる返事はなかった。

玄関を出ようとしたとき、ドアのわずかな隙間からくぐもった嗚咽が聞こえた、気がした。苦しげに深呼吸を繰り返しているように聞こえなくもなかった。

拓海はドアを閉ざした。

街灯の余光の中にかろうじて雨脚が見える。来たときよりも強い降りになっていた。

駅へむかう最終のバスは、急げばまだ間に合いそうだった。傘の柄を握った手にふりかかってくる飛沫が冷たく、バス停へむかう足が重かった。道路に沿ってフェンスが延々と左手につらなっている。行きはなんでもなかった道が、果てしなくつづくように感じられた。

金網越しの車両基地では、深緑色のタンクを載せた五、六両の貨車が停め置かれ、取り残されたように雨に濡れてたたずんでいる。金網を引き裂き、すべて投げ倒したかった。

線路と直交する運河のむこうに、コンビナートが見えた。パイプや鉄骨で複雑に入り組んだ構造体が、硬質な光を惜しげもなくはなち、小さな波紋で埋め尽くされた水面を青白くそめあげている。


翌週、夜分にふたたび長井のもとをおとずれた。

ハリソン山中に頼まれたわけではない。独断だった。前回の訪問のあと、長井への仕事の依頼はやはり難しそうだと報告すると、ハリソン山中は仕方なさそうにうなずき、別の方策を考えると言っていた。

再訪した拓海を見て、長井はひどく驚いた様子だった。駅前の惣菜屋で買った松花堂(しょうかどう)弁当を一緒に食べないかとすすめると、意外なほど素直に了承してくれた。

弁当を食べる際、床にあぐらをかいた長井はサングラスをかけたままだった。マスクは外した。左目同様、口周りの皮膚のひきつれも激しく、唇が思うように動かないらしい。器用におこわや副菜を口に運ぶ姿が健気(けなげ)だった。

薄闇のもと、拓海は弁当を食べながら、火事で家族を失うまでのことや、それから今日までどのように過ごしてきたかを話した。長井は長井で、二十歳のときに不慮の交通事故に遭ったこと、乗っていたバイクのガソリンに引火した炎で大火傷を負ったこと、その後ひと目を避けて暮らすようになったことを問わず語りに話してくれた。

長井は誰かとじっくり話すのが久しぶりのようだった。意識的に避けてきたとも言った。それでも、内心ではずっと望んでいたことだったのかもしれない。しゃべるにつれ口数が増し、その積もりに積もったやり場のない思いを、少しでも多く、少しでも正確に伝えようと苦心しているようだった。拓海は時おり相槌をはさみながら、黙って耳をかたむけつづけた。

両手にマグカップをもった長井が台所からもどってくる。

「これって、魚がいるの？」

拓海は部屋の一角に眼をむけたまま訊いた。

腰ほどの高さのキャビネットの上に、横一メートルはゆうに超える大きな水槽が置かれていた。室内は暗く、水槽の照明も落とされている。内部の様子はうかがい知れず、モーターの音や水の気配が感じられるだけだった。

「少しだけどね」

長井は湯気の立ったマグカップをこちらにわたすと、水槽の天井部に設置された蛍光灯をともした。

眼前の陰影に、まばゆい水景がうかびあがる。

拓海は眼を瞠（みは）った。

フレームのないガラスの箱が澄みわたった水のかたまりを四角く切り取り、その中に小宇宙を形づくっていた。なだらかな起伏が、正面左手にそびえる苔むした岩場から底へむかってひろがっている。鮮麗な緑に発色した数種の水草が草原のごとく全体をおおいつくし、サファイアブルーに身をかがやかせる熱帯魚が悠然と群泳していた。

「これ……自分で？」

長井がいささか照れくさそうにうなずいた。柄の長い専用のはさみを手にし、水槽の蓋をはずす。こちらに心得がないと見て、水草の手入れをしながら解説してくれる。

淡水で満たされた水槽は、照明や濾過装置などさまざまな外部の補助をうけながらも、ひとつの擬似的な生態系をなしているという。厳密に管理された水質は、微妙な均衡の上に成り立っており、少しでもそのバランスが崩れると、バクテリアをふくめた内部の生物は生存できなくなってしまう……。

長井が慎重に水草を剪定している。おだやかな表情だった。水槽に心をかたむける理由が少しだけ拓海にも理解できる気がした。

「昔からやってたの？」

なにげなくたずねたつもりだった。

「いや、事故やってから……ていうより、結婚がだめになってから」

長井が無感情に答える。

「結婚？」

事故を起こす前、長井には結婚を約束した女性がいたらしい。事故後も女性は治療とリハビリに献身し、変わらぬ関係がつづいたが、ある時から、彼女の眼にも恐れの色があらわれるようになった。女性はどうにか長井を受け入れようと努力していたものの、当人も自覚がないまま彼を忌避していることに気づいてしまったのだという。長井は、彼女のためにも自ら別れを切り出した。

慰めの言葉をかける気にはなれなかった。拓海自身、死んだ家族のことを思うと、他人から知った口などきかれたくはなかった。

いつの間にか最終バスの時刻がせまっている。相手はまだまだ話し足りない様子だったが、また来ることを約束し、拓海は腰をあげた。

「急ぐの？」

長井に呼び止められた。

「バスの時間があるから——」

「免許証、スキミングしたいんでしょ？」

思いがけない提案に言葉を失う。まったく期待していなかった。

「そうだけど……いいの？」

長井が返事をする代わりに歯列をのぞかせる。引きつった皮膚のせいでぎこちなかった。拓海にはじめて見せる素直な笑顔だった。

後日、拓海は歌舞伎町の喫茶店でハリソン山中と落ちあい、長井が仕事を引き受けてくれることになったとつたえた。

「どうやって説得したんですか」

「猫……ですかね」

とぼけたように返すこちらを、ハリソン山中は解せない表情で見つめていた。

長井が市販品を改造してつくったＩＣカードリーダーライターは、こちらの要求を完璧に満たすものだった。

ＩＣチップ入りの免許証をその端末でスキミングすると、券面に印刷された生年月日や顔画像などの免許証情報はもちろん、ＩＣ化で記載がなくなった本籍や暗証番号などの情報も取得できる。抜き取った情報をそっくり別のＩＣカードに書き写せるうえ、ＩＣカードを専用の免許証チェッカーで検証しても偽造とは判定されない。あとは、顔写真だけを別人のそれに変えて書き写したICカードに、透かしと表面の情報を印刷すれば精巧な偽造免許証ができあがる。このやり方なら、他人の身分を乗っ取ってしまう「背乗り」もたやすかった。

拓海は、改造端末をもって競馬場やパチンコ店などに足をはこぶと、ハリソン山中の要求するターゲットの性別や年齢に合致しそうな「客」を探した。彼らに少額の金を貸し付け、身分確認という名目で次々と免許証を改造端末に通していった。

長井の改造端末によって、ハリソン山中から依頼される仕事の内容は、印刷所回りから、賭博場での客探しや、免許証のスキミングへと大きく様変わりした。報酬も増し、関与の度合も深めることになったが、もっとも大きな変化をみせたのは、ハリソン山中との関係かもしれない。

いくつもの偶然に助けられた結果とはいえ、俗世から背をむけた長井を翻意させた事実は、ハリソン山中にとってある種の驚きだったらしい。あきらかに自分に対する態度が変わった。端的にいって、あの一件で見込まれたのかと思う。

ハリソン山中が地面師としてその世界で名をはせているのを知り、本格的な誘いをうけたのも、ちょうどその頃だった。

「拓海さんも、やってみませんか」

いぜん人生の目的を見いだせないでいた。単調な流れ作業のごとく、色あせた日常を消費していく無為の生活がつづいていた。地面師であれなんであれ、命をつないでいくだけの金さえ入れば、自分が何者であるかにこだわりはなかった。

承諾すると、ハリソン山中は地面師に必要とされる知識や技術を教えてくれるようになった。実践研修と称し、ハリソン山中とつながりのある不動産会社で営業や不動産取引の現場を学ぶ機会をあたえてくれたりもした。

貪欲に知識を吸収し、合間に他人名義で宅地建物取引士の資格を取得するなど、地面師に自身を近づけるよう努めた。不純な動機かもしれない。それでも、未知のことがわかるようになり、できなかったことができるようになる体験は、かりそめの充実感をもたらしてくれたような気がする。

ハリソン山中がただの詐欺師でないとわかってきたのは、そのような「地面師研修」がはじまってからのことだった。

宅地建物取引業法、不動産登記法、借地借家法、都市計画法、国土利用計画法、区分所有法といった不動産取引にかかわる法令はもちろん、自治体の条例にも通じ、刑法や刑事訴訟法の条文ないし判例をやすやすと諳(そら)んじる。かと思えば、アリストテレスにはじまり、ヘーゲルやマルクスといった古典の一節を援用し、滔々(とうとう)と持論を述べたりした。

その種の驚異的な記憶力や知識量を前にしてしまうと、中退ながらも一度は旧帝国大学に籍を置いていたという、当人の自分語りも簡単に法螺(ほら)と片付けることはできなかった。あるいは、風俗店のドライバー時代に目の当たりにした、サディスティックな性癖や、常人がそなえているだろう共感性の欠如を考慮すれば、ある種の精神病質を先天的にかかえているのかもしれない。

地面師に限っていえば、ハリソン山中は助言者としての適性をそなえているかと思う。豊富な経験に裏打ちされた知識や技術を教えてもらいながら、不動産取引にまつわる手付金詐欺などの簡単なプロジェクトから少しずつ実践に入っていった。

場数を踏むごとに、地面師の仕事にのめりこんでいく自分を意識した。

ハリソン山中は、成功率を高め、突発的なトラブルに対応できるよう、毎回緻密に計画を立て、入念な準備をおこなう。無用な心配をいだかずに仕事に没頭でき、馴れ合いになることもなく、ある種の緊張感が常に流れていた。それぞれ決めたことを着実にこなしていくだけの、必要以上に干渉しあわないハリソン山中との距離感が心地よかった。

もっとも、地面師稼業に没入したのはそればかりが理由ではない気がする。

その日、拓海は都内にある仲介会社の応接室で不動産取引の決済に立ち会っていた。すでに売買契約は書面で取り交わしていた。手付金と中間金の受領も済み、あとは残金の振り込みを待つだけという状況だった。同規模の現場を経験していた拓海は、いつしか板についたポーカーフェイスをうかべながら、計画どおりすすんでいく事態を見守っていた。

買主は、中国地方に住む三十代の男性で、拓海よりも若かった。どういう事情か、勤めていた会社を辞め、家業を継いだのだという。人前では極度に緊張するらしく、紅潮した顔で不動産に投資するのははじめてだとも言った。それまで対峙してきた一癖も二癖もある面々のような威圧感はない。誠実な人柄が言動の端々ににじみ、拓海たちを疑うようなところがなかった。振り込みの知らせを待つあいだも、適当な話題を探しては、つたない話しぶりで絶えず皆に気をくばっていた。

「母が会社を経営していたんです。ですけど、数年前に難病にかかってしまいまして。ご存知かもしれませんが、あの、体がだんだん言うことをきかなくなって、最後には呼吸まで止まってしまうおそろしい病気だというんですね、しかも、始末の悪いことに、あの、これといった治療法もないというんですよ」

応接室が静まりかえる。

「いまはかろうじて、父の手を借りながら身のまわりのことができていますが、でもそれも時間の問題らしいんです。お恥ずかしいですが、あの、私はずっと豆腐の機械を売ってまして、経営とか、投資とか不動産のことなんてさっぱりわかりません。ですけど、こうやって皆さんのお力をお借りして、あの、本当に嬉しく思ってまして――」

拓海はなにげなく相槌を打っていた。古い記憶がよみがえってくるのをどうすることもできなかった。手垢まみれの親切に触れただけで、会ったばかりの素性もわからない相手を信頼し、無警戒に自己をさらしていく。そうした買主の姿は、まるであのときの自分と同じだった。

親族の会社で、まだ拓海が営業員として医療機器を販売していたときのこと、ある日ひとりの医師と知り合った。横浜の山下公園からほど近いホテルのバーのカウンターで、たまたま隣り合わせになり、言葉を交わしたのがきっかけだった。

五十前後とおぼしきその男はフリーランスの医師だった。どこかの病院に所属することなく、要望をうけて各地の病院をわたり歩いているのだという。物静かで、いかにもひとのよさそうな雰囲気をしていた。たまに発言するかと思えば、ひとを救うためならすべてを投げだす覚悟でいると嫌味もなくつぶやく。男の親身な態度にふれ、胸のつかえがおりるような気がした。酒の勢いも手伝い、気づけば普段より口が軽くなっていた。

その当時、接待漬けの営業に疲弊していた。傲慢で無茶な要求ばかりしてくるクライアントの医師たちにうんざりだった。誰にも相談できず、家族や親族への義理や責任を感じて、仕事を放棄する勇気もなかった。その男だけはさかしらな助言も小言も口にすることなく、黙ってこちらの悩みを聞いてくれた。

男とは、バーで別れたあとも連絡をとりあった。個人的な相談に乗ってもらったり、実際に営業先の病院を紹介してくれたりという関係をつづけた。

男からいつになく神妙な顔つきで経営陣を紹介してほしいとたのまれたのは、知り合って一年ほどした頃だった。さんざん世話になっていたから、断る頭などなく、男に、そのとき専務取締役だった父親を紹介した。男は父親に取り入って小さな商談をまとめると、そこで得た信用をもとに倒産の発端となる大きな取引をもちかけた。父親は、さして疑問ももたずその話に乗ってしまった。

その後、男は行方をくらましたが、医師資格などなく、「医療コンサルタント」と自称して病院に出入りしている業者だと判明したのは、会社が倒産してしばらく経ってからのことだった——。

追憶にふけっているうち、やがて決済が終わった。

当時の拓海と同じ年頃の買主は、自身が騙(だま)されていることも知らず、参加者ひとりひとりの手をにぎって、礼を述べてまわっている。最後になって、応接室の端に立っていた拓海のところにも近づき、握手を求めてきた。

こちらも手を差し出すと、両手でそっとつつむように握られた。やわらかな感触だった。自分の体温よりもわずかに高いぬくもりをつたえてくる。

あのとき、医師にふんした男の正体を自分が見抜いていれば、自分はもちろん、家族も破滅せずに済んだかもしれない。この買主もどこかで異変に気づいていれば、騙されないだけの見識を身につけていれば、多額の金を失うことにはならなかっただろう。

　買主に同情する気はなかった。したたかなものが笑い、弱きものが泣く。それ以上でもそれ以下でもなかった。かつて自分が食いつくされたように、弱きものはとことんまで食われてしまえばいい。

「ありがとうございます。あの、本当にありがとうございます。これで親にも、少しは孝行できたかなと思います」

　買主が握手をしながら、大げさと思えるほど腰を折って頭を垂れる。ゆっくりと顔をあげた。一点の曇りもない眼だった。

　皮膚が粟立った。全身の血液が沸騰したようにたぎり、かつて拓海自身の中にも存在した初々しい良心を、思いきりにぎりつぶしているような倒錯した感覚にとらわれる……。

　金を騙しとったからといって、胸の空隙が埋まるようなことはなかった。みずから悪に染まりきることで、過ぎし日をやり直せるわけでもない。誰かの善意や良心を搾取している間に、いや、そのような自覚さえもしだいに無意識の淵へ消沈し、いつか地面師という仕事そのものに淫するようになっていた。地面師として仕事に打ちこんでいるときだけは、まるで自分が透明になったかのように無心になれた。

　いずれどこかで身を引くだろうと高をくくりつつ、ついぞその機会がおとずれないまま、地面師となって四年が過ぎていた。

三

夏に丸山岳登頂を果たすと、暑気を避けるように北海道の富良野でコテージを借り、釣りをしたり、道内を気ままにドライブしたりして過ごした。それから都内にもどってきたときには、街路樹の葉はうすく色づきはじめており、日によっては肌寒く感じることもある。

その日、拓海は転居先で久々にスーツに袖を通すと、日比谷の老舗ホテルにあるラウンジの個室へおもむき、ハリソン山中たちと落ち合った。

「竹下さん、遅いな」

後藤が大口を開けてハンバーグステーキのサンドイッチにかじりつく。マカオのカジノで大勝ちしたらしく、どことなく表情に余裕があった。

時間に正確な竹下が遅刻するのはめずらしい。電話をしても出なかった。

「遅れるって連絡はないんでしょ？」

麗子が、三段からなるティースタンドに載せられたスコーンに手をのばす。ハワイ滞在中に愛人と諍いをおこしたらしい。不貞腐れた訊き方だった。

「いまのところは」

ハリソン山中が腕時計を一瞥してティーカップを口にはこぶ。三ヶ月半ぶりに目にする顔は、カリブ海の太陽にさらされて小麦色に焼けている。黒々とした頭髪とあごひげは、相変わらず細部まで手入れが行きとどいて若々しい。

「モナコボケがまだ抜けきってへんか、白人のネエちゃんにでも骨抜きにされたんちゃうか」

後藤の戯言に笑うものはいない。

この日の会合は、次のプロジェクトを打ち合わせるためにもうけられたものだった。検討用資料のとりまとめをになっていた竹下が来なければ、なにもはじまらない。

「仕事に穴を開けることはないひとなので、心配はいらないと思うんですが……」

口ではそう言っているものの、ハリソン山中の表情から憂慮の色は消えない。

再度、竹下に連絡しようと拓海がスマートフォンを手にしたとき、背後の扉がひらく音がした。

スタッフに案内されて、ルイ・ヴィトンのアタッシェケースを手にした竹下が入室してくる。全体重をあずけるように深々と隣席に腰をおろす竹下の横顔を見て、別人のごとく面変わりしているることに気づいた。真っ黒に日焼けした頬の肉がそげ落ち、二重の目がいっそう大きく見える。椅子に寄りかかったまま無言でテーブルを凝視する姿は、何日も絶食を強いられた病人のようだった。

「どうしたんですか」

たまらず声をかけると、竹下はおもむろに頭をもたげた。やつれた顔をほころばせながら口をひらく。

「いやよ、今回の仕事で徹夜がつづいてたから、ちょくちょくシャブ入れてたんだけど、成田で引っ掛けたズベ公に食わしたらドはまりしちまってよ。毎晩、そいつと生でだらだらヤってたら、いつの間にかこっちまでキマって、もうへろへろ」

座にかわいた失笑がもれる。

「竹下さん。お願いしてたもの、いいですか」

ハリソン山中の呼びかけに竹下は物憂げな眼で反応し、いかにも億劫といった感じでアタッシェケースから資料の束を取り出した。

竹下の手によって、クリップで留められた数十枚つづりの資料が各自にくばられていく。竹下とその部下の調査をまとめたものだった。

拓海は一部を受け取り、一枚ずつめくっていった。

そこには、公図、周辺地図、登記事項証明書、現況の写真、市場価格、用途地域や建蔽率などの物件概要、所有者の来歴や家族関係の個人情報といった、ターゲット候補の情報が記されてあった。拓海の知るかぎり、ターゲット物件の選定に際して竹下がこれほど大量かつ詳細な資料を用意したことはない。依頼主であり、プロデューサーでもあるハリソン山中の、今回のヤマにかける意気込みの大きさが知れる。

資料に眼を通していると、見るからに顔のさえない竹下がアタッシェケースからペンタイプの電子タバコを取り出した。

「竹下さん、タバコはじめたん？」

後藤が資料から顔をあげている。

「いや、これはタバコじゃないよ。ニコチンなんかより、もっとシャキッとするやつ」

覚醒剤の溶液を電子タバコの装置で気化し、摂取しようとしているらしかった。

「ちょっとこんなとこでやんないでよ」

麗子が神経質な声を出す。

「大丈夫だよ、だいじょうぶ。ここは喫煙できるし、有効成分はオレの肺胞ちゃんがあまさず吸収してくれるから」

電子タバコをくわえた竹下はボタンを押し、蒸気を吸い込んだ。しばらく息を止め、吐き出す。ついさきほどまで顔面をおおっていた陰鬱な影が一掃され、みるみる生気をとりもどしていく。

「あぶねえ……復活した」

安堵の声を漏らす。瞳孔がひらき、うろんな光がぎらついていた。

「元気が出たところで、さっそくはじめようか」

威勢よく言って、竹下は手元の資料に視線をそそいだ。

「端に書いてあんのが一応オレの勝手な評価。ABCの三段階で、Aがオススメ、Bが無難。あとはCなんだけど、微妙だし数も多くなっちゃったから、あらかじめそこから抜いてある」

資料には、各物件情報の先頭にAやBのアルファベットが走り書きしてあった。そのうちA評価のものは二件で、基本的にはここを検討すればいいのではないかと舌のもつれそうな語調で竹下が補足する。

「まず、一ページ目の赤坂のやつ。地図見りゃわかるけど、溜池寄りのところで、現況は駐車場になってる。登記簿も綺麗だし、抵当にも入ってない。場所が場所だけに買い手には困らないし、いまの市況の感じだと二十一、二億は堅いと思う」

「竹下さん。このA評価ってのは、土地だけ見て言うてる?」

後藤がたずねると、竹下は意味ありげに口の端をひいて微笑をうかべた。

「それもあるけど、それだけじゃない。ここの所有者が七十ぐらいの金持ちのジイさんで、ちょっと前に、再婚した二十歳そこそこのフィリピン嬢と、子供つくったんだよ。とんでもねえ話なんだけどさ、ジイさんにとっちゃはじめてのガキだったらしい。そりゃ、かわいいわな。

溺愛するガキのために金を残しておきたいってんで、税金対策でシンガポールに移住してる」

竹下の話によれば、課税の観点からシンガポールへの移住が認められるには、基本的に一年を通して現地で過ごさなくてはならないようだった。その間にこちらがなりすましか代理人を用意して仕掛けてしまえば、うまくいく可能性は高いだろうという。

「こないだのササキさんと年齢近いってこと？」

麗子がフォークに刺した苺を口に運びながら竹下の方を見る。

「そうなるな」

「だったら、ササキさんにもう一度お願いすればよかった。ひと探すのすっごい面倒くさいんだから」

麗子がわざとらしく不満をもらすと、竹下は派手な声を出して笑った。

「楽しちゃだめだよ。そもそも背格好がぜんぜんちがうから。ずっと空手やってて、年の割に大柄らしい」

無言のハリソン山中が竹下の方を一瞥し、なにも言わぬまま、ふたたび書類に眼を落としていた。

拓海は資料をめくりながら、気になっていたことを指摘した。

「もうひとつのA評価がついてる、西新宿の、これって前にも検討したところですよね？　そのときは難しいって判断だったと思うんですけど」

界隈（かいわい）の関係者の間では、それなりに知られた物件だった。現況は築年数の古い民家と、そこにコインパーキングとシャッターのおりきった文具店が隣接している。敷地自体は表通りに面し、ちょうど再開発が盛んに行われているエリアにあるため、高層のレジデンスとしての活用が期待できる。皆が欲しがる土地なのは議論の余地がなく、市場にでればおそらく三十億円はくだらない。所有者は、親から資産を引き継いだ六十代の独身女性だった。狷介(けんかい)な性格のうえひと嫌いで、誰にも土地を譲るつもりはないと言い張り、訪問してきた業者をことごとくつっぱねてきたという。

「そのときはな」

竹下が得意げな眼をこちらにむけると、後藤が口をはさんだ。

「状況が変わったん?」

「そう。変わった。すげえ変わった」

竹下が嬉しそうに頬をゆるめてつづける。

「あんまりひとの不幸を喜んじゃいけないいんだが、あそこのバアさんな、どうやらガンになっちまったらしい。で、ここからがバアさんらしいとこなんだけど、そんな性格だから、医者のすすめる治療ぜんぶ拒否してるんだとよ」

「それじゃ、あきらめて家で療養してるってことですか」

拓海は、竹下の方へ眼をむけた。

「と思うよな、これがちがうんだよ。いわゆる、民間療法っつうのに入るのかな。東北の方に有名な温泉あるだろ、病気が治るとかいってさ。バアさん、そこにずっと泊まり込んで、岩盤浴してるらしい」

「ガンって岩盤浴で治るの?」

麗子が真顔でたずねる。

「んなのオレが知りたいよ」

竹下は相好をくずし、皆の顔を見回した。

「でも大事なのはな、西新宿のあの家にいまバアさんはいないってこと。それと、それを知ってるやつは、オレたちをのぞいてほとんどいないってことよ」

ひと付き合いの苦手な独り身の所有者で、なおかつ不在にしているとなれば、なりすましが周囲に気づかれる可能性は低く、仕事は相当にやりやすい。肝心の土地自体も申し分ないうえに、前回の恵比寿より何倍ものあがりが期待できそうで、竹下がA評価をつけるのも妥当と思えた。

誰からともなく、意見を求めるような視線が決定権者である男のもとへあつまる。

そうした拓海たちの様子に気づいているのかいないのか、ハリソン山中は相変わらず沈黙をたもって資料をながめている。ようやく資料から眼を外したかと思うと、思案げな表情で虚空を見つめ、竹下の方に視線を転じた。

「さっきおっしゃってたC評価のやつって、いまお持ちですか」

「あるけど、どれも厳しいよ」

語尾にあからさまな不満がにじんでいる。

「そちらを見せていただきたいんですが」

「気に入らねえなら自分でやった方が早いかもな」

竹下は舌打ちをし、アタッシェケースから乱暴に取り出した別の資料をハリソン山中に投げるように渡した。

ためらいなく次々と紙をめくる音がし、テーブルにただよいつつある重い空気を際立たせていた。

「なんで竹下さんのオススメじゃダメなの？」

ダージリンティーに口をつけていた麗子がカップをテーブルに置いた。

ページをめくっていた手が止まる。あたかもそこだけ電気が流れたかのように義指がかすかに屈曲していた。

「つまらないじゃないですか」

ハリソン山中が口をひらいたときには、その眼に、幼児に道理を説き聞かせるような愉悦の光がうかんでいた。

「誰でもできるようなことチマチマやってたら。小さなヤマよりは大きなヤマ、たやすいヤマよりは困難なヤマ。誰もが匙(さじ)を投げるような、見上げればかすむほどの難攻不落のヤマを落としてこそ、どんな快楽もおよばないスリルと充足が得られるはずです」

「前回んときもそやけど、いままでそんなん言わんかったやん」

後藤が疑問を呈す。

ハリソン山中は少し考える素振りを見せ、資料をテーブルに置いた。両肘をつき、なにかに祈るように両の指を組み合わせる。拓海のところからよく見える義指は微動だにしない。

「さきほど、竹下さんがおっしゃっていた西新宿の女性の話もそうですけど、私ぐらいの年齢になると年々体力的なものが落ちてくるのは避けられません」

伏し目がちに唇を動かすハリソン山中の話を皆黙って聞いていた。

「ですが、ご承知のようにこの仕事はなかなかハードです。体力が落ちれば、気力も衰える。勘もにぶる。そうなると、とてもじゃないですが、大きなヤマには挑めません。ヤマが大きくなればなるほど、敵は手強(てごわ)くなりますから……」

部屋が静まる。しばし黙考していたハリソン山中が顔をあげた。

「もうずいぶん前ですけど、ハンティングに凝っていたことがあります。国内はライセンスの問題がうるさいので、もっぱら海外をまわって。トロフィー、いわゆる剝製が目的ではなくて、単純に銃をつかった狩猟行為そのものに惹かれていました。みずからの手で生命をうばい、その生命をありがたくいただく。そうした原始的な行為に神聖なものを感じていたのかもしれません」

「なんやなんや、いきなり昔話――」

混ぜ返そうとする後藤を、ハリソン山中はやんわり手で制した。

「アフリカにも行ったりしてライフルの扱いにも慣れてきた頃、モンタナに一週間のハンティングに行ったんです。獲物は、肉として食用にできればなんでもよかったんですが、そのときは猟期に重なっていたムースだったか、エルクだったと思います」

客はハリソン山中の他に、横柄な太ったアングロサクソンの中年男がいたのだという。それに、ハンティング学校を出たばかりの若いヒスパニック系アメリカ人ガイドがひとりつき、美しい湖畔にあるベースキャンプを拠点に、三人で連日、馬に乗りながら林の中で獲物を探した。二日たち、三日たっても獲物はぜんぜん見つからなかった。そのうち白人が不満を言いはじめ、焦ったガイドも判断力を失い、せっかくのハンティングも険悪な空気になったらしい。

「四日目のことです。ひどく肌寒い日でした。朝から獲物を探して、でも残念ながら見つからず、林の中で昼食を摂っていたんです。アングロサクソンがサンドイッチを食べながら、うなだれたガイドにむかって、顔を真っ赤にして汚いスラングで罵りつづけていました。休んでるときぐらいお前の顔を目にしたくない、失せろと。そう言われて、ガイドは近くにあった岩のむこうにすごすごと歩いて行きました」

いつしか皆、話に聞き入っていた。

「アングロサクソンの愚痴を聞きながら食事をつづけていると、悲鳴が聞こえてきたんです。最初は蜂にでも刺されたのかと思いましたが、尋常じゃない叫び声でした。私たちは話をやめ、黙って岩陰の方を見ていました。一瞬、岩がふくらんだのかと思ったら、そうではなかった。巨大なグリズリーだったんです。軽く三百キロはありそうな大人の個体で、驚くほど俊敏でした。グリズリーに引きずられたガイドは必死に抵抗していましたが、あまりにも無力でした。木につながれた馬はいなないて暴れ、アングロサクソンはその場から逃げ出しました。私だって助けになんかいきませんよ。こちらもやられてしまうじゃないですか。獰猛な熊からしたら、我々人間なんか赤子の手をひねるようなものですから。無線は持ち込みが禁止されているので、助けも呼べませんし」

「じゃ、逃げたの？」

皆を代弁するように麗子が口をはさむ。

「いえ、見てました」

ハリソン山中は淡々と言った。

「ライフルを両手にかかえて、少し離れたところから、ガイドが襲われているのをじっと見てました。熊っていうのはあれですね、意地汚いんですよ、ネコ科とちがって。獲物を仕留めずに生きたまま食べてしまう。ガイドも悲鳴をあげながら、食われてました。ガイドが私の眼を見て助けを求めるんですよ、何度も。そのうちガイドの声が聞こえなくなって、代わりにグリズリーが頭蓋骨を噛み割る音が聞こえてきました」

やだ、と麗子が眉をひそめてカップに手をのばしている。笑いをこらえているかのようなハリソン山中を、竹下はかたい表情で見つめていた。

「ひと通り食べて満足したんでしょう。グリズリーが、ボロ布のように地面に残ったガイドの脚だか腕だかの肉片を咥えたんです。そのまま立ち去るのかと思いましたが、なにを思ったんでしょうね、とつぜん肉片を離して私の方を振り向いたんですよ。感情の読めない、つぶらな瞳でした」

ハリソン山中が眼を見開く。歯列をのぞかせて破顔している様は子供のようだった。

「想像できますか皆さん、そのときの私の心境を。あのときほど、全身で、生きているという実感を得た瞬間はありませんよ。無我夢中で、ありったけの弾をグリズリーの巨体に撃ち込んでやりました。仕留めたあと、不思議と頭は冷静でしたが、ペニスがはちきれんばかりに昂ぶっていたものですから、ガイドの血にまみれて、だらしなく伸びきったグリズリーの舌に射精してやりました」

そこで言葉を切ると、ハリソン山中は自身の内側をのぞきこむようにテーブルの一点を見つめた。

「もしかしたら私は、あのときの興奮をいまも忘れられないでいるのかもしれません」

恍惚にひたったハリソン山中の横顔から、なかなか眼をそらすことができなかった。痛いほどに動悸が意識される。

ふたたび資料に眼を落としたハリソン山中が、手にしたそれをテーブルの中央に置き、むかいの竹下の顔をうかがった。

「ここは、どういう状況です？」

後藤と麗子につづいて、拓海も机上の資料をのぞきこむ。

竹下から検討に値しないとされたその候補物件は、東京港区の泉岳寺駅にほど近い広大な一等地の駐車場と、そこに隣接した元更生保護施設だった。あわせて二千六百平米を超える物件はきれいな整形地で、抵当権は設定されていない。東京日本橋から横浜まで南北につらぬく片側三車線の国道に面しているうえ、ちょうど山手線の新駅が予定されており、再開発が見込めるエリアに位置していた。きわめて希少かつ需要の見込める一団の土地と言っていい。

「ああ、そこはぜんぜんだめ。尼ちゃんがもってるとこ。絶対売らないってこの界隈じゃ有名だし、まだピンピンしてる。それにここは単立じゃないだろ。包括宗教法人ががっちり見張ってるから、手出せないよ。悪いこと言わないからやめといた方がいい。時間が無駄になる」

竹下が面倒臭そうに言って顔をしかめる。ハリソン山中は引かなかった。

「ここの市場評価って、どれくらいになります?」

「そうだな……九十……いや、百はいくかもな」

「百億……」

竹下の返答を聞いて麗子が瞠目している。

「そら、いくらなんでも無理やわ。買い手が見つからん」

後藤は椅子の背に身をもたせ、側頭部の髪をなでつけながら興味を失ったように苦笑している。

これまで拓海たちが仕掛けたヤマの中にも、数十億円前後のものはいくつか計画したことがあった。すべて実行する前に頓挫している。ましてや百億円のヤマなど、検討したことすらない巨額案件だった。

いつの間に降りはじめたのか、むこうにビルを映していた窓が雨でけぶっている。いまだおさまらぬ胸の動揺がしだいにうねりを大きくしていく。

「なにかつけ入る隙があるかもしれません。もう少し探ってみてもらえませんか」

ハリソン山中が竹下に念を押し、おもむろにこちらに首をふった。

「拓海さんも、手伝ってあげてください」

＊

歩道橋をおり、辰は駅へと流れてゆく人波に合流した。

ナイロンコートの襟口から晩秋の冷気が侵入し、全身にのしかかった睡気（ねむけ）と疲労がいっそう強く意識される。黒い合皮のウォーキングシューズは鉛を流し込んだように感じられ、ゴム底が接地するたび、ここ数日ほぼ不眠不休で体重をささえつづけた踵（かかと）に痛いほど路面の硬さをつたえてくる。

都内に支店を置く地方銀行で発生した横領事件で、所轄署に応援に駆り出されたのはつい先日のことだった。嫌疑をかけられている三十代行員が顧客から着服した金の使い込み先を洗い出し、裏付け作業を連日連夜手伝っていたが、それもひと区切りつき、ようやく一時帰宅の機会を得た。

以前は、何ヶ月にもわたる泊まり込みの捜査を強いられることが常だった。たかだか一、二週間かそこらであれば、帰宅できないぐらいなんともなかったが、この頃はそれなりにこたえるものがある。確実にしのびよってくる肉体の衰えがいとわしく、あらためて刑事として過ごせる残り時間の少なさを思った。

一日の終わりを告げる残照が足元の影をのばし、ターミナルに停車するバスや駅ビルの外壁を暮色に染めている。帰宅を急ぐひとたちが駅の構内に吸い込まれていき、辰もそれにつづいた。

郊外にある自宅へ帰るには、ここから私鉄に乗り、途中で一度乗り換える必要がある。歩を進めながらその経路を順に頭でたどっているうち、ある箇所で、ひとつの住所が呼びおこされた。

無数の靴音が構内に反響していた。

壁際に寄り、背広の内ポケットから携帯電話を取り出す。やや躊躇(ちゅうちょ)してから、自宅の番号にかけた。

コール音が五回つづき、六回目が鳴ろうとしたところで妻が出た。台所にでも立っていたのか、慌てて受話器をつかんだような声だった。

「今日なんだけどな、少しやり残した仕事があるから、悪いけどメシ先に食っててくれ」

「今日は早く終わるって言ってたじゃない。せっかくカキ鍋用意してたのに」

妻がため息まじりの声をもらす。いかにも楽しみにしていたというような落胆はあっても、そこに非難がましい響きは希薄だった。

二十代の、まだ三人の娘も生まれていない駆け出しの刑事のときは、昼夜の別がない仕事漬けの生活のせいで、しばしば妻と諍いとなり、これ以上の夫婦関係の維持は不可能だとして別居したこともあった。それでもどうにか危機をやり過ごし、だましだまし生活をともにしてきた。プライベートという概念がすっぽり抜け落ちた刑事の仕事を長らく毛嫌いしていた妻も、あきらめたのか、それとも単になれてしまっただけなのか、いまでは、泊まり込みの捜査がつづいた折などに着替えや栄養ドリンクを差し入れする程度の理解は示すようになっている。

「そんなに遅くはならないから」

ふいに高まった構内の喧騒に聴覚をうばわれそうになり、辰は声を張った。

「嘘ばっかり。急な事件なの？」

「いや、そういうわけじゃない。ちょっと気になったことがあってな」

これまで数えきれないほど多くの事件を追ってきた。必ずしも合理的な判断と行動ばかりが解決へと導いてくれるとは限らない。ときに思いつきでしかない直感が、ときに気まぐれのような寄り道が、思いがけぬ重要な情報をもたらし、捜査をいちじるしく進展させてきた。胸の引っ掛かりを自覚していながら、それを放置したばかりに取り返しのつかない事態におちいり、解決の道を完全に断たれたこともまた、一再ではない。

「いつもの当たらない勘ね」

からかうような口調で妻が言う。

返事もせず、ひっきりなしに通り過ぎてゆく人波に眼をやりながら、苦笑していた。

「定年近いから、おとなしくしてるって言ってなかった？」

妻の微笑している顔が目にうかぶ。

定年後は二人でゆっくり船旅を愉しむつもりでいる。妻も口にしはしないが心待ちにしているようだった。

「そうなんだがな」

「無理はしないでよ」

わかってる、と応えて携帯電話を背広にしまった。

乗客でごった返す各停の列車に乗ると、自宅最寄り駅へつながるターミナル駅の手前で降りた。駅は私立大学と接しており、近代的な駅舎を出ると正門にむかってまっすぐ道がのびていた。

辰は関係者のような顔をして正門を抜け、広大なキャンパスの中を歩いた。

すでに陽は暮れ、敷地内に点在する建物にところどころ明かりが灯っている。時おり学生らしきグループとすれ違い、静寂につつまれたキャンパスに彼らの陽気な話し声がひびいていた。奥へ進むにつれ、知らぬうちに早足になる。いつか泊まり込みの疲れも消し飛んでいた。

やがてキャンパスの端に突き当たり、グラウンドが視界に入ってきた。

照明設備のない真っ暗なグラウンドに人影はなく、陸上トラックに足を踏み入れるとむこう側にそびえる十階建ての大規模マンションを一望することができた。単身者むけのワンルームと家族むけの部屋が混在するマンションは、ベランダがこちら側から見渡せ、モザイクパターンのごとく一部の部屋から光がもれて闇夜にうかびあがっている。

辰は物陰から眼をこらし、地上階から順に数えあげるようにして三階の端に位置する目当ての部屋を探した。

部屋の居住者、より正確に言えばこの部屋を事務所として使用していた人物は、不動産コンサルタント業をいとなむ三十代の井上秀夫という男性だった。

井上は、今年七月に発生した恵比寿の土地をめぐる詐欺事件において、取引現場にいた代理人だった。重要参考人として担当刑事が事情聴取をこころみたものの、事件後、連絡が一切つかなくなり、家具ひとつないワンルームの部屋を残したまま、どこかへ姿を消してしまっている。

行方不明なのは井上だけでなく、取引現場に同席していた仲介者やなりすまし役とみられる売主の老人も同様だった。なかなか犯人検挙につながるような情報がつかめず、いまだ事件解決の見通しさえ立っていない。

そもそも本件については、他の特殊詐欺事件などにくらべ、上層部の意欲が相対的にとぼしい。数名の捜査員によって引きつづき捜査はおこなわれているものの、他の事件をいくつも兼任する者ばかりとあってか、かんばしい成果はいまだ聞こえてこない。

このまま被害者の泣き寝入りもやむなしという空気がうっすらただよいはじめる中、辰は新たな事件の捜査で忙殺されつつも、一時応援に呼ばれて手伝っていたこの事件のことを気にかけつづけていた。七億円を超える被害額の大きさもさることながら、手口があまりにも鮮やかすぎる。

詐取された被害金の振込先となった口座は〝シマザキケンイチ〟名義の架空のもので、すでに全額、匿名性の高い仮想通貨に交換されており、誰の手に渡ったのかわかっていない。犯行に使用された偽造書類はどれも精巧につくられていて、書類に残された指紋を照会してもデータベースに引っかからなかった。取引現場周辺の防犯カメラの映像を洗い出したり、取引対象となった土地の近隣住民にも聞き込み(ジドリ)をしたりしているが、いまのところこれといった情報は得られていない。

物証からして、本職の地面師が犯行におよんだことは間違いなさそうだった。売主に扮した老人は、この事件のために用意されただけの雇われである可能性が高く、井上ら現場の同席者とは別に、裏で絵を描き、糸を引いているものがいる。これほどの仕事を手がけられる人間はそう何人もいない。やはりハリソン山中の仕業なのか、どうか……。

どれだけ思いをめぐらしても、しょせん臆測の域をでず、いまある手元の情報を地道にたどっていくほかない。井上の所在を突き止め、事件を解決にみちびき、願わくはハリソン山中にいたる手がかりも摑みたかった。

さまざまな予断が脳裏をよぎる中、間もなく、ずらりとならんだマンションの部屋から井上のそれを同定した。

主の不在を知らせるように電気が消えている。勘は外れたらしい。肩のこわばりがあっさりとほどけていく。

あいつの言ったとおりだったなと苦笑しながら、辰は踵を返した。

すぐにでも帰路につきたいところだったが、足運びに未練があらわれているのに気づく。駅へもどる前に、念のためマンションの部屋まで行ってみようか。

行ったところで同じことと妻のからかい交じりの声がどこからか聞こえてきそうだった。自分でも切りがないと思いつつ、足はマンションの方へむいていた。

年季の入ったエレベーターで三階まであがり、井上の部屋の呼び鈴を押した。

予期していたとおり応答はなく、室内に誰かいるような物音もしない。隣人に聞き込みをしようとするも、あいにく不在だった。独断で張り込みをするわけにもいかず、これでもう帰る他なくなった。

一階に止まっていたエレベーターを呼び、間もなくやってきた無人のカゴに乗り込んだ。壁にもたれかかり、ガラス窓付のドアが視界を遮断していく様子を漫然とながめていた。

音もなくドアが閉ざされ、やや間があってからエレベーターが地上階へむけて下降をはじめようとしたとき、ガラス窓のむこうに見える三階の廊下に人影が横切った、気がした。エレベーターホールに隣接した階段から、誰かが上ってきたか下りてきたのかもしれない。

エレベーターが下降していく。

一階に着くと、辰はカゴに乗ったままドアを閉め、ほとほと自分の性格にうんざりしながら三階のボタンを押した。

ふたたび井上の部屋の前に立ち、呼び鈴を鳴らす。

またしても応答はない。やはり気のせいだったか、と思ったとき、室内で足音がした。次第にその音がはっきりしてくる。間もなく鉄製のドアが開いた。

中から、四十前後に見えるスエット姿の女がドアノブを握りながら顔をだす。井上の女かと思った。部屋の廊下に、折りたたんだ引越し業者の段ボール箱がいくつも立てかけられているのに気づいた。

「なんですか……」

女が警戒心に満ちた表情で言った。

辰は、内ポケットから警察手帳を取り出し、簡単に事情を説明した。女の反応を見るかぎり、井上とは無関係らしい。

「ここに越してきて、なにか気づいたことはありませんか」

女は思案げに顎に手をそえ、思い当たる節があるとでもいうような眼を辰の顔にむけた。

「ポストに、前のひとの手紙が入ってたかも」

「どこにありますか、それ」

声に力が入る。

女によれば、手紙は茶封筒に入っていて、どこか別の住所に送られたものが一階に設置されたこの部屋のポストへ転送されてきたものだという。彼女は悪いと思ったものの、管理会社に知らせることなく、共同のゴミ箱へ捨ててしまったようだった。

今日の昼間のことだと聞き、辰は一階にあるゴミ集積室へ急いだ。まだゴミ箱に残っているかもしれない。カビ臭さと饐えた臭いにまみれながら、可燃物の詰まったゴミ箱に両手をつっこみ、やがてマーガリンらしきものが付着した封筒を見つけた。女によるものか、すでに開封されていた。指紋がつかぬよう、ハンカチではさむようにしてとりあげる。

封筒の表には転送届のシールが貼られていた。郵便局の転送サービスは申請後一年間有効で、毎年の更新が可能だった。新たな転送届を出し忘れたのかもしれない。

〝辻本拓海〟の宛名とともに、ここではない横浜の住所が記されている。楷書体の字はトメ、ハネ、ハライが律儀に記されているものの、線は揺れていておぼつかなく見えた。

裏書きを見れば、〝辻本正海〟という氏名の脇におぼえのある住所がならんでいた。

「千葉刑務所……」

*

冬枯れした芝が朝陽に映え、先行するプレイヤーたちのティーショットによってところどころ土があらわになっている。

重心を探りつつスタンスをかためた青柳隆史は、肩の力を抜き、足元のボールに意識をあつめた。ドライバーのヘッドをボールの手前で静止させると、腰をねじるようにしてテイクバックし、右脇を締めたまま勢いよく振り抜いた。グリップ越しにつたわる確かな手応えとともに白球が打ち上がり、風を切りさいて、波状雲をうかべた淡青の空に吸い込まれていく。

豆粒ほどに遠ざかったボールは、放物線をえがきながら軽々と同伴している旧友たちのそれを飛び越すと、白茶色をしたフェアウェイのほぼ中央付近に落下し、二、三度大きく跳ねて転がっていった。

旧友たちから、どよめきをともなった歓声があがる。

「二百四十は飛んだろ」

サンバイザーをかぶった旧友のひとりが、二百ヤード地点の旗を過ぎていくボールを眼で追いながら感嘆の声をもらしている。

青柳はドライバーをキャディーにわたすと、ズボンのポケットに片手をつっこみ、皆とともに歩き出した。

「ジムとか行ったりしてんのか」

隣を歩く会計士の友人が、彼らより頭ひとつ抜きん出た青柳の引き締まった体つきを舐めるように見ている。

「美人のインストラクター目当てだけどな」

青柳は前方に視線をのばした。

ほぼ直線にのびるフェアウェイがなだらかな起伏を織りなしている。芝は刈り整えられ、梢(こずえ)があらわになった落葉樹と青々と葉をしげらせた針葉樹が周囲をとりかこんでいた。林の先にそびえ立つ鉄塔をのぞけばこれといった人工物は見あたらず、ほんの束の間(つかのま)であれ東京都内にいることを忘れさせてくれる。

青柳が、都内近郊の丘陵地帯に位置するこのゴルフクラブの会員権を得たのは去年のことだった。会員権は二百万円弱におよび、名義変更料などをくわえれば、ちょっとした車が買えてしまう。長年勤めた会社で常務取締役兼開発本部長へ就任した自分に対するささやかな労いのつもりだった。こうして週末に、一応は気の置けない旧友たちと名門コースをまわれることを思えば、そう悪くない判断だったかもしれない。

「それにしてもここは気持ちいい。都心からも近いし。こんなところでゴルフできるんだから、ほんと青柳さまさまだよな」

池尻大橋の官舎からハイブリッドカーを運転してきた官僚の旧友が、アイアンクラブを持ったまま両手をひろげて胸をそらす。

「なんだかんだいって、俺らより大手の民間を選んだ青柳が一番賢かったのかもわからん。俺はずっと青柳を信じてたよ」

別のひとりが冗談めいた口調で応えている。

青柳も中央大学の法学部に入った当初は、周囲と同じように法曹の世界をこころざしていた。授業を放擲して雀荘に入り浸っているうち、ありあまる意欲は高尚な志とともにいつか削がれ、二年の留年の末、かろうじていまの会社にもぐりこんだ。

名の通った大企業という看板が自尊心をわずかながら慰撫してくれただけで、業界それ自体にはまったく興味がなかった。目まぐるしい日々に追われ、気づけば骨の髄まで業界にそまっていた。それでも初志を貫徹した旧友たちの活躍には、いつも心のどこかで引け目を感じていたように思う。開発本部長の地位に就いたいまなお、彼らに対する劣等感は消えてくれない。

「青柳が昇進するたび、コースのグレードをあげてもらおうぜ」

「それはいい。としたら、次は代表取締役社長だな」

旧友たちが芝を踏みながら、口々に勝手を言って盛り上がっている。半歩ほど後ろをいく青柳は異論もはさまず、苦笑していた。

　青柳の会社では伝統的に、経営戦略部ないし、マンションやビル、商業施設などの不動産収入で利益をうむ商業事業部の者が社長職に就任することになっている。青柳と同じ開発本部出身である現社長の異例の抜擢（ばってき）により、その慣習がくずれつつあった。任期満了の時期は着実に迫っていて、あるいは自分にもその種の僥倖（ぎょうこう）がおとずれないとも言い切れない。現に、今期の商業事業部は各部門とも予算達成の見込みが厳しい一方、自分たち開発本部はどうにか帳尻を合わせられそうだった。できることならいまの地位にとどまることなく組織のトップにまで登りつめ、そこからしか見晴らせないだろう景色をながめてみたかった。仮にもそうなれば、旧友たちに対する屈折した思いもうすれるかもしれない。

　週明け、青柳は午前中から会社の会議室で部下たちの報告をうけていた。

会議は今後の用地開発の方向性を決定する重要なものだった。各部の責任者が前方のスクリーンに資料を投映しながら順に進捗（しんちょく）状況を説明していく。やがて大型商業施設の開発用地を担当する部の番となって会議室の空気が一変した。

　順調に進んでいたプロジェクトのひとつがここにきて交渉に行き詰まり、地権者との間で回復しがたい亀裂が生じたのだという。

「なんとかなりそうだって話だったろ」

　ふだんは口をはさまないよう心がけている青柳も、こらえきれず声をあらげていた。

　プロジェクトの規模が大きいぶん事業計画に遅れがでれば、予算の未達はおろか、莫大な損害が発生する。ただでさえ都心近郊は土地が狭いうえ、開発しつくされてしまっている。そう簡単に代替の開発用地など取得できない。ましてや今回のような大型プロジェクトに必要な一団の土地となればなおさらのことだった。

部下の説明を聞くかぎりでは、遅延どころか計画そのものが頓挫する可能性すらあった。いや、自分の経験にしたがえば、今回のようなケースはうまく切り抜けられたためしがない。

午後は、幹部が一堂につどう経営会議が予定されている。青柳はそこで開発本部の現況を報告しなければならない立場にあった。開発本部の長たる者として結果責任はきわめて重い。相変わらず部下が要領を得ない説明を繰り返している。その青ざめた顔に厳しい視線を送りながら、先端の尖った鉄器で胃壁を突かれるような痛みを自覚していた。

「常務……そろそろ会食の時間が」

そばに寄ってきた青柳の秘書が耳もとでささやく。四十手前の独身で、数年前、離婚を機に入社してきた女性だった。白いカットソーの襟元からプラチナのネックレスがのぞき、昨晩と同じ香水の匂いがした。

「まだ終わってねんだよ」

相手も見ずに、皆に聞こえるほどの強い語調でさえぎった。

予期していたとおり午後の経営会議は紛糾をきわめ、青柳は説明に追われた。

「どうすんだ、これ。土地がなくて、どうやってつくれっつんだよ」

怒号にも近い声を出し、商業事業部長の須永（すなが）が執拗（しつよう）に責め立ててくる。

猪突猛進（ちょとつもうしん）の社風を体現するような男で、青柳より歳は二つ下だったが同期だった。入社当初から抜群の成績を残しつづけ、並み居る先輩社員を押しのけていまの地位にまで登りつめた。社長のポストを意識しているのだろう。青柳が開発本部長となってからは、出世の障害とみなしているのか、ことあるごとに突っかかってくる。

「どう見たって、開発の責任だからな。やばいぞ。わかってんのか？　なあ」

須永が斜向いの席から、鋭い眼で青柳を非難しつづけていた。他の出席者も同情的な声は皆無で、冷ややかな態度を崩そうとしない。

「わかってます」

「そんなしおれた声出して同情売る暇あったら、いますぐどうにかしろよお前」

青柳は須永の方を直視することなく、曖昧にうなずいていた。有効な打開策を提示できぬまま、やがて会議は当初の予定を大幅に延長して時間切れとなった。

出席者が次々と会議室をあとにしていく。

最後のひとりとなった青柳は虚脱感にとらわれ、なかなか席を立つことができないでいた。茫漠とした不安が胸底に沈み、須永の無遠慮な面罵がしきりに思い起こされてくる。

「くそったれが」

口の中で小さくつぶやき、思いきり拳（こぶし）を机にたたきつけて重い腰をあげた。

*

天井の照明は落とされ、沈黙とともに薄闇が七畳ほどのワンルームを覆いつくしている。

「そんなずっと見てて疲れないんすか」

あきれをふくんだ声が拓海の足にあたる。

足元の寝袋で、つい先ほどまで寝息を立てていた竹下の若い衆が、大の字に寝そべりながらスマートフォンをいじっていた。

坊主頭で、二十歳（はたち）になったばかりの顔はまだあどけなさを残している。屈強な体軀（たいく）は上背が百九十センチ近くあり、着替えの際に見えた背には、ヤマタノオロチとおぼしき八つ首の大蛇が一面に彫り込まれていた。

オロチは少年院を退院したのち、地元の先輩のつてをたよって竹下の仕事を手伝うようになったらしい。仕事とは名ばかりの小間使いだと愚痴をこぼし、今回の張り込みについても、なにも知らされぬままここに送り込まれたのだという。

「疲れるとか言ってる場合じゃないですよ。よそ見してる間に、どっか出かけちゃうかもしれないんですから」

窓際の椅子に腰かけた拓海は、単眼の暗視スコープをのぞきこんだまま答えた。

暗視スコープは暗闇でも最大視認距離四百メートルを有し、カーテンの隙間からうかがうように三脚に据えられている。マンションの八階に位置するここから、直線距離にして百メートルほど離れた二階建ての目標物をくっきりと射程にとらえていた。モノクロの像をむすぶ邸宅の玄関のドアは閉ざされたままで、夕刻に一度主人の出入りがあって以降はなんら動きがない。

暗視機能を通常モードに切り替え、にぎりしめた三脚のハンドルをほんのわずか横に動かす。玄関からつづくリビングの開口部は中庭に面し、いぜん厚手のカーテンが引かれている。その端々から、室内にともされた暖色の明かりがうっすらと漏れ、まだ寝室には移動していないらしい主人の存在をこちらに教えてくれていた。

目標物は、光庵寺(こうあんじ)の住職である川井菜摘(かわいなつみ)の自邸だった。正確に言えば、八百九十平米の敷地をもつ寺院の庫裏(くり)で、安土桃山期に造立(ぞうりゅう)されたといわれる仏像が安置された、本堂の脇に位置している。コンクリート造りの外観は荘厳で、建築面積だけでみれば百三十平米ほどある本堂の倍にせまる。

川井は、寺院から目と鼻の先にある泉岳寺駅の至近に広大な土地を所有している。先日の打ち合わせで候補にあがった物件だった。拓海たちは寺院を見下ろすマンションを借り、泊まり込みの監視をつづけていた。彼女の生活実態だけでなく、なにかしらつけ入る隙を見つけたかった。

「録画してるんだから、別に張りついてる必要なくないすか」

オロチがあくびを噛み殺しながら言った。

暗視スコープはケーブルでノートパソコンと接続されている。スコープでとらえた映像は、ノートパソコンの画面に映し出され、のちの情報共有と分析のためにすべて記録されていた。

「我々が目を離した隙に川井がどっかに出かけたら、追えなくなっちゃいますから」

「んなの、自分もパソコン見てるんで大丈夫すよ」

オロチが声を出して笑う。

「それにこの尼ちゃん、この時間は出かけないすよ絶対。もう五日も張りついてるのに、なんも変わんないすから。一人暮らしのオバサンの私生活盗み見たって、自分ぜんぜん面白くないす。もっと芸能人とか若くていい女だったらちがうのに」

オロチの声には、密室に閉じこもりっぱなしのストレスからくる苛立ちとはちがう、甘えともとれる響きがにじんでいた。この五日間ですっかり拓海に慣れ親しんだからというより、ひとまわり以上歳の離れた拓海と上下の別がなく、この場かぎりの、気が置けない関係だからかもしれない。

ワンルームにこもって監視をはじめたのは週の頭からだった。オロチが不満をもらすとおり、川井の生活は判で押したように代わり映えがしない。剃髪（ていはつ）した姿からも見てとれる尼僧としての慎ましさはそこにあっても、ある種の彩りというものが感じられなかった。

朝五時頃に起床し、本堂で勤行を済ませると、午後は日によって境内の掃除や庭の草木の手入れをしたりして過ごす。夕方の勤行をはさみ、夜は十時過ぎには部屋の電気がすべて消える。基本的に川井は自宅の中にいることがほとんどで、たまに出かけることがあっても、タクシーを使って隣町のスーパーに買い物に行くぐらいがせいぜいだった。

寺の本堂は、隣接する公園とつながる鬱蒼とした木立にかこまれ、勤行をのぞいて平時は扉が閉ざされている。境内には、石畳の参道はあっても山門や賽銭箱は見当たらず、参拝者らしき姿は見えない。近所との付き合いも皆無といってよく、大邸宅に女ひとりの孤独な生活は修行中の山伏を思わせないでもなかった。まるで川井が他者そのものを拒んでいるかのように映り、その暮らしぶりには慎ましさとは別の側面があるとさえ拓海には感じられていた。

「でも拓海さんってすごいすよね」

「なにがです」

「いや、ずっとそうやってのぞき込んで。ぜんぜん寝てないじゃないですか。普通、こんなの面倒くさくって、適当にやりますよ。誰も見てないんだし。異常っすよ。髪もめっちゃ真っ白だし」

「仕事ですからね」

寝不足がつづいているせいか、食事はしっかり摂っているというのに面白いほど体重が減っている。顔をなでると、頬骨がつきでているのがわかった。

「仕事なんて、サボってなんぼのもんじゃないすか」

この五日の間にオロチから何度も聞かされた、少年院における教官の目の盗み方の数々が連想され、笑いがこみあげてくる。

「サボってばかりいたら出世できないですよ」

暗視スコープをのぞいたまま、年長風を吹かすような口調で返した。

「拓海さんは出世したいんすか」

「興味ないですね」

オロチが言う「出世」が具体的になにを指すのかはよくわからない。少なくとも誰かの上に立ったり、名を馳(は)せたりするために、こうして睡眠時間を削っているわけではなかった。

「やっぱ金っすか」

金は大事だった。大事だが動機のすべてではない。事情を知らない他人に説明するのは容易ではなく、答えをにごしていると、背後の玄関でドアのひらく音がした。

「どんな調子よ」

陽気な声とともに竹下が室内に入ってきた。

「相変わらずです。いまのところはなにも」

玄関に背をむけたまま返答した。寝袋で寝そべっていたオロチが慌てて立ち上がり、直立不動の姿勢をとる。

「てめえ、んなとこで突っ立ってねえで、さっさと拓海くんと代われや」

竹下が声を荒らげるなり、オロチが拓海をおしのけるように暗視スコープの前に陣取った。

「これよかったら食べて」

竹下がフローリングの床にあぐらをかき、たこ焼きのパックと缶入りのビールをレジ袋から取り出す。拓海も腰をおろし、竹下とむかいあった。以前よりも細くなっているように見えた。

「また痩せちまったな」

自身のことを棚にあげ、竹下がこちらの顔をながめながら口の端を引いて笑う。

「疲れひどいなら、これやってみる？」

竹下がズボンのポケットから、覚醒剤の溶液が充塡(じゅうてん)されているだろう電子タバコを取り出した。

「ありがとうございます。大丈夫です」

薬の力に頼るつもりも、その必要もなかった。時おり襲ってくる睡気に意識を持っていかれそうになるものの、しのげないほどではない。

「で、尼ちゃんだけどな、掘ったらいろいろ出てきたぞ」

「どんなことですか」

一週間近く川井を監視していながら、およその生活パターンを把握できた以上の収穫はない。

「あれな、どうも旦那に逃げられたらしい」

「逃げられた？」

川井菜摘には、婿養子として川井家に入った夫がいる。川井の両親はすでに他界しているため、嫁いでドイツに永住している一人娘をのぞけば、兄弟のいない川井にとって夫はほとんど唯一の家族といっていい。もっとも、同居している様子は見うけられなかった。

竹下の話によると、結婚するまで仏門とは無縁だった夫は、寺のことはすべて川井にまかせていたらしく、自身は、川井の先代が設立した更生保護施設の運営を担当していた。数年前に、施設で保護していた女と深い関係になり、そのまま駆け落ちしてしまったのだという。

「また時代がかった話ですね」

拓海はビールのプルタブを引き、少しだけ口にふくんだ。

「いつの時代も同じだよ。男と女なんて」

この世の真理を見透かしたかのように竹下がうそぶき、つまらなそうな表情を浮かべる。

「あの施設が閉鎖されたのも、それが原因ですか」

更生保護施設は、刑務所に収監されていた仮釈放者や満期出所者の社会復帰を支援する目的で設立された。川井の夫が施設長をつとめていたところは、全国でも数少ない女性専用の施設で、行政と連携をはかりながら、一定期間、被支援者に住居や食事などを提供していたのだという。いまは建物全体が施錠され、ひとが出入りしている様子はないらしい。

「責任者が、てめえんとこで面倒見てたブタ箱あがりの若い女とできたら、そりゃつづけんのは難しいよ。役所は一番そういうの嫌うから」

竹下が冷めたたこ焼きに楊枝をさして、ほおばった。

川井が剃髪をし、極端にひと目を避けるようになったのも、夫が女と家を出ていって間もなくのことだという。

「尼ちゃんの方が旦那に惚れてたみたいだから、なおさらショックだったのかもな」

相槌をうちながら、スコープ越しに何度も目にした川井の伏し目がちな表情を思い起こしていた。

「それと気になったのは尼ちゃんの懐具合だな」

竹下が落ちていた輪ゴムをひろい、指鉄砲でオロチの頭に狙いをさだめている。

「懐具合というと？」

川井はこのあたりでは知られた資産家だった。本堂や庫裏、拓海たちが狙いをつけている駐車場や元更生保護施設以外にも、界隈の不動産を法人個人で所有している。相続のタイミングでだいぶ手放したとはいえ、いまだマンションの区分所有など多数の物件が彼女個人の名義だった。

竹下によれば、それらの大部分が銀行の抵当に入っているのだという。

「どうして川井はそんなに金が必要なんですか」

慎ましい生活を送っているように見える川井と大金がむすびつかなかった。

「そこはわからん」

竹下は首をかしげて、指にかかった輪ゴムを飛ばした。命中したらしく、オロチが後頭部を気にしている。

監視活動や情報収集にかかる今後の流れを簡単に確認しあうと、また顔を出すと言って、竹下が腰をあげた。

「早く帰らねえと、女がうるせえからよ」

笑いながら、ポケットから出した電子タバコを見せる。

「そんなにやって大丈夫ですか」

竹下の体調が気にかかった。

「タケさん、もう止(や)めといた方がいいですよ」

見ると、オロチがスコープから顔を離し、気遣わしげな眼をむけている。いわば上司である竹下に対して畏怖の念をいだきつつ、つい思ったことを口にしてしまうところがいかにもオロチらしかった。

「あ」

竹下の顔がゆがむ。

「誰に口きいてんだコラ」

激高した竹下が罵声をあびせながら、オロチの大きな背中へ前蹴りをいれはじめた。

「てめえごときがいつから意見できるようになったんだ。埋めんぞ」

角部屋とはいえ、階下や隣室には騒音が伝わってしまいかねない。無用なトラブルは避けるに越したことはなかった。

「竹下さん」

そういさめて、ふと暗視スコープにつながれたノートパソコンの画面に眼がいった。玄関前が映し出されていた。先ほどと様子がちがう。制服姿の男が立って、ブザーを押している。よく見れば、タクシーの運転手だった。

「川井が外出します」

声を張り上げるなり、駆け出していた。

この時間に川井が外出するのは、監視開始以来はじめてのことだった。どこへ行くのだろう。急になにか必要なものができたのか、急病にでもなったのか。見当もつかない。行く先を確かめなければならなかった。

背中に竹下の怒号が聞こえ、オロチの慌ただしい足音が追いかけてくる。靴をつっかけ、階下の駐車場に停めてある車まで急いだ。

マンション一階の駐車場におりると、竹下から借りている真新しいランドクルーザーに駆け寄った。後からついてきたオロチが息を切らしながら運転席に乗り込み、拓海も助手席に体をすべりこませる。

エンジンがかかり、勢いよく車体が前進する。駐車場の前の道路を川井の乗ったタクシーが通り過ぎていった。

「あれですよ、あれ」

タクシーを指さしながら、オロチを急かす。

駐車場を出ようとしたところ、自転車が歩道から飛び出してきた。

「あぶねえ」

オロチが慌ててハンドルを切る。右手の塀がせまってくる。右後部座席の窓いっぱいに闇色のブロックが大写しになり、オロチの悲鳴とともに激しい擦過音が車内にひびいた。目視しなくとも、ひと目でそれとわかる無残な傷が車体の側面にきざまれているのが想像できる。

「どうしよ、やべえ」

うろたえるオロチを嘲笑(あざわら)うように、川井を乗せたタクシーがカーブに差し掛かり、すぐにその姿が見えなくなる。ランドクルーザーは完全に停止していた。

「大丈夫ですよ。とにかく、いまは川井を追いましょう」

もう少しで声をあららげてしまいそうだった。

「タケさんに殺される」

放心したオロチが前方をむいたままハンドルをにぎりしめている。

「殺されませんって。もし本当にやばくなったら、私も一緒に謝りますから。大丈夫。絶対、大丈夫です」

泣き面(つら)のオロチが無言でこちらを見つめてきた。眼をそらさないでいると、車はようやく動き出した。

「だからこんな馬鹿でけえ車なんか、運転したくねえって言ったんだよ俺は」

湿っぽい怒号とともにランドクルーザーが急発進した。クランク気味のカーブを曲がり、交差点が見えてくる。赤信号だった。すでにタクシーの姿はない。交差点のむこうを片側三車線の国道十五号がふさぎ、ヘッドライトをともした車の群れが絶え間なく横切っていた。

「どっち行きますか」

ヤケになった眼でオロチがこちらをむく。

川井がいつも利用しているスーパーへ行くとすれば、右だった。そのスーパーは品揃えもよく、二十四時間営業ではあった。川井は二十二時過ぎには寝室の明かりを落とす。二十時を過ぎたこの時間にスーパーに行くだろうか。そうでないとすると、田町方面の左か。そちらになにがあるというのだろう。いくら考えても、川井のタクシーがどちらに曲がったか読めない。

「左。左に行きましょう」

勘にまかせて言った。

信号が青に変わり、交差点を左に曲がる。ランドクルーザーが加速し、前の車を次々と追い抜いていく。手当たり次第、目についたタクシーに視線をのばしてみる。交差点を二つ過ぎてもそれらしき人影は見当たらない。

「……いないすね」

運転席から漏れる声には不安がにじんでいた。

逆だっただろうか。焦燥感がつのった。

赤信号で車が減速する。左の車線に停止していたタクシーの後部座席が視界に入る。記憶に定着した横顔がそこにあった。

「いたいた。左。左にいます」

やや見下ろすような姿勢で後部座席の様子をそっとうかがった。川井は背筋をのばしてシートに腰かけ、サングラスをかけた顔を窓外へむけていた。

「なんかいつもと感じがちがいますね。夜なのに、サングラスかけてるし」

オロチが体をねじるようにして、隣のタクシーをのぞき込んでいる。

言われてみれば、たしかにそうだった。

川井は黒っぽいジャケットとハットを身につけ、それと同系色のオーバル形のサングラスをかけていた。勤行や境内の雑務をするときは僧衣や作務衣で過ごし、スーパーなど昼間外出する際は、ジーンズにカーディガンといったカジュアルな装いが基本だった。色の薄いメガネをかけることはあっても、このような目元のわからないサングラスや帽子の類を身につけているのは目にしたことがない。

「……どこ行くんだろ」

こちらのつぶやきに応えるように、タクシーがおもむろに発進する。

十五分ほど追走し、着いた先は汐留のホテルだった。以前、ここに滞在していたハリソン山中を打ち合わせで訪ねたことを思い出す。浜離宮と東京湾を眼下におさめる都内でも指折りのラグジュアリーホテルだった。

車寄せで停止したタクシーから川井が降りる。ポーターがタクシーのトランクから三十リットル前後のスーツケースをおろし、彼女を内部へ案内していく。

「ちょっと行ってきます」

川井が建物内へ入ったのを見届けてから、ランドクルーザーを降りた。

直通エレベーターで二十八階のロビーへあがると、高々とした天井をいただく開放的なレセプションカウンターに川井の姿があった。

こうしてモード調でコーディネートしたパンツスタイルの川井を見ていると、僧衣や作務衣ではわかりにくい、五十五歳にしては背筋ののびた姿勢のよさが際立つ。いかにもこの洗練された空間にふさわしい客のように映った。

素知らぬ顔で、川井の立つレセプションカウンターを通り抜ける。少し離れたところから、電話をするふりをしてそれとなく川井の様子をうかがった。

しばらくして、川井がポーターに先導されて客室専用のエレベーターホールへ歩きはじめた。急いでその後を追う。ドアが閉まる前に二人の乗ったエレベーターに乗り込んだ。

ドア脇に立ったポーターが〝三十六階〟のボタンを押し、こちらに降りる階数をたずねてくる。

「同じ階です」

躊躇なく答えると、ポーターはうやうやしく目礼を返した。

エレベーターが静かに上昇しはじめる。

にわかに体が重くなっていく感覚を意識しながら、パネルを見つめていた。すぐ右手に川井がいる。視界の端にかろうじて映るだけで、その姿は暈けて判然としない。

これまでスーパーなどに尾行した際も、やや離れたランドクルーザーの中から川井を盗み見していたに過ぎない。こちらの存在に気づいていないと頭ではわかっていても、彼女の息遣いさえ聞こえてきそうなほどの距離にいると思うと、いやでも体がこわばった。

エレベーターが三十六階で停まり、ドアが開いた。川井が最初に降り、拓海もポーターにうながされる形でつづく。

客室がつらなる廊下は、エレベーターホールからT字状に枝分かれしており、彼女の部屋がどちら側にあるのかはわからない。電話がかかってきたふりをして立ち止まり、川井とポーターを先に進める。二人が廊下を左に曲がるのを見て、一足遅れて右に曲がった。なるべくゆっくりと歩く。ドアが開く音を背中に聞き、すかさず踵を返した。絨毯の敷かれた廊下を走り、閉まりかかったドアから川井の部屋を同定した。

二十八階にもどると、スマートフォンでこのホテルのウェブサイトにアクセスした。ベイビューの部屋を当日予約し、レセプションカウンターにむかう。

「チェックインお願いします」

男性スタッフに予約の際に使用した偽名と、すでに予約済みであることを告げた。男性スタッフがひかえめに会釈し、手元の端末を操作しながら予約状況を確認している。

「あの、三六二三号室って空いてませんか」

「三六二三号室でございますか」

スタッフが顔をあげる。その表情には、どうして部屋番号を指定するのか理解しかねるといった困惑がほのかににじんでいた。

「じつは以前、妻と泊まった思い出の部屋なんです。驚かせたくて」

スタッフはいかにも腑に落ちたという微笑をうかべ、少々お待ちください、とふたたびキーボードをたたきはじめた。

「お客様。申し訳ございません、生憎ですが、ただいまそちらの部屋が埋まっておりまして……」

川井が泊まっているのだから、空いているはずがなかった。

「隣もですか」

気落ちしたふりをしてたずねた。

「いえ、隣の部屋でしたらご用意可能でございます」

「じゃあ、そちらでお願いします」

ポーターの案内を断って客室に入ると、川井の部屋に面した壁に耳を押し当てた。物音も人声も聞こえない。バースペースにあったコップを同様に押し当ててみる。無駄だった。

オロチに電話をかけ、竹下が所有しているはずのコンクリートマイクを取りにいってくれるよう頼んだ。ランドクルーザーをぶつけてしまったことや竹下が女といることを慮ってか、受話口から聞こえてくる声は気乗り薄だった。なだめすかして説得する。しぶしぶ承諾してくれた。

オロチがもどって来るまでのあいだ、川井が外出した場合にすぐに気づけるよう、入り口に腰をおろしてドアにもたれかかった。

オーク材の床板がひんやりとする。すぐに気にならなくなった。

絨毯の敷かれた部屋はキングサイズのベッドが置かれ、間接照明で淡く明るんでいる。そのむこうに視線をのばすと、フルハイトの窓ガラスに、闇夜をまとって爛然とうかびあがる東京湾の借景がひろがっていた。

隣室の川井は、いまなにをしているだろう。そもそも、なんのために自宅からそう遠くないこのホテルに泊まったのだろう。スーツケースを手にしていた点に着目すれば、どこかへ行くつもりなのだろうか。ここから空港は至近で、早朝便にそなえて前泊するという可能性も考えられなくはない。それとも、僧侶といえども、たまの気分転換が必要なのだろうか。一泊八万円を超えるこの部屋に宿泊すれば、たしかに日常の雑事などすべて忘れさせてくれそうな気がする……。

思案にひたっていると、オロチから電話がかかってきた。

「着きました。いまロビーす」

竹下に焼きでも入れられたのか、不機嫌な声だった。コンクリートマイクは無事に借りてこられたらしい。

いまロビーに下りていくと伝えて電話を切ったとき、ドアのむこうで開閉音がした。音から判断して、近くの部屋のようだった。川井が部屋を出たのだろうか。確信がもてなかった。

静かにドアを開けて眼をやる。

ひとりの女性がエレベーターホールにむかって歩いていた。体のラインが綺麗にあらわれたタイトな炭色のツーピースをまとい、素肌が微妙に透ける薄手の黒いストッキングに形のよい脚がつつまれている。黒いハイヒールの真紅の靴底が上下にはずむ。足取りは軽快だった。毛量の豊かな髪はショートスタイルにまとめられ、ダウンライトの光をうけて焦げ茶につやめいている。

後ろ姿から判断すると四十代、いや、三十代後半といったところだろうか。期待に反して川井ではなかった。

スマートフォンをズボンのポケットに入れると、窓際のテーブルに置いていた財布とカードキーをとって部屋の外に出た。

エレベーターホールへむかう前に、隣室のドアに耳を近づけてみる。物音はしない。川井はもう寝ているのかもしれなかった。

川井の部屋の前を離れようとして、扉脇のランプが点灯していることに気づいた。ランプの下には、〝Make Up Room 部屋を掃除してください〟と小さな文字で記されている。

この時間であれば、就寝にそなえてベッド周りをととのえる、いわゆるターンダウンサービスの要求を意味しているのだろう。普通、その種のサービスは部屋を出る際に依頼をかける。外出中にベッドメイクをしておいてもらえば、部屋にもどってきたときにすみやかに就寝にうつれる。

まだ部屋にいるはずの川井が、どうしてその種のサービスを頼まなければならないのか……そこまで考えて肝を冷やした。川井はもう部屋にいない。すでに外出しているにちがいなかった。

階下のロビーへ急いだ。背中に嫌な汗が流れてくる。

いつの間に川井は部屋を出たのだろう。ただでさえドアの閉まる音はひかえめだというのに、思案に没頭しすぎて気付かなかったのかもしれない。迂闊だった。

ロビーには、オロチの姿があった。場違いな雰囲気をかもしながら、大きな体をソファにあずけてスマートフォンをいじっていた。

「川井って、下りてきませんでした？」

「いえ、見てないすけど」

オロチが不審そうな顔で言う。

全身の力が抜けていく気がし、オロチの隣に腰かけた。せっかくここまで労力をかけて張り込んできたにもかかわらず、肝心のところで、それも自分の不注意で行方を見失ってしまった。食事をしにいっただけなのかもしれない。そう自分をなぐさめたところで、しょせん都合のいい臆測にしか過ぎない。どこまで想像力を働かせても、その間に川井がなにをしていたかは不明だった。

「拓海さん……」

声の方に眼をむけると、オロチが真顔でこちらを見ている。これほど真剣な彼の表情は見たことがなかった。

「いきなり振り返らないでくださいね」

オロチが念を押すように言いそえ、声を低めてつづけた。

「後ろにいるのって……川井じゃないすか」

胸が鳴った。

一呼吸置いて、立ち上がる。スマートフォンでどこかに電話をするふりをして、おもむろに体を後方へむけた。

眼前にはバーラウンジがひろがっている。客の姿はまばらだった。

窓際の席でタイトなツーピースを着た女が五十年配の男とむかいあい、カクテルグラスを片手に談笑している。見覚えがあった。先ほど廊下で後ろ姿を見かけた女にちがいなかった。暖色のやわらかな照明につつまれ、赤い口紅にいろどられた唇からのぞく歯列や、濃いアイシャドウやマスカラで強調された目元がほのかにうかんでいる。顔立ちは端整で、ふと上目遣いで微笑(ほほえ)む表情は若々しい。そのくつろぎきった女の顔に眼をこらし、声をあげそうになった。

雰囲気も身なりもまったく別人のそれに映る女は、他の誰でもない川井菜摘そのひとだった……。

その後も、川井の行動を追い、引きつづき彼女の身辺を洗い出すと同時に、汐留のホテルで密会していた男の身元についても手分けしてさぐっていった。

竹下が率いる別働隊の調査によると、数えで五十七歳となる男は久保山（くぼやま）という姓で、その界隈では名の知れた劇団の主宰者兼演出家だという。定期的に各地の小劇場で舞台の公演をおこなっているものの、他にこれといった収入はない。妻とは別居中で、資産らしい資産もなく、生活に余裕はないらしい。

川井が、いつどのようにして久保山と知り合ったのかまでは明らかになっていない。確かなのは、どう見ても僧侶とは思えないあでやかな姿に化け、久保山と高級店で食事をし、高級ホテルで夜をともにしていることだった。川井はそうした逢瀬（おうせ）にかかる費用の一切を負担しているのみならず、男の劇団にかかる公演費用なども支援しているという。ここにきて、川井が資産を処分してまで金を作りたがっている理由がつまびらかになってきた。

「はじまりましたよ。来てください来てください」

かたわらのベッドにいるオロチが手まねきしている。コンクリートマイクを壁に押し当てながら、アンプにつながったイヤホンの音に耳をすませていた。

隣の部屋には、元麻布（もとあざぶ）の高級フレンチで夕食を済ませ、西麻布交差点にほど近いワインバーで呑みなおしていた川井と久保山がいる。先週末の汐留とは別の六本木にあるラグジュアリーホテルだった。二人が部屋にもどってきたのは二十三時過ぎで、まだ三十分も経っていない。

「この尼ちゃん。肉食って酒のんで、男にまでむしゃぶりついて。ほんと、とんでもないすよ」

オロチの瞠った目が憤怒とも嫉妬ともつかない興奮した色にそまっている。

ソファで談笑していた拓海は竹下とともにベッドにあがった。分配器からのびたイヤホンをオロチから受け取り、耳に装着する。

砂嵐のような騒音にまじって、荒々しい吐息とともに、水溜まりを軽く叩くような音がしきりに聞こえてくる。間欠的にか細い女の声がしたかと思うと、泣きじゃくるように絶叫しながら女が何度も男に哀願していた。

悲鳴を楽しむように肉を打つ交接の音が激しくなった。視覚的な情報がないだけにかえって生々しく想像される。耐えがたくなってイヤホンを外してしまった。

「タニマチ気取るどころか、カツラかぶってまで女になって……いじらしいよな」

竹下も、皮肉まじりの顔でイヤホンをベッドの上に放り投げる。

「いまだに、川井だなんて信じられないです」

拓海がそうつぶやくと、竹下は億劫そうにセラミックの歯列をのぞかせ、しかめた顔で言った。

「女はいくつになっても女だよ」

川井菜摘に関する事前調査はひとまずこれで終了し、集めた情報を整理したのち、ハリソン山中と落ち合って一連の調査結果を報告した。

「なるほど。尼僧と劇作家の不倫。じつに興味深い話ですね」

話を黙って聞いていたハリソン山中は、テーブルの資料をめくりながら、あごひげに手を当ててうなずいている。

「で、どうする？」

こらえきれないといった感じで竹下がたずねた。

義指にはめた二連のリングをまわすハリソン山中の目に、嬉々とした光がみなぎるのを拓海はじっと見つめていた。

四

電話越しに竹下の上機嫌な声が聞こえてくる。たがが外れたように早口だった。また薬を入れているのかもしれない。

聞けば、竹下のひきいる別働隊が、高輪にある月極の駐車場を契約できたのだという。駐車場のオーナーは、光庵寺の住職である川井菜摘だった。契約をかわす過程で、彼女の個人情報をいくつか入手できたらしい。

「そうそう、あそこの寺、いつのまにか被包括関係が廃止されてたぞ。公告に載ってたけど、ぜんぜん気づかなかった」

「どういうことです」

拓海は、スマートフォンの送話口にむかって言った。思いのほか、自分の声が雑居ビルの廊下にひびく。週末のオフィス街だからか、人気はなく、あたりは夜の空気をまとって静まっていた。

「宗派から離脱してるってことよ。ゴタゴタつづきで揉めたのかもしれないいな。旦那の件で、役所との関係も悪いだろうし」

電話のむこうで竹下が笑いを噛み殺している。

「追い風が吹いてきたってことですね」

自然と声がはずんだ。

「そっちは、いいの見つかったのかよ」

「いえ、まだ面接中です」

進展があれば連絡するとつたえ、拓海は電話を切った。

照明の落とされた控室にもどると、ハリソン山中が壁一面に設置されたマジックミラー越しにインタビュールームを見つめていた。余光にうかびあがる横顔は相変わらずけわしい。

ハリソン山中の隣に腰かけた。

「どうですか」

「この方は、悪くないです」

ミラーを見つめたまま静かに答える。

ミラーのむこうには、明るい光で満たされた八畳ほどのインタビュールームがひろがっている。あちらから、拓海たちのいる控室の様子はわからない。中央にテーブルが据えられ、そこに腰かけた麗子がひとりの女性とむかいあっていた。

女性は、麗子が連れてきたなりすまし役の候補者だった。ふだんはスーパーのレジのアルバイトのほか、派遣型の風俗店でも働いているのだという。年齢は五十三歳で、過去に犯罪歴はなく、川井よりも少し若い。身の丈は川井とそう変わらず、唇が薄いところも似ている。全体にやや肉がつき過ぎているものの、許容の範囲といえた。

「雰囲気はどことなく近いですね」

拓海は期待をこめて言った。

一昨日からはじまったなりすまし役の面接も、これで十三人目となる。川井と容姿が似ていても、演技力や受け答えに難があったり、その逆のケースもあった。なにひとつ基準を満たさない候補者も何人かいて、容易にこれというひとに行き着かない。なりすまし役が決まらなければ、道具やその他の手配もできなかった。

「話し方も感じが出てますよ」

ハリソン山中も前向きにとらえているようだった。

麗子が、事前に用意した質問を候補者の女性にしている。二人の声が、テーブルの集音マイクを通して控室のスピーカーから流れていた。

「それで、このお仕事にひとつだけ条件があってね」

ニット地のタイトなワンピースを身につけた麗子が脚を組み直す。ワンピースと同じキャメル色のピンヒールが落ち着きなく揺れている。

「髪の毛なんだけど、切ることできる？」

最後の質問だった。

「髪ですか」

女性が驚いた様子で訊き返した。彼女の髪は、背中にまでとどく黒いストレートだった。いくぶん艶は失われているものの、日頃の手入れは行き届いているように見える。

「うん。ぜんぶ、丸坊主の状態に」

麗子が迫った。

「え……それはちょっと」

女性の表情に困惑した色が増す。麗子がいくら説得しても、彼女は首を縦に振ろうとしなかった。

控室のドアが開く。エレベーターホールまで女性を送りとどけた麗子が入ってきた。

「いまのひとは大丈夫だと思ったんだけどな」

むかいの椅子に麗子が体をあずける。長い髪をかきあげる仕草に、昼間から話し通しの疲労があらわれている。

「やっぱり、丸刈りっていうのは厳しい条件ですね」

拓海はねぎらうように声をかけた。

「こうなったら、坊主風のカツラでやってみる？　ほら、よくあるじゃない。映画とかで女優が特殊メイクでかぶってるやつ」

なかば本気で麗子が言う。

「さすがにバレるんじゃないですか、それこそハリウッドクラスのメイクをほどこさないと」

拓海たちの会話に耳をかたむけていたハリソン山中が口をひらいた。

「次が最後の方ですよね？」

「そう。遅れるっていう連絡ないから、もうそろそろ来ると思うけど」

麗子が手元のスマートフォンに眼を落とす。

次も採用にいたらなければ、また候補者を集めなければならない。川井と同年代の女性を、それも違法行為に協力してくれる女性をいちから探すとなると、地方にまで範囲をひろげる必要があるという。いたずらに時間を浪費すれば、出費がかさむだけでなく、そのぶん状況も変わる。ハリソン山中が設計した計画の前提が崩れかねず、ただでさえ困難なプロジェクトの成功が遠ざかってしまう。

予定の時間より少し早く、タニグチという最後の候補者がインタビュールームにあらわれた。拓海は、ハリソン山中と控室に残ってその様子を観察した。

麗子のむかいに座ったタニグチは、全体にほっそりしていて、川井よりはやや背が高いかもしれない。鰓が張っているものの、大きな目はさきほどの候補者よりずっと川井の印象に近い。利発そうな雰囲気をかもし、身につけているものも、これまで見てきたどの候補者よりも洗練されて映った。

「もう聞いてると思うんだけど、タニグチさんにお願いしたいのは、あるひとになりきって、商談に出席して演技してもらう。たったそれだけ。詳細は採用が決まったらまた教えるから」

麗子の声が控室に流れてくる。

「で、報酬は三百万なんだけど、前金が三十で、仕事が無事に終わったら残りを払う感じ。それで問題ない？」

「はい、大丈夫です」

タニグチがはっきりとした口調で答えている。凜としているというより、むしろ気負っているふうに拓海には感じられた。

「タニグチさんって、ふだんなにされてるか訊いてもいい？」

麗子が質問をつづけた。タニグチについては事前の情報がほとんどなかった。麗子も、知人の不倫相手の、そのまた友人からの紹介だということぐらいしか聞いていないのだという。

「えっと、専業主婦です」

「他にパートとかはしてないの？」

ええ、とタニグチがうなずいた。

麗子が意外そうな表情をうかべている。拓海も同じ思いだった。

面接を終えた候補者の中には、家庭をもつ主婦も数名いた。いずれも、水商売や商業施設の清掃などなにかしらのアルバイトを余儀なくされ、容貌にうっすら生活の陰りが見うけられた。タニグチにはそれがない。

「お金に困ってるって聞いたけど」

遠慮のない訊き方だった。

タニグチが麗子から視線をそらし、口ごもる。

「無理に話す必要はぜんぜんないんだけど、力になれるかもしれないから」

インタビュールームが静まった。重苦しい空気がミラーを通して控室にもつたわってくる。

やがて口をつぐんでいたタニグチが顔をあげた。

「あの、ＦＸで損失を出してしまったんです」

「損失って、どのくらい」

「……せ、千四百万ほど」

友人にすすめられ、外国為替の取引に手を出したらしい。はじめて間もなく、おどろくほどの含み益が出て、のめりこんだ。貯金はおろか、保険や定期預金まで解約して資金を投入したものの、ある朝、保有していた為替が暴落し、多額の含み損が発生してしまった。資産はすべて溶け、ＦＸ業者からは数百万円にのぼる追加の保証金を求められているという。

「主人には言えなくて……」

タニグチが声をつまらせた。

なるほど、と隣のハリソン山中が小さくつぶやいている。拓海もうなずいていた。なりすまし役の面接に来るような人間は、たいてい脛（すね）にひとつや二つ傷をかかえている。なんら法的拘束力のおよばない赤の他人同士がともに仕事をする上で、傷や弱みはいわば信頼の寄す処（よすが）だった。いざとなれば、そうした急所をつけばいい。まっとうな家庭をもち、まっとうな暮らしを送ってきたかに見えるタニグチにも、これなら仕事を任せられる。

面接はつづいた。川井を想定した本人確認の問答集をタニグチに読み上げてもらい、簡単な暗記テストも実施する。川井に近しい容姿、個人情報を頭にきざめるだけの暗記力、相手に川井と思わせるに足る演技力、突発的な事態に対処できる機転、いずれも及第点といえた。

「最後に、ひとつ条件があってね」

麗子が少しもったいぶったように切り出す。

拓海は、インタビュールームのやりとりを注視した。自然と前かがみになり、呼吸が浅くなる。横にいるハリソン山中もかすかながら緊張しているのがわかった。

「髪を短くしてもらうことってできる？　そのぶんの報酬も出るんだけど」

「できます」

タニグチがためらいなく答えた。

彼女の髪型は、肩にかからない長さのボブだった。全体に落ち着いた色で染められ、こまめに美容室に通っていることがうかがえる。

「短いっていっても、バリカンでガーッてやるような丸坊主なんだけど、ほんとにだいじょうぶ？」

麗子の声はいぶかしげだった。

タニグチが言葉に窮し、手元に視線を落とす。そこまで短くするとは思っていなかったらしい。膝の上でせわしなく指を組み直している。

麗子が肘をかかえ、不安そうな顔で返答を待っている。控室も静まり返っていた。

タニグチがおもむろに首をもたげた。

「あの……できます。やらせてください」

ひとりの女の覚悟を聞いた気がした。自然と頬がゆるんでくる。拓海は黙ったまま、ハリソン山中と顔を見合わせた。


二十畳足らずの舞台に、一条の光が落ちる。

スポットライトをあびた主演の女優が、裸足で仁王立ちになっていた。パンフレットによれば、演じている役は、本能にしたがって奔放な生涯をつらぬいた婦人解放運動家だという。乱れた絣(かすり)の着物から白い太腿(ふともも)がのぞき、いましがた色事にふけってきたかのごとく髪はほつれている。

「ねえ、たのむから一緒に死んでよ。ここから飛び降りて、こんな肉体すてて、それでぜんぶ終わりにしたらいい」

切迫した独白が静まった場内にひびく。

舞台の二方向に面した客席はあわせて二百五十あまりならび、ほぼ満員だった。

拓海は最後列から舞台に視線を送っていた。ここへ来る前に使用した白髪染めの香料が強く、時おり癖のある匂いが頭髪からおりてくる。隣席では、脚を組んだハリソン山中が冷ややかな眼で女優をながめていた。

別面の席にいる川井菜摘の姿は、他の観客の影や壁にさえぎられてここからは確認できない。開演前にロビーで目にした際は、例のようにカツラをかぶり、シルエットの美しいロングスカート姿でハイヒールを鳴らしていた。

「この世界の誰も、私に幸福の姿を教えてくれなかった。でもだから、私は自由になれた」

女優が遠くの虚空をにらみつけたまま、力つきたように舞台に膝をつく。うすく開いた口元にしたたかな微笑がきざし、両手がすがるように宙をなでている。

かたわらのハリソン山中が苦笑していた。

「神様、そこにいるんでしょ。私の願いは……願いは……この狂おしい自由を、痛みとともにただ愛(め)でること、それだけ」

一本ずつ指を曲げるようにして両手に拳をつくっていく。女優の着物が肩からずり落ち、右の乳房があらわになる。

拓海の眼には、女優が演じる運動家と、この作品を手がけた劇作家と不徳をくり返す川井の姿がかさなって映っていた。

やがてスポットライトが消え、万雷(ばんらい)の拍手につつまれた。

場内全体に照明がともされる。主演の女優をはじめとする七名の出演者のあとで、川井の愛人である久保山が舞台袖からあらわれた。思い残すところのない表情だった。何度も丁寧に頭をさげ、観客の称賛に応えている。

終演後、混みあったロビーでは、各出演者が客へ挨拶をしたり、顔見知りと写真を撮ったりしていた。久保山も、何人かの関係者と談笑している。隅の方に川井の姿もあった。

しばらくして久保山がひとりになり、川井が歩み寄っていった。とりたてて周囲の眼を気にすることなく、親しげに言葉をかわしはじめる。このあとの予定でも確認しているのかもしれない。翌日に公演がない夜は、二人がホテルかレストランで落ち合うことは調査済みだった。

拓海は伊達メガネをかけ、二人が一緒にいるうちに声をかけにいった。

「とても素晴らしかったです。胸を打たれました。古典的なテーマでありながら、これまでにない斬新な解釈だったと思います」

間近で久保山を見ると、素朴な顔立ちの中に、ひとつのことに専心してきたもの特有のあどけなさが感じられる。川井がこの劇作家に惹かれる理由が多少ともわかる気がした。

久保山がぎこちなく礼をのべている。スーツ姿の見知らぬ男からの賛辞に、当惑の色をかくせないでいるようだった。

「申し遅れました。私、こちらの財団のコンサルタントをしておりまして」

用意していたダミーの名刺を久保山に手渡す。

連絡先のほかに、架空の財団を冠したURLが記載されている。アクセスすれば、このために用意したスタイリッシュなウェブサイトがあらわれ、それらしい活動が閲覧できるようにしてあった。

気をつかったのか、川井が立ち去ろうとする。すかさず彼女にも名刺を渡した。この場に留めておかなければ意味がなかった。

「じつは、このたび財団の方でもっと教育支援に力を入れていこうということになりまして、次世代にすぐれた技術や知見を継承していこうと考えております。つきましては、ぜひ久保山さまにもご協力を賜りたく」

慎重に切り出す。ここで断られてしまうと、計画を練り直さねばならない。

「……具体的にはどういった」

久保山の表情から緊張がうすらいでいる。隣で聞いていた川井も喜んでいるように映った。

「教育機関、おそらく地域の小中学校になるかと思いますが、そこで子供たちに演劇の魅力をつたえていただきたいのです。形式は先生におまかせします。講義でも、ワークショップのような形でも」

「なるほど、そういうことでしたら。演劇は情操教育にうってつけですからね」

「それで場所なんですが、いま私どもがいくつか検討しているうちのひとつが沖縄でして、そちらで行っていただくことは可能でしょうか」

計画を実行する東京へ容易にもどることのできない場所が最低条件だった。

「いいですね、沖縄」

久保山の声に喜色がふくまれている。

まだ久保山が駆け出しの頃に、三年ほど那覇で活動していたと事務所のウェブサイトに記載されている。数年前にうけた雑誌のインタビューでも、沖縄への愛を語っていた。

「謝礼とは別に、現地までの航空券と宿泊費はこちらで負担させていただきます。二名分の」

「二名分？」

「せっかく行かれるわけですから。ホテルからながめる海も絶景ですし、食事の相手がどなたかいらっしゃった方がよろしいかと。マネージャーでもご家族の方でも、ご同伴ください。どなたでも」

川井にもよく聞こえるよう述べ、それとなく彼女の方をむいて会釈する。川井がつやっぽい眼を久保山にむけた。

久保山らと接触した数日後、ハリソン山中とともに沖縄へわたった。

事前に約束をとりつけていた県の教育委員と面会し、リベラルアーツ教育の一環として講演の無償支援を申し出ると、無事に実施の方針が決まった。劇作家としての久保山の実績が評価されたというより、ハリソン山中が銀座でたまに酒席をともにするという、地元出身で元プロ野球選手の政治家と事前に渡りをつけていたことが功を奏したのかもしれない。素性が疑われることもなく、スケジュールについてもこちらの要望に沿ってくれることとなった。

「問題なくいけそうでよかったです」

拓海は、ヒラメの薄造りに箸をのばした。白木のカウンターに立つ若い店主によれば、長崎で揚がったものを昆布締めにしたのだという。与那国(よなぐに)島産の塩をつけて口に入れると、引き締まった身がはじけ、嚙むごとに旨味(うまみ)がひろがった。

横のハリソン山中がビールグラスを和紙のコースターにもどす。

「あっちからしたら断る理由がありませんからね。文科省も演劇教育には力を入れてますし」

この夜、別行動をしていたハリソン山中と落ち合って、那覇市内の街はずれにある鮨屋をおとずれていた。L字のカウンター席がのびる店内では、拓海たちの他に二組の客がそれぞれ酒肴を楽しんでいる。

「こんな江戸前が食べれるんなら、こっちの仕事もっと増やしてもいいな」

斜向かいの席から聞こえてくる客の濁声(だみごえ)が、やかましく思えるほど店内にひびいていた。ハリソン山中と帰京後の段取りについて意見をかわしていても、たびたび中断されてしまう。

さりげなく声の方に眼をむけると、カジュアルな格好をした六十年配の男が冷酒を口にしていた。テレビに出演するような著名なタレントらしい。ひと通り握りを食べ終えたようで、地元のタニマチとおぼしきビジネスマン風の男性と談笑している。

「あ、そうだ。あいつ忘れてた」

タレントの男がカウンターの中の店主を呼んだ。

「ひとり食事させたいんで、なんか丼もの、ささっと適当に作ってもらっていい？　あまりものでいいから。なんなら、酢飯にガリのっけるだけでかまわないし」

ふだん丼は出さないのだろう。いくぶん戸惑いながらも、店主はなます皿に酢飯を盛りつけると、その上に鮨種をふんだんにちらし、カウンターに置いた。

「すごいの来ちゃったよ。あいつにはもったいねえな」

男が苦笑しながらどこかに電話をかけている。

「おい、メシだ。すぐ来い」

間もなく入り口のドアが開き、ジャージを着た丸刈りの青年が男の隣に腰かけた。箸を手にした青年は男の付き人らしく、いただきます、と折り目正しく言うと、大口をあけてちらし鮨をかきこみはじめた。

「馬鹿野郎」

男が青年の後頭部を平手でぶったたいた。

「牛丼屋じゃねえんだよ、ここは」

店内が静まった。青年はほおばったまま、殊勝に低頭している。

変わらず談笑を再開する男とタニマチをよそに、気詰まりな空気がながれていた。ハリソン山中との会話も途切れがちになった。

「いつまで食ってんだよ、さっさと食えよ」

男がさきほど以上の勢いで青年の頭を張り飛ばす。それまで黙認していた実直そうな店主がいさめると、男が鼻で笑った。

「いや、大将ね、これぐらいしてやんないと駄目なの。本気でぶつかってやんないと。大将も修業してたんだからわかるでしょ。こいつは、オレに人生あずけるって腹くくってくれたわけだから」

青年の慌ただしい食事が済み、タレント一行は上機嫌に店をあとにした。

端にすわる観光客とおぼしき壮年の夫妻が、待ちかまえていたように感想をかわしている。著名人とたまたま居合わせたことよりもむしろ、タレントの青年に対する苛烈な態度と、前時代的とも言うべき師弟関係に驚きを隠せないようだった。

「丼に顔がめりこみそうでしたね」

頬がゆるんでしまう。夫妻の熱気がこちらにも乗り移っていた。

「芸能界なんてあんなものですよ」

ハリソン山中が愉快げな表情で箸を置く。

「まだ若いときですが、組織を抜けたあと、とくにすることもなかったものですから、流行りにのって芸能事務所を立ち上げたことがありました。銀座や六本木あたりのクラブでくすぶってる若い女の子なんかを集めて。もっとも、ノウハウもなにもない状態でしたから、そう簡単にうまくいくはずもなく、実態はほとんど薬屋でしたけど。独自に仕入れルートを開拓して、それで女の子の営業するふりして、手当たり次第さばいていったんです。芸能界に潜在的な需要があったので、それはもう飛ぶように売れましたよ。基本的に客は芸能系ばかりでしたが、過去に私を嵌めた兄貴分も噂をききつけて欲しがったものですから、求めに応じて融通しました。とうぜん兄弟価格で。当人は出し抜いたつもりだったんでしょうけど、最後は中毒になって汚い死に方してましたね。因果なものです」

フィッティングを確かめるように、義指を見つめながらもう片方の手で直している。

「さっきの二人じゃないですけど、もしお願いされたら、拓海さんは誰かのために自分の人生をささげられますか」

「ささげるっていうのは、付き人みたいになるってことですか」

京都の蔵元からとりよせたという純米大吟醸に口をつけた。爽やかな香りが鼻腔にひろがり、果実を思わせるほのかな甘味が舌の上でほどけていく。店内はなごやかな雰囲気をとりもどしていた。

「ここだけの話ですが……竹下さんが我々を裏切ろうとしています」

「竹下さんが？」

思いもしないことだった。

「そうなったら、私の側についてくれますか」

不意をつかれ、ハリソン山中の方に首をむける。そこには語らいの時間を楽しもうとする見慣れた顔があるだけだった。

「具体的に、竹下さんはどうしようとしてるんです」

慎重な言葉遣いになっていた。

「今度のあがりを独り占めしようとしているみたいですね」

今回の案件で詐取しようとしている金は百億円規模を見込んでいる。それにともない、各メンバーの分け前も破格で、竹下に割り当てられる金もこれまでの案件とくらべものにならないほど多い。この期におよんで、そのすべてを我がものにしようとする魂胆がわからなかった。本当に竹下はそのようなことを画策しているのだろうか。ハリソン山中の言葉を、素直にはうけとめることができなかった。

「拓海さんは、竹下さんの側につきますか、それとも私につきますか」

こちらの真意をうかがうような訊き方だった。

ハリソン山中と出会い、この地面師稼業に足を踏み入れた。プロジェクトがはじまれば、あたえられた指示にしたがうし、一定の信頼も置いている。その態度は、ハリソン山中よりも付き合いの短い、竹下や後藤や麗子に対しても変わらない。ただそれも、明確な目的を共有する仕事あってこその話だった。そこに仕事が介在しなければ、誰であれただの他人だった。誰かに肩入れすることも、敵味方の論理で動くつもりもない。

答えあぐねていると、ハリソン山中が嬉しそうに破顔してつづけた。

「冗談です。竹下さんが我々を裏切ったりなんかしませんよ」

曖昧に相槌をうち、盃に残った酒を呑みほす。さきほどまでの味や香りが感じられず、雑味のきつい水を口にしているようだった。

翌朝、清々しい自然光にあふれたラウンジで朝食をとり、チェックアウトをすませた。

階上の部屋に宿泊していたハリソン山中はすでにホテルをあとにしている。今朝方とどいたメッセージによれば、急遽旅程を変更し、昨晩クラブで懇意になったホステスと、北部のリゾートホテルへ小旅行に出かけることにしたのだという。

ホテルの外に出ると、冬とは思えぬあたたかな空気が肌に触れた。ドアマンに行き先を告げ、間もなくあらわれたタクシーに乗り込んだ。

「お仕事かなにか？」

ひとの好さそうな初老の運転手がハンドルを操りながら、訛りをふくんだ声で話しかけてきた。どのような仕事を想像しているのだろう。仕事と言われれば仕事にちがいなかった。

「沖縄ははじめて？」

運転手がなれなれしくたずねてくる。嫌な気はしなかった。

「二回目です。最初に来たときはずいぶん前なんで、すっかり街並みが変わっていて驚きました」

「だからよ。昔にくらべたら、ほんとに変わったさ。最近なんて、こんなおっきなクルーズ船がきて、中国の観光客がわーってやってくるんだから。タクシーそっちに全部とられて、ほら、どこ行ってもつかまんないってお客さんに怒られちゃうでしょう」

通勤の時間帯を外れているためか、昨夕渋滞で動かなかった道は拍子抜けするほど空いていた。

窓外の街並みがまたたく間に後景へ去っていく。

腕時計に眼をやった。予約した羽田行きの飛行機は正午過ぎだった。このままむかえば、搭乗まで時間をもてあましてしまう。

「すみません。あの、この道って、瀬長島の方とか通ります？」

バックミラーをのぞきこむ運転手と眼があった。

「いや、この道はそっちは行かないよ。新しくできたやつだから、そのまま空港行ってしまうさ」

「申し訳ないですけど、瀬長島に寄ってもらうことできますか」

「もちろん。それなら、そっち寄りましょうね」

ウインカーのリレー音が車内にひびき、タクシーが交差点を左折する。

拓海はシートに身をしずめ、窓ガラスのむこうをながめた。

雨垂れでうすく汚れたコンクリートづくりの建物、頭上をすべるように往来するモノレール、道端で悠然と枝葉をひろげたガジュマルの大樹、赤瓦の屋根からこちらを睥睨（へいげい）するシーサー、雲塊（うんかい）の間（あわい）からのぞく青をたたえた空……脳裏に焼きついた情景の断片とかさなっていく。

「今日は……そうでもないな」

タクシーの運転手がハンドルを切りながら独り言をつぶやいている。

車は瀬長島に通じる海上道路を走っていた。歩道にヤシの低木がつらなり、時おり対向車線の車とすれ違う。休日ともなると、観光客で混雑し、交通量も格段に増すらしい。

「ほら、ちょっと前に新しくホテルができたでしょ。周りに、たくさんお店なんかもできて。あれでいっぺんに変わったさ」

「……みたいですね」

かつて妻と幼い息子の三人でこの島をおとずれたのは、まだ会社が倒産する前の、忙しいなりにも平和な日常がたもたれていた頃だった。友人の結婚式への出席もかねた二泊三日の旅だった。そのときも春というにはまだ早すぎる季節で、今日と同じように雲が多く、にもかかわらず街にはあたたかな空気と陽光があふれていた。

旅の最終日、レンタカーで空港へむかっていると、高校時代に親の仕事で一時那覇で暮らしていたという妻が、寄ってほしいところがあると言い出した。それが瀬長島だった。

一周二キロほどの小島も、妻子とおとずれたときはまだ四面の野球場のほか、バッティングセンターと申し訳程度のゲームセンターがあるだけで、静かなものだった。

道路とひとつづきの駐車場にレンタカーを停め、息子を膝にかかえながら、妻と護岸に腰かけた。すぐ足元は潮の引いた浅瀬が遠くひろがり、まばゆい夕陽をあびた海面は金色にぬれていた。ささやかな波音が休みなく耳朶にふれ、一定の間隔で、巨大な旅客機が轟音をともなって頭上を通り過ぎていく。

沖縄に着いてから喋りどおしだった妻は、このときだけは静かだった。十代の頃の彼女は、なにかあるたび、よくここへ夕陽をながめに来ていたのだという。澄みきった面差しをうかべ、慶良間諸島に没してゆく太陽を黙って見つめていた。

「綺麗な海……また見れるかな」

横顔を黄昏色にそめた妻がそうつぶやき、こちらの肩にそっと頭をもたせた。きっと、その言葉に深い意味はなかった。無言のまま、彼女のうすい肩をだきよせた。

寝息をたてる息子のぬくもりを胸に感じ、妻の髪の匂いで鼻腔をみたしながら、このありふれた平穏な暮らしが未来永劫つづくものと疑わなかった――。

「このへんで、ちょっと降りてみる？　お店とか見てくなら、待っててあげるさ」

タクシー運転手の声に引き戻された。徐行しながらバックミラー越しにこちらをうかがっている。

周囲には、観光客の姿が何組もあった。陽光にきらめく遠浅の海や対岸の空港を背景に写真を撮ったり、ソフトクリームを舐めたりしている。学生とおぼしき若者たちの断片的な会話と、彼らの無邪気な笑い声がこちらにまで聞こえてきた。

「いえ、もう空港へむかってください。仕事が待ってます」

拓海は瞼を閉じた。頬が痙攣していた。車外のにぎやかな喧騒が遠ざかり、真上を通過するジェット機の爆音にのみこまれていく。

＊

入り口で受付を済ませ、待合室のベンチに腰かけた。

平行して数列ならんだベンチには、何人か他に面会希望者の姿があり、自分の番号が呼ばれるのを待っている。隣に眼をやると、背広のフラワーホールに弁護士バッジをつけた男が疲労の濃い表情で首をまわしている。前にいる金髪の女は、異様に爪がのびた指で、乾燥しきっていびつに波打つ毛先を神経質そうにつまんでは裂いていた。

辰は、根本がすっかり黒くなっている女の後ろ髪を見るともなしに見ながら、これから面会しようとしている男について思いをめぐらせていた。

事前に眼を通してきた過去の捜査資料および公判資料、そのほか各種報道によれば、今年六十八歳となったその男、辻本正海は、殺人と現住建造物等放火の罪で懲役二十三年の判決をうけた。四年ほど前にここ千葉刑務所に収監されて今日にいたっている。辻本は、事業の失敗による借金苦で無理心中をはかろうと自宅で火災を起こし、同居する妻と、その日たまたま泊まりにきていた息子の妻子、あわせて三名の命をうばった。被害者数だけをとっても罪責はきわめて重い。判例にてらせば極刑もありえたケースだった。被告である辻本が当初から犯行を全面的に認めたことにくわえ、鬱病を発症して不眠がつづいていたこと、前科前歴がなく計画性にかけること、犯行直後に一度は消火をこころみたことなど、各般の情状が斟酌され、検察側の求刑した無期懲役はまぬがれている。

辰が気になったのは、加害者、被害者双方の遺族であり、辻本の実の息子でもある拓海の態度だった。

遺族として法廷の証言台に立った拓海は、厳罰をのぞむという言葉こそ口にしなかったものの、被告を許す気持ちにはなれないとだけ述べ、あとはほとんどなにも語らなかったという。にもかかわらず、先日マンションのゴミ箱で拾った辻本の手紙に見てとれるように、何年も転送サービスの更新をつづけていた。昔の住所にとどいた郵便物など普通は不要だろうし、仮に刑務所からの手紙を必要としても、差出人である父親に転居先の住所をつたえれば済む話だった。

やがて係の男に呼ばれ、辰は腰をあげた。

面会室でアクリル板越しにむかいあった作業着姿の辻本は、刑務所暮らしに順応したのか、想像していたよりも健康そうだった。事件当時よりも額は後退しているが、極端にやせ細っていることはなく、年齢相応の皺が彫りこまれた肌の血色も悪くない。挙動不審な様子も見られず、その双眸は、悟りきったとも諦めたともつかない静かな光をたたえていた。

「どういった、ご用件でしょう」

刑事の来訪を聞きおよんでいたらしい辻本が口をひらいた。

「当時の、事件のことを少しうかがいたいのですが」

拒絶される可能性も頭には入れていたが、なんでも訊いてくれてかまわないと辻本は言った。とくだん理由を求められることもなく、こちらが逆に当惑するほどの恬淡さだった。

辻本の記憶は鮮明で、たずねれば細部まで答えてくれた。膝に両手を置き、伏し目がちに過去をさかのぼって言葉をさがす。その姿が、神妙な声の響きとあいまって悔悟の深さをつたえてくる。

「犯行の動機ですが、借金のほかに、会社の倒産自体にも強く責任を感じていたと。辻本さんが主導した取引が倒産を誘引したということですが、これは具体的にどのような？」

「リース会社に卸すつもりで大手のメーカーから医療機器を購入したんですが、その取引がすべてでたらめだったんです」

辰は資料から顔をあげた。

「不良品をつかまされたってことですか」

「いいえ、そうではありません。クライアント先の医師だと思って取引をした相手が、医師に扮したブローカーだったんです」

いぶかしげに首をかしげるこちらを見て、辻本が達観した口調で経緯を説明する。辰はペンを動かす手を止めていた。胸内になにか釈然としないものが意識される。その正体までは判然としなかった。

「会社の経営にたずさわっていた親族の方から、事件後、面会や手紙などの連絡はありましたか」

辰が調べたところ、代表だった辻本の弟をふくめ親類は蒸発したきりとなっている。

「いいえ」

辻本は首を横にふった。

「それでは、いまどこで、なにをなさっているのかもご存知ないわけですね」

「お恥ずかしい話ですが、なにひとつ把握しておりません。こういう状態ですし、親戚関係とは絶縁されたものと思っていますから。地元の横浜に一族の墓がありますが、妻たちの骨がどうなっているかすらわからないのです」

葬儀や役所の諸手続きといった事件後の後始末は、犠牲者に最も近い拓海が引き受けたと考えるのが自然だろう。なのに、拓海の名を出そうとすらしない。辻本の、遺族でもある息子に対する微妙な心模様を垣間見た思いだった。

辰は寺の住所を訊き出し、手帳に書き留めた。

辻本の背後で空寝をしていた立会いの刑務官が、椅子の背にもたれたまま腕時計を一瞥している。捜査とはいえ、いつまでも辻本をここに引き留めておくわけにはいかなかった。

辰は背広の内ポケットから封筒を取り出すと、一部マーガリンですっかり変色したそれを相手によく見えるようアクリル板に近づけた。

それまで表情ひとつ変えなかった辻本の顔に動揺がひろがっていく。

「辻本さんの字ですよね」

「どうして……」

口を薄くひらいたまま、封筒を凝視している。

「残念ながら、息子さんのもとにこの手紙はとどかなかったようです」

辻本が膝においていた両手を台の上にのせる。左手の小指から中指にかけて癒着を起こし、いびつに曲がっていた。右手もところどころ色素がまだらに脱失し、植皮（しょくひ）した傷跡が生々しい。

辰はさりげなく視線を相手の顔にもどした。

「息子さん、拓海さんを捜しています。心当たりありませんか」

恵比寿事件の取引を仕切っていた井上秀夫が、辻本拓海と同一人物だという確証はどこにもない。たしかなことは、井上があのマンションの一室を事務所として使い、拓海が郵便物の転送先を同じ住所にしていた事実だけだった。

ここへ来る少し前、恵比寿事件で売主のなりすまし役をつとめた老人が長崎に潜伏している、という情報が入った。それは同時に、老人の自死を捜査関係者につたえるものでもあった。遺書はなく、アパートのドアノブに紐をかけて首をくくっていたのだという。日を追うごとに、真相究明の手がかりが次々と掌からこぼれ落ちていく。情報の確度や軽重にこだわっている場合ではなかった。

「なんで……なんで、刑事さんは拓海のこと探してるんですか」

「それはちょっと……」

たとえ肉親だろうと、きちんと裏取りできていないことを口外するつもりはない。

「彼が……なにかしたんですか」

言葉に詰まる。アクリル板越しの、瞬きひとつしない冷めた顔から視線をそらすことができなかった。

辰が黙っていると、辻本はなにかを察したかのように手元に視線を落とした。それきり、こちらがなにを訊ねても口をつぐんだきりだった。

＊

「ＪＲだけどな、あれは駄目そうだわ」

竹下が席につくなり言った。

ただでさえ会話の途切れがちな円卓に沈黙がひろがっていく。個室の卓上いっぱいにならんだ料理はほとんど手がつけられぬまま冷めていて、各グラスにそそがれたビールや紹興酒も申し訳ばかりにしか口がつけられていない。階下にいる客のにぎやかな声が、時おり聞こえていた。

拓海は斜向かいの竹下に眼をやった。しばらく見ぬうちに、一段と頰がそげて見える。両の眼球が突出したようにあやしく光り、唇からのぞくセラミックの白さが、日焼けサロンから遠ざかっているらしい肌の血色の悪さを際立たせていた。

気詰まりな空気をふりはらうように口をひらいた。

「でも、歩行者広場の再開発ができるとかで、がっつり喰いついてきたって話だったじゃないですか」

「いや、急に降りるって言ってきたらしい。経緯は不明だが、近所のやつか、もしかしたら川井本人に照会かけたのかもしれん。それに新駅の再開発に関しちゃ、あいつら土地に困ってないしな。最初から乗り気じゃなかった可能性もある」

「高輪ゲートウェイなんて、あんなしょうもない名前つけとるぐらいやから、コロッと騙されそうなもんやけどな。そうは言うても天下のＪＲや、簡単にはいかんやろ」

隣の後藤が腸詰めに辛味噌をつけながら竹下の言葉をひきとると、ふたたび静かになった。

都心の空に小雪がちらついたこの夜、拓海たちは、数ヶ月ぶりに全員顔をそろえていた。昨年末に川井の物件が百億円で売りに出ているという偽情報を流し、準備をすすめていたが、何件かの問い合わせがあっただけで、いまだ交渉のテーブルにつこうとする企業ないしブローカーはあらわれていない。

「ＴＡＴＡホテルは？　あとなんだっけ、香港か、シンガポールのホテルも。興味もったって言ってたじゃない」

　麗子が胸元でカールした髪をいじりながら神経質な口調で言う。なりすまし役として採用されたタニグチから、いつになったら仕事がはじまるのかと、しきりに催促されているらしい。長引けば当人の気が変わる可能性もいなめず、警察に駆け込まれることもないとはいえない。

　竹下が麗子の方をむいて首を横にふる。

「どっちもないらしい」

「ＴＡＴＡな。あっこはちょっと前に、十億の六本木の土地やられたばっかりやから、慎重なんやろ。しゃあないわ、時期が悪い」

　後藤は水餃子をほおばり、紹興酒をあおった。

「あとは、いけそうなところどこが残ってんのよ」

　麗子が手元の髪を見つめたまま不満げにもらす。

「ブローカーの問い合わせ自体はあるんですが、そこから先がなかなか……」

　拓海はそう答え、非難めいた空気を意識しながら形ばかりにグラスをなめた。そもそも百億円規模の土地を仕入れられる企業は限られている。ＴＡＴＡホテルのような積極的に不動産物件を所有し、開発する企業をのぞけば、総合商社、スーパーゼネコン、大手ディベロッパーや電鉄系不動産会社といった大企業か不動産ファンドぐらいしか残されていない。

　これまで拓海がかかわってきた案件でも、なかなか話がまとまらず、一年以上時間のかかったものもある。ただそれも数億円規模のもので、当初から興味を示してくれるところはいくらでもあり、いつかは決まるだろうという楽観した空気が流れていた。今回のように、交渉すらまともにはじめられないということはなかった。

「釣り針がでかすぎたのかもわからんな」

目尻に苦笑の皺をつくった後藤がおしぼりをひろげ、禿げあがった額の脂をぬぐっている。

「で、どうするよ」

竹下の視線は、いぜん口を閉ざしているハリソン山中にのびていた。拓海たちも、うかがうような眼を計画の首謀者にむけた。

「待ちましょう。土地は悪くないんですから」

ハリソン山中の声に動揺はない。

「いつまで待つ」

竹下は執拗だった。

本計画にかかるこれまでの費用はかなりの額にのぼっている。大半はハリソン山中が負担しているものの、張り込みや別働隊の調査費用の一部は竹下の持ち出しだった。計画が成功したあかつきには、詐取金から充当されるとはいえ、失敗した際の保障はなにもない。

もっとも、竹下が焦りをつのらせる理由はそれだけではないかもしれない。竹下のもつ宗教法人が、税務当局から脱税を指摘され、多額の追徴金を課されたのは最近のことだった。追徴課税に引きずられる形で収益の基盤がくずれ、資金繰りが苦しくなっているという。

「買い手があらわれるまでです」

ハリソン山中は相変わらず淡々としている。

拓海は、二人のやりとりを固唾(かたず)をのんで見守っていた。沖縄の鮨屋でハリソン山中から聞かされた、竹下に対する疑惑がしきりに思い起こされる。

「あらわれなかったら？」

「あらわれるまで待ちますよ」

ハリソン山中が悦に入ったようにほほえむ。

コップをにぎりしめていた竹下の顔が怒気にそまった。コンクリート打ち放しの床にたたきつけられたコップが派手に割れ、麗子が小さな悲鳴をあげる。

「ひとおちょくんのもそれぐらいにしとけよ、くそったれが」

竹下が立ち上がってハリソン山中にむかってすごむ。

「一ヶ月だ、一ヶ月。あと一ヶ月たって動きがなかったら、オレはこの件から手をひく。いいか。そんときは費用の全部と成功報酬の一割、かならず払え。払わなかったら、二度とこの仕事をできなくしてやる」

竹下が個室を出ていき、いれかわるようにオーナーとおぼしき中年の女性店主が入ってきた。

「なに、どうしたの。うちで騒ぎはやめてよ」

中国語訛りの強い声には、子をしかるような親しげな響きがあった。

「すみません。グラスを割ってしまいました」

ハリソン山中がわざとらしく愛想笑いをしている。

「警察きたら嫌なんだからね。それと、これ。さっき来たお客さんがあなたに渡しといてって」

女性店主がエプロンの前ポケットから、手帳型のケースに入ったスマートフォンを取りだした。飛ばしの電話だろうか。ふだんハリソン山中が使っているものより、ひとまわり大きい。革製のケースはオレンジ色に染められ、勝手に開けられないようケースのカバーにはダイヤル式の南京錠がかかっていた。

「今回だけよ。うちは荷物屋さんじゃないんだから」

助かります、と礼を述べて、ハリソン山中はケースを内ポケットにしまった。

女性店主が出ていくのを待って、後藤が口をひらいた。

「にしても、竹下さんえらい怒ってたな。あんなんはじめて見たわ」

「荒っぽいのはほんとに嫌。揉めるなら私のいないところでやってよ」

麗子が眉をひそめながら、ガラスの散らばった足元を気にしている。

「計画は変更なしですか」

拓海がたずねると、もちろんです、とハリソン山中は鷹揚に言った。

残った料理に箸を伸ばそうとして、ジャケットの内ポケットに入れていたスマートフォンが振動しているのに気づいた。見知らぬ番号だった。席を外し、受話口に耳をあてる。

「お忙しいところ失礼します。私、フォージーハウスの藤田と申します。そちらで、面白い物件があると小耳にはさみまして」

はじめて聞く会社だった。不動産ブローカーらに流した情報が回りまわって、この男のもとにもとどいたらしい。藤田は買い手となる金主に心当たりがあるらしく、拓海たちが仕掛けた山手線新駅近くの土地をとりあつかわせてほしいと言った。

「お問い合わせいただき、ありがとうございます。で、お問い合わせいただいた物件なんですが、売主がちょっとアレなんですよ。それでよければ、詳細お伝えしますが」

拓海がふくみをもたせるように言うと、電話のむこうが黙った。

地面師が手がけるような詐欺そのものの案件はともかく、ろくに所有者の承諾も得ていないようなグレーの物件はときどき市場に転がっている。そうした物件に関われば、民事による損害賠償のリスクが発生し、下手をすれば刑事事件として告訴される可能性すらある。それでも、リスクに見合うだけの利益はじゅうぶん見込めることを思えば、一部のものにとって魅力的な物件にちがいなかった。

「訳ありということですね……承知しました」

そうつぶやくだけで、具体的な内容まではたずねてこない。仮に物件になんらかの問題、たとえば今回のように違法行為がからんでいたとしても、事情を知らなければ「善意の第三者」として責任をまぬがれうる。そうしたしたたかな計算が、藤田の頭の中でも働いているのかもしれない。

暗黙の了解をかわした拓海は、物件の案内図、公図、登記事項証明書のほか、仮測量図と偽造した固定資産評価証明書を後日わたす約束をして電話を切った。会合が終わってからも、ツクル不動産、小塚開発、ＡＫＵＮＩホールディングス、テッドハウジングなど、その種の問い合わせがつづいた。

＊

「なんかねえのかよ、なんか」

青柳の怒号がひびきわたる。

正午を過ぎた開発本部のフロアには緊迫した空気が張りつめていた。部員たちが一様に消耗した表情で業務にあたっている。

思いもよらぬ大型プロジェクトの頓挫により、急遽穴埋めの開発用地を用意しなければならなかった。はなから無理な願いだった。この開発しつくされた東京都市圏で七十億円に近い予算を満たす土地が残されているなら、とうに社内で検討している。青柳も厳しい状況だと頭では理解しつつ、無限にふくれあがる焦燥を怒声として吐き出さずにはいられなかった。

青柳はフロアを横切り、窓際の一角を占める第四開発部にむかった。

他の部が、信託銀行の仲介部門による入札や大手仲介会社から土地を仕入れている中、この部だけは、主に権利調整を専門とする零細の不動産会社、いわゆる地上げ屋を担当している。第四開発部あがりの青柳は、腕利きの地上げ屋たちと手を組み、いくつもの再開発プロジェクトを成功させて今日の地位を得た。無理をどうにかできるところがあるとすれば、この部しかない。

「どうなんだ」

ほとんどの部員が出払っていた。わずかに残っているものが作業の手を止めて青柳の顔をうかがっている。皆、うかない表情だった。

「いつまで置き物やってんだ、てめえらはよ」

怒気にまかせ、かたわらのスチールキャビネットに拳をたたきつけた。にぶい音が物静かなフロアに鳴りひびく。近くの若い部員が机上のパソコンを見つめたまま身をすくませていた。

青柳は、なじみの何人かと連絡をとり、会社をあとにした。

東日本橋駅にほど近い古びた雑居ビルの三階におもむくと、小さなオフィスで十人に満たない社員が肩を寄せあうように仕事をしていた。

奥のデスクにサスペンダー姿の林がいた。上背はないのに相変わらずの肥満体で、腹まわりの贅肉はシャツの下に浮き輪を身につけているかのように見える。

リクライニングを倒したハイバックチェアの背に丸い体をあずけきり、天井をながめるようにして大声で電話している。額に汗がにじみ、気道が圧迫されているせいか呼吸が荒い。入り口の青柳に気づき、短い手をあげた。

電鉄系不動産会社を経て地上げ屋として独立した林は、その世界ではひろく名が知られている。控えめにみても都内で五指に入るかと思う。知力、胆力、交渉力にすぐれ、関連法令や税制にもあかるい。他の業者が匙を投げるような難しい現場でも話をまとめてしまう。

都市の再開発と表裏一体の地上げには、そこからもたらされる莫大な利益を目当てに反社会的勢力がしばしば顔を出す。林は、そのような連中とも法令を盾に臆することなく渡りあい、最終的にはコンプライアンスに即した形で商品にしてくれる。青柳のような大手企業の人間でも、安心して取引できる相手だった。

脇のソファで待っていると、電話を終えた林がむかいに腰をおろした。とたんに林の携帯電話が鳴り、あとでかけ直すと応じている。

「相変わらずお忙しそうですね」

「そうしないと死んでしまいますから」

古希(こき)をむかえたばかりの林が、肉に埋もれてしまいそうな眼で苦笑する。

多数の地権者や借地人との交渉を強いられる都市の地上げには、手付けだけ見ても多額の資金を要する。林が手がけるような大型の案件となると、地上げ屋は、豊富な資金をかかえた投資家の協力をとりつけなければ容易に着手できない。林は、リスクをおそれた投資家から色よい返事が得られない場合、ときに違法な高利貸しから資金を調達してでも積極的に仕掛けていく。年間の売上は相当なものになるはずだが、出ていく金も、それに劣らぬほど馬鹿にならないのだろう。

「なにか、すぐにまとまりそうな話ありませんか。こちらも条件はできるだけ譲歩しますので」

青柳の常ならぬ様子を察した林が意味ありげに笑った。焦心の理由はたずねてこなかった。いくつか進行中の案件を出してもらう。どれも青柳が求める予算を満たさないか、満たしたとしても今期の決算に間に合わない。

「渋谷のはどうなってるんです」

「渋谷って、あの呪われた？」

ええ、と青柳はうなずいた。

業界では有名な物件だった。話がまとまりさえすれば、目抜き通りに面した都心の一等地に、数千坪におよぶ一団の土地が生まれることになる。開発予算は一千億円を軽く超えるだろう。

「あれはまだ私も諦めてないんですけど、なんせいわくつきでしょ」

この土地に再開発の話がもちあがったのはバブルのときだった。大手企業や外資系ファンド、ブローカー、国会議員、反社会的勢力など、さまざまな策士が乗り込んだ。一時は、暴力団の脅迫が報道され、白昼堂々銃弾が飛び交ったこともあった。表沙汰になっていないものもふくめ、これまでに何人もの死者を出している。

「いけるものならいきたいんで、折に触れて状況は確認してるんですけどね。でも、あれは難しいです」

老将の地上げ屋が迷いのない口調で言う。

最も可能性のありそうな林の線が消えた。青柳は礼をのべて腰をうかした。

その後も有力な地上げ屋のところをまわったが、どこも期待できる話はなかった。地下鉄に乗って、六本木にむかう。

駅を出ると、宵闇の街はきらびやかな電光につつまれていた。晩冬の冷たい空気が張りつめる中、人々の賑わいがたえない。ロングコートのフロントボタンを留め、人混みを縫って西麻布方面へ歩をすすめた。

足をはこびながら、通りの左右に視線をめぐらせた。街はたえず新陳代謝を繰り返し、そうして時代や社会を映していく。にもかかわらずこのあたりはまだまだ老朽化したビルや小さな建物が残っており、土地の非効率がはなはだしい。

種々の法令にしばられる土地は、そこに建てられる建物の大きさに上限が定められている。ひとつの土地だけでは三階程度のビルしか建てられなくとも、隣接した複数の土地と合わせれば大空を掻くような高層ビルが建つ。共用部の割合も減らせ、賃料も飛躍的にあがる。地価も何倍にも化け、周辺経済もうるおう。

最近では多少ましになってきたとはいえ、日本では借地人保護の考えが根強い。駅前の小さな立ち食い蕎麦屋や喫茶店を立ち退かせるのに、ときに一億や二億の補償金を用意しなければならない。そこに目をつけたよからぬ連中が、店子の営業権を買い取って立ち退き料を釣り上げようとしたりする。青柳たちのような大きな看板をかかげた人間がまともに立ち退き交渉をしていたら、時間も金もいくらあっても足りなかった。

左手に、円柱状の高層ビルが見えてきた。青いイルミネーションが外壁を遡上するように明滅していく。

この六本木ヒルズ一帯の再開発に、地上げ屋の手を借りなかった森ビルは、二十年近くもの歳月をかけた。時間がかかれば、それだけ金がかかる。自分たちがやれば半分の時間で片がついたと林は広言してはばからず、実際、そのとおりなのだろう。地上げ屋はいつの時代も必要であり、少なくとも、いまの青柳にとってはほとんど唯一たよれる存在だった。

坂をくだり、西麻布交差点にほど近い会員制ラウンジのドアを開ける。

案内されたソファ席で、いかつい面構えの松平(まつだいら)が酒を呑んでいた。

めずらしく下卑た笑みをうかべながら、かたわらの店の女に腕をまわしている。機嫌は悪くないらしい。右手は女の胸をもみしだき、もう片方の手は、短いスカートからのぞく太腿を執拗になでまわしていた。

「すみません、急に押しかけるような真似をしてしまいまして」

ソファに腰をおろした青柳は相手の出方をさぐるように慎重に言った。

「まあ、いいから青柳さん呑もうよ。ひさしぶりなんだから」

なかば強引にシャンパングラスを手渡してくる。

松平もまた地上げ屋だった。さきほど面会した林ほどの力はないものの、地上げ屋としてのキャリアが豊富なのはたしかだった。

形ばかりに乾杯につきあい、青柳は切り出した。

「あの、じつはですね――」

「なんです、いまさら」

松平の目にするどい光がやどっていることに気づいた。かたわらで口角をあげてほほえむ女の目元が引きつっている。

かつて松平がつとめていた不動産会社は、「大阪流の熱意ある」業者としてその世界ではよく知られていた。金さえ払えば、短期で土地の複雑な権利調整をしてくれるため、青柳も、松平とは何度となく取引をおこなった。やがて時代がうつろい、法令遵守の重要性が世間で叫ばれはじめると、その強引な手法や反社会的勢力とのつながりが問題視されるようになり、青柳との付き合いも切れた。その後会社は倒産したが、松平自身は地上げ屋として独立を果たしている。

青柳は、早急に大きな用地が必要になって困っているのだと正直につたえた。黙ってその話を聞いていた松平が口をひらいた。

「さんざん汚れ仕事、ひとに押し付けて。さんざん自分たちだけいい思いして。都合が悪くなったら、トカゲの尻尾切るみたいにして」

手元のグラスを見つめながらつぶやいている。

「それでまた自分たちが困ったら、汚れ仕事やってくださいですか」

松平がこちらに眼をむける。

青柳はこわばった顔で低頭した。

「と、恨み節をたれてる不届き者もいるようなので、青柳さんも気をつけてくださいね」

松平が打って変わって快活な口調でおどける。

「仕事の件はわかりました。どこか現場に動きが出そうでしたら、すぐに青柳さんにご連絡さしあげますよ」

うまそうにグラスをかたむけるその眼に柔和な光は見うけられなかった。

青柳は、退席した足でオフィスにもどった。社内にはまだ多くの社員の姿があり、残業にいそしんでいる。新着のメールを確認し、過去に棄却した物件を片っ端から見直す。状況が状況なだけに、多少のリスクは目をつむらなければならない。再検討した物件の中に気になったものがあれば、電話で社内の担当者に現況を訊いた。どれも厳しそうだった。

見ると、私用の電話にテキストメッセージが複数とどいている。すべて妻からのものだった。作業の手をとめ、やたらと長いメッセージに眼を通していった。

用件は、中学校にかよう娘の進路についてだった。当人の海外志向を考慮して、慶應義塾の系列校のひとつであるニューヨーク高に行かせたいのだという。はじめて聞く話だった。年間の費用は寮費をふくめ六百万円ほどあれば足りるから、という他人事じみた記述を見て、無性に苛立ちがつのってくる。

四年制の大学を出ていない年上の妻とは、子供の教育方針について意見が嚙みあったことがない。子供の学歴に箔をつけることが、当人のためというよりはむしろ、自身の格を高めると考えている節が妻にはあった。

こちらの反論を封殺するかのように、妻は、聞きかじりの海外進学のメリットをいくつか並べたて、次のメッセージで締めくくっていた。〝それに社長になったらもっと給料増えるって、あんた嬉しそうに言ってたじゃん。もうすぐなれるんでしょ？　決まりね〟

握りしめた端末にむかって恨み節がもれた。

机上のモニターに視線をもどす。気が散ってどうしても業務に集中できない。疲労と寝不足のせいだけではなかった。

席を外し、階下の休憩室にむかった。

缶コーヒーを口にしながら、休憩室の窓際に立つ。膨大な電光によって隅々まで描写されたビル群の借景がひろがっていた。この茫々とつづく街のどこかに、まだ見ぬ目当ての土地が眠っているにちがいなかった。

背後でドアの開く音がした。

「どうにかなったのかよ」

わずかに冷笑のひびきをふくむ声だった。

ふりむくと、須永がいた。会うのは、青柳が糾弾された先日の経営会議以来だった。隣にならび、憔悴したこちらの顔を無遠慮に眺めまわしてくる。

「もう無理だろ。悪あがきするな、時間的に無理だ」

青柳は窓のむこうに視線を固定した。無言をつらぬいていた。

「次の社長、お前は諦めろ。そしたら、取締役として残しといてやる」

須永が周囲を気にするように声を低める。

取締役は魅力的なポストだった。数多(あまた)いる同期や同世代の中でもほんの一握りしかなれない。社員に比べれば、収入は遥かに多く、定年も五年延長される。退職金は盛大に上積みされ、天下り先にも困らない。

先の妻のメッセージと娘の顔が瞼をよぎり、友人たちの称賛が頭中にひびく。現状で満足するわけにはいかなかった。

「断る」

青柳はかろうじてそれだけ言った。

「愚かものが……好きにしろ。この際はっきり言っとく。お前の、そういう素直じゃないところがだめなんだ。みみっちいプライドにしがみつくお前は、同情したくなるほど醜い」

しだいに離れていく須永の靴音を背中に聞いていた。

飲み干した空き缶をゴミ箱にたたきこみ、自席にもどると、携帯電話に着信があった。先日ゴルフをした友人からで、ここからほど近い馴染みの酒場で呑んでいるのだという。

「会社か。体あいてるなら顔出せよ」

友人の陽気な声が、誰かの調子はずれの歌声とともに聞こえてくる。

「いま仕事中なんだ」

いつのまにか時計の針は午後の十時半をまわっていた。

「そんなしけた声だしといて、仕事なんかはかどるわけないだろ。来いよ」

「……二十分後に行く」

ボックス席がひとつとカウンターのこぢんまりとしたスナックは、仕事を終えた酔客たちでにぎわっていた。

青柳は、カウンターにいる友人の隣に腰かけた。おしぼりを手渡してくれた和装の若い女店主に、濃いめの水割りをたのむ。

「不満を極限まで凝縮すると、たぶん人間はそんな顔になるんだろうな。なんかあったのか」

友人がからかうような眼でこちらを見てくる。ボックス席の客がカラオケを歌い終わり、店内に拍手がひびいていた。

「……いや。たいした話じゃない」

新人らしいバイトの女性から水割りを受け取り、一息に呑みほした。

「あの、はじめまして」

友人のむこう隣に座っていた四十前後の男が、首をのばしてこちらを見ている。両サイドを短く刈り上げた流行りの髪型で、皮脂のういた肌は浅黒い。小柄だが、ピンストライプのスーツの上からでも筋肉質な肉づきが見てとれ、威圧感があった。

「いろいろとお話うかがっていたので、青柳さんとお会いできて嬉しいです」

男が媚びるような笑みをうかべる。

「いやな、こちらの曾根崎さんに、不動産会社で重役やってる友達がいるってお前のこと話したら、どうしても会わせてほしいって言うからさ」

友人が弁解するように言葉をついだ。互いにこの店の常連で、会えば話をする間柄らしい。

「じつは、ちょっと面白い物件がありまして」

曾根崎が身を乗り出すようにこちらに顔を近づけてくる。

戸惑いつつも話を聞くと、山手線の新駅の近くにまとまった土地が売りに出ているのだという。条件に不足はなく、こちらの予算も軽々と満たす。はじめて耳にする情報だった。

「知り合いのブローカーからきた話なんですが、もしご興味あれば、一度、詳細をお伝えさせてください」

男が席を立ち、慣れた手つきで内ポケットから名刺を差し出してくる。青柳も腰をうかし、名刺交換に応じた。

「よかったじゃねえか」

店を去る曾根崎の背中を見送りながら、友人が自分の手柄であるかのように言う。

「ママさ、よく来るんだよな。曾根崎さん。ああ見えて嫌味ないから、店の女の子にモテるんだよ。歌もうまくて、美声だし」

「昔からのお客さまですよ。ちゃんとした会社にお勤めになって、呑み方もきれいだし、とても素敵な方です」

女店主がいくらか得意げな口調で友人に水割りをわたしている。

青柳は、曾根崎の名刺に眼を落としていた。社名に見覚えがあった。裏を見ると、いくつか展開する事業の中に不動産事業もふくまれている。青柳の会社と過去に取引があったかどうか。誰かが昭和のポップソングを熱唱し、店のスタッフたちが手をたたいている。青柳は、名刺に記されたＡＫＵＮＩホールディングスという社名を無言で見つめていた。

五

入ってすぐ、ずいぶんとさっぱりしていることに気づいた。

以前のように、山積みとなった空の弁当箱やペットボトルはどこにも見当たらない。玄関からのびた土間は亀裂の走ったコンクリートをあらわにして、電球のやわらかな光に照らされている。

「どうしたの。綺麗に片付いてんじゃん」

拓海が驚きまじりに口にすると、奥の部屋にむかおうとしていた長井が足をとめた。その手には黒猫が大事そうにかかえられ、ビー玉のごとく光る眼をこちらにむけている。

「もうすぐ新シーズンだからね」

ケロイドで引きつれた顔に人懐っこい笑みがうかんだ。

相変わらず長くのばした髪を後ろでたばね、光を失った左眼を隠すための黒いサングラスは、ヘアバンドよろしく頭部にかけられていた。いつからか、マスクも拓海の前ではつけなくなっている。

「掃除なんて、そんな気遣ってくれなくてよかったのに」

「別に拓海くんは関係ないよ」

声音がいつにもまして明るいものに聞こえる。

長井とは、最初にこの部屋で仕事を依頼してからというもの、付き合いをつづけていた。用事の有無にかかわらず、手土産の弁当を口実に、こうして時おり顔をだすようにしている。ここ最近はタイミングがあわず、半年近く足が遠のいていた。

「今日は、なに買ってきてくれたの」

長井が床にあぐらをかき、こちらの手にさげたレジ袋に右眼をむける。黒猫が長井の腕から飛びだし、しっぽをくねらせながら玄関の方へ歩き去っていった。

「餃子。世界で一番うまいやつ」

拓海も腰をおろし、餃子や炒飯の入った容器をフローリングの上にならべた。

「どこの」

「餃子って言ったら、王将だろ」

「間違いない。食べたことないけど」

そうおどける長井の右眼に微笑がうかんでいた。

冷めた餃子を食べながら近況を語りあい、あらかた平らげた頃には、仕事の話にうつっていた。

山手線新駅近くの土地を標的にした今回の案件で、長井に依頼したい内容は詐取した金の分配だった。すべてうまくいけば、これまでにない巨額の金が先方から振り込まれることになる。その金を、足がつかないような方法で、あらかじめ定めた分配比率にしたがって各人の口座に振り分けたいというのが、ハリソン山中の要望だった。

　長井の提案をうけ、前回同様に架空口座を使い、匿名性の高い仮想通貨に両替してから、なおかつダークウェブ上の交換所で資金洗浄することが決められた。

「今回はいくらぐらいになりそうなの？」

「いけるなら百億にのせたいって言ってる」

「百億？」

　長井の右眼が大きく見開かれた。

「だから、長井の報酬も今回はケタがちがう」

「なら、拓海くんもすごいことになるじゃん」

　うなずきもせず、黙ってペットボトルのお茶を口にふくんだ。ハリソン山中からは、十数億からの金を約束すると告げられていた。

「そんな金入ったら、どうするの？」

　長井が興味深げにたずねてくる。

「なんも。変わらないって」

「嬉しそうに見えないね」

「……嬉しいよ」

　視界の端で、長井が腑に落ちない表情でこちらを見つめていた。それ以上はたずねてこなかった。

　電話が鳴った。長井がスマートフォンをつかんで立ち上がり、一瞬ためらって電話に出ている。

ペットボトルのキャップをしめ、後ろ手をついてくつろいだ。

正面の台に設置された水槽に眼が引き寄せられる。前回来たときとくらべ、レイアウトが大きく変わっていた。熱帯魚の数や種類がまし、色彩も華やかなものが多い。全体に賑やかな印象をうけた。

水槽をながめているうち、部屋の端で電話をしている長井の声が気になってきた。

「――食べたよ――今日は餃子――そうそう、前に話したひと。買ってきてくれて。世界一うまい餃子」

会話の内容は仕事がらみとはとても思えず、話しぶりも親しげだった。誰だろう。家族はもちろん、自分以外に交流をもっているひとがいると聞いたことはない。

「まだ打ち合わせしてるから、またあとで、こっちから連絡する」

電話を切った長井がもどってきた。

「誰？」

「うん……まぁ」

言ってしまおうかどうか、ためらっているようにも見える。

「誰だっていいけどな」

突き放した態度をとっていると、長井は落ち着きなく視線をめぐらせ、観念したようにパソコンのディスプレイがならんだデスクに近寄った。慣れた手つきでキーボードをたたく。

「ここで知り合った」

長井の肩越しにディスプレイをのぞきこむと、そこには三次元の仮想空間が映しだされていた。キーボードの打鍵にしたがって、画面中央の、頭からすっぽりとフードをかぶった魔道士風のアバターが山間の野原を走りまわっている。顔は、フードの陰となってわからない。フィールドには、他のプレイヤーが操作しているだろう長剣や斧を手にしたアバターの姿もあった。

「知り合ったって、いま電話で話してたひと？」

「そう」

相手は、長井と年齢の近い女性だった。半年ほど前にゲームの仮想空間上で出会い、ゲーム内で互いに協力していくうち、電話で話すまでの仲になったらしい。意外なことに、長井が事故で深刻な火傷を負った過去や、そのせいで片目を失明している現在の状況も彼女は把握しているのだという。

「そんなことってあるんだな」

長井の横顔に眼をやりながら、安堵の声をもらしていた。このままずっと長井はひとりで生きていくものだと、どこかで決めつけていたのかもしれない。

聞けば、ほぼ毎日のようにどちらからともなく電話をかけ、他愛のない話をしているのだと長井は照れくさそうに言った。相手の女性は都内でグラフィックデザイナーとして働いており、その気になればすぐにでも会いに行ける距離にいるというのに、いまだ肉声しか知らないらしい。

「会わないの？」

「こん中でいつも会ってるから」

長井がディスプレイを見つめたまま、所在なげにキーボードを連打している。水槽の低いモーター音が支配する室内に、乾いた音が鳴っていた。

「あっちは会いたがってんじゃないの？」

つとめて軽い調子で口にした。

「現実なんか、見せない方がいいんだって」

はなから断念しているようにも聞こえる。かたくなな言い方だった。もしかしたら、前の恋人との破局を気にしているのかもしれない。

「会ってやれよ。勇気がいるのはむこうだって一緒なんだから」

「拓海くんには関係ないんだって。ほっといてほしい」

長井の声に苛立ちがにじむ。いぜんやまない打鍵音が高まっていた。

「会いたいんだろ?」

「……しつけえな」

キーボードをたたく指がとまった。

互いに口をつぐみ、モーターの低音が重くのしかかってくる。隣室にいる黒猫がどこかへ飛び移ったのか、土間になにかが落ちるような物音がした。

「……仮想通貨の件、頼むな」

餃子の容器をレジ袋にまとめ、玄関へむかう。

土間ですれちがった黒猫が、悠然とした足取りで、背後に立ちつくしているだろう長井のもとへすり寄っていった。

＊

「タクシーで行かれますか」

すぐ後ろにつきしたがっていた部下のひとりが、緊張した面持ちで声をかけてきた。

頭上は駅前のコンコース広場でおおわれ、かたわらのターミナルには数台のタクシーが客待ちをしている。

「いや、歩く」

青柳は部下の顔も見ずに返答した。

同じ道を通るのでも、車を使うより自分の足で行く方が、認識できる情報量は格段に多い。街は目まぐるしく姿を変える。何度となく車で通過し、それなりに土地勘があるとはいえ、予断は禁物だった。自分はいかにもその街を知っているというような、根拠にとぼしい思いこみは、眼に見えるものすら見えなくしてしまう。

四人の部下を引きつれ、片側三車線の国道に沿って歩をすすめていく。

交通量は多く、たえず車が行き交っている。呼吸するたび、排気ガスの臭気が鼻先をかすめた。

道路の両脇には、高いビルが渓谷の底から見上げるがごとく立ちならび、かつて旧東海道として栄えた街の面影をうかがい知るのは難しい。それでも意識して見れば、路地の奥に、往時の名残を感じさせるような古い寺や屋敷の土壁が点在している。

「このまま道なりです」

かたわらを歩く部下がタブレット端末の地図に眼を落としながら言った。

これから視察におもむく物件は、ちょうどいま歩いているこの通りに面しているという。現況は、駐車場と閉鎖された施設が残っていて、歩道からでも視認できるとのことだった。

物件の紹介者であり、友人に呼ばれたスナックで知り合った曾根崎とは、すでに二回ほど商談の機会をもっている。当初は、あくの強いその威圧的な外見に身構えもしたが、話してみればどこにでもいる腰の低いビジネスマンだった。曾根崎の勤め先であるＡＫＵＮＩホールディングスの不動産部門と、青柳の会社とのあいだで取引実績はないものの、ＡＫＵＮＩホールディングスのオーナー創業者個人とは過去に何度も取引をしている。未上場ながら前期の年商は六十億円におよび、与信を照会したかぎり、取引に支障をきたすような問題点は見受けられなかった。

　都営地下鉄泉岳寺駅の入り口を通り過ぎて間もなく、トラ柄の工事用フェンスが見えてきた。フェンスに、〝建築計画のお知らせ〟と標識がかかげられている。それによれば、建築主であるＪＲ東日本が、山手線新駅と泉岳寺駅をつなぐ歩廊デッキの建設を計画しているらしい。路地をはさんだトラ柄のフェンスのむこう隣には、パネル型の高いフェンスが千平米はあろうかという敷地をかこっていた。隙間から中をのぞくと、以前は駐車場だったとおぼしきアスファルトがひろがっている。こちらは、東京都交通局が泉岳寺駅の改良工事を予定しているらしい。

　新駅開業にむけた再開発が着実にすすんでいる。ここの工事が完了する頃には、周辺の風景も一変していることだろう。

　青柳は国道を背にし、ふたつの工事現場の間に立った。

　車一台通れるだけの路地が、暗渠（あんきょ）のごときガード下へ吸い込まれている。何本もの線路と車両基地をいただいたガード下を、二百五十メートルにわたって仄暗（ほのぐら）い道がつづく。天井は低く、青柳のような上背のあるものは頭がぶつかりそうなほどだった。目測をあやまったタクシーがたびたび屋根の提灯（ちょうちん）を潰したとかで、界隈を走る運転手はむろんのこと、このエリアを射程におさめる不動産業者でここを知らぬものはいない。

「この提灯殺しはなくなるのか」

「ええっと、それはですね……」

かたわらに控えていた部下の顔から血の気が引き、鞄の中の資料をひっくり返しはじめた。

「ちゃんと準備してきたのかよ、お前」

青柳が苛立ちをあらわにすると、他の部下も落ち着きを失った。

「申し訳ありません。ええと……はい、計画ではそのようです。なくなってしまいます」

「もう少し気い引き締めてできねえか。俺だって、お前がハローワークに泣きいれるところなんか見たくねえんだよ」

青柳は低くすごみ、その場をあとにした。

ふたたび道なりにすすむ。

下校途中なのだろう。揃いの制服を着た女子高校生の集団が前方から近づいてくる。すれちがいざま、彼女たちの軽やかな笑い声が、押し黙った青柳たちの間を通りぬけていった。

左手をふさいでいたビル群の壁が切れ、視界がひらけた。

「常務、あちらです」

資料片手に部下が前方を指し示す。

コの字のフェンスに仕切られたコインパーキングがひろがっていた。隣接した敷地には、三階建ての元更生保護施設がひっそりとたたずみ、数本のソメイヨシノが前庭で枝をのばしている。公図や案内図で確認したとおりの巨大物件がそこにあった。

「こんなとこあったのか……」

青柳は口中でつぶやき、だだっぴろいパーキングの敷地内に足を踏み入れた。

見たところ、ゆうに七十台は車が収容できそうだった。平日の昼間とはいえ、いまは十台ほどしか停まっておらず、土地の不経済がはなはだしい。パーキングのすぐ脇をひっきりなしに列車が走っては、レールの継ぎ目を踏み鳴らしている。

土地は、容積率六百%の商業地域に位置し、施設のある隣地とあわせて二千六百平米を超える。開発競争のやまない山手線の内側で、このようなまとまった土地が売りに出るのは、きわめて稀なことだった。地下鉄の泉岳寺駅のみならず、数年以内に開業予定の新駅にも近く、分譲マンションはもちろん、ホテルなどの開発需要もおおいにのぞめる。

現在の市況にしたがえば、坪単価はおよそ千二百万円前後、買値は百億円前後に落ち着くだろうか。仮にマンションを建て、利益率を多めに見積もったとすると、売上は二百五十億円近く見込める。会社の利益は数十億円におよび、むろん自分たち開発本部の予算も軽々と達成することになる。

「……本当に買えんのかよ」

青柳は半信半疑のままつぶやいていた。

部下らが土地の状況を目視したところ、マンションなどの商品を建てるに際して、大きな問題点は見られなかった。隣地との境界は確定し、越境している障害物も電線もない。元更生保護施設は閉鎖されているため立ち退き等の懸念がなく、コインパーキングも契約を解除するだけでよかった。

「あとは売主か……」

登記によれば、売主である所有者は、法人ではなく、近くの寺を運営している住職だった。権利関係は単純にして、不審なところはみられない。来週に曾根崎との商談が予定されているが、売主は体調がすぐれないため同席できないという。代わりに、売主から物件の売却をまかされ、曾根崎にこの話をもってきた不動産ブローカーが出席することになっている。

不動産ブローカー側から、詳しい条件はまだなにも聞かされていない。不動産の売買は早いもの勝ちで、タッチの差で泣きを見ることもままある。多少の条件を譲歩しても、一刻も早くこの物件をものにしたかった。

「あそこに見える建設中のものが、高輪ゲートウェイのようですね」

部下が手元の地図を確認しながら補足した。

通過する列車越し、やや離れた距離に、真新しい現代的な建造物が見えた。外観からしてかなりの大きさで、陽光をうけて白い外壁がかがやいている。

新駅をふくめ、車両基地跡を利用した一体再開発はかなりのスピードですすんでいるらしい。青柳が想像していた以上に大規模なものだった。

青柳はフェンスのそばまで歩み寄り、新駅を見つめた。かたわらには高々としたクレーンがそびえ、背後には品川の高層ビル群がせまっている。

江戸時代、この線路からむこうはすべて海だった。その後埋め立てられ、磯の香りも潮騒(しおさい)もたえた。いまでは海をのぞむことすらできず、見渡すかぎりの人工的な景観が視界をおおっている。どこまでも発展しつづけようとする都市の姿に底知れぬ可能性を感じた。

「どうしてここ黙ってたんだ」

青柳は、エリア担当の部下にするどい眼をむけた。これまで検討の俎上(そじょう)にすら載っていないことが許しがたかった。

「いえ、それは……まさか売りに出るとは」

開発本部では、各エリアごとに担当者を割りふっていた。担当者は日頃から地域のコミュニティと親睦を深め、情報収集につとめている。このような可能性に満ちた物件であれば、まっさきに報告をあげる責任があった。

「ただ、あの……」

エリア担当がうろたえ気味に口をひらく。混迷の気配が濃厚だった。

「なんだよ」

「ええと、その……妙なんですが、ここの所有者が売るって話はどこからも聞こえてこないんです。私も町内会に顔を出しているので、少しぐらい噂は流れてきそうなものなんですが」

怒声を返そうとして、青柳は口をつぐんだ。自己保身のために弁解しているようには聞こえなかった。エリア担当が弱った声でつづける。

「もっともその、ここの所有者は家にこもり気味のようでして……もともと町内会とも距離を置いているらしいんですが」

列車の轟音が次第に大きくなり、冷たい突風がコインパーキングに吹きつけている。蕾をつけはじめたらしいソメイヨシノの梢が、音もなくゆれていた。

＊

拓海が話し終えると、ハーパーのオンザロックをかたむけていた隣の後藤がグラスをテーブルに置いた。

「えらい大物がかかったな。おもろくなってきたやん」

薄闇のもと、陰影の深まった顔に微笑がうかぶ。

前後の壁面には書物がならび、背表紙が間接照明に淡く照らされている。隠し扉で閉ざされたこの小さな個室は、ソファセットとテーブルのみが置かれ、ジャズのピアノがひかえめな音量で流れていた。

「テレビのＣＭで見たような気がするけど、そんなにいいとこなの？」

正面のソファで脚を組む麗子が、シャンパングラスから唇を離して言った。

「石洋（せきよう）ハウスは、日本でも指折りのディベロッパー企業です。このタリスカー三十年と同じくらい、相手としては申し分ありません」

麗子の横で、テイスティンググラスに鼻先を近づけていたハリソン山中が代わりに答える。ナポリのテーラーで仕立てたというブラウン地のスーツは同系色のチョークストライプが走り、品よく首元で締められたシルクタイの柿色が鮮やかだった。

拓海はライムをしぼったタンカレートニックのグラスを手にし、補足した。

「それと、先方は取締役の本部長がフロントに立っているようです。稟議（りんぎ）も通りやすいかもしれません」

「そらすごい。本気やんか」

後藤がピスタチオの殻を割りながら勢いこんでいる。

「可能性は高いと思います」

拓海たちが仕掛けた訳あり物件に問い合わせをしてきた、ＡＫＵＮＩホールディングスの曾根崎とは、すでに三回会っている。曾根崎に物件の情報をわたすと、ほどなくして、買い手が見つかったと連絡があった。曾根崎によれば、石洋ハウス側は山手線新駅の土地に相当の関心をしめしているらしい。なるべく早く条件等について話し合いたいと要求してきている。

「それで、最初の交渉はいつぐらいになりそうですか」

「来週の木曜日です。午後二時から」

ハリソン山中の方をむいて答えた。

石洋ハウスとの交渉は、ＡＫＵＮＩホールディングスの会議室でおこなわれる予定で、売主側は拓海のほか後藤が出席することになっている。

「むこうに、売主だせって言われとらんの？」

後藤の声は疑わしげだった。

石洋ハウスからは、曾根崎を通じ、土地の所有者である川井を交渉の場に呼んでほしいと要求されていた。川井の体調不良を口実に、今度の交渉には出席できないと拒否している。

「とにかく土地がスペシャルですから、こちらは強気一辺倒で問題ないでしょう。短期決戦で、ぎりぎりまで引っ張ってください」

ハリソン山中はテイスティンググラスをかたむけると、隣に視線をのばした。

「そちらは困ったことはありませんか」

なにも、と麗子が首を横にふりながら、澄ました顔でかじりかけの苺をシャンパンに沈めている。

なりすまし役のタニグチとは、定期的に会って、個人情報の暗記や演技を中心に準備をすすめているらしい。タニグチはすでに丸刈りで、写真撮影やパスポートの取得もすませている。

幸いにして今回、川井のパスポートが失効しているという情報をつかんでいたことから、ひそかに川井の本籍と住民票を移動するなどして工作したのち、タニグチ本人に川井名義のパスポートを正規に申請、取得させていた。パスポートの場合、第一級の身分証明書として通用するだけでなく、更新のたびに旅券番号が変更されるため、免許証とちがって足がつきにくい。パスポートの取得にともない、印鑑証明についても、タニグチ自身が真正のパスポートと偽造印鑑登録証をもちいて役所に申請済みだった。

「拓海ちゃん。タニグチさんにも予定空けてもらわなきゃいけないから、日程決まったらすぐに教えてね」

「出番」の見通しがついたことは、タニグチ本人につたえられており、麗子に対して不満をもらすようなことはなくなったという。

　追加の酒がオーダーされ、今後の策や段取り、交渉の進め方がハリソン山中を中心に話し合われた。

「なんや。今度の、もしかしたら、もしかするかもわからんな」

　酒のまわりはじめた後藤が上機嫌な声で笑う。手にもったグラスがゆれ、半分ほどに溶けた丸氷が涼しげな音を立てた。

「ダメでもともとみたいな言い方しないでよ。こんだけやって、ダメでしたなんてありえないから」

　ここにきて状況が一挙に進展したせいか、麗子の声にもいくぶんの余裕が感じられる。

「逆に石洋を外してしまうと、たちどころに状況は厳しくなります。今回のような大きな取引に応じられる企業はほんの一握りですから。拓海さんたちには、がんばっていただかないと」

　そう言うハリソン山中へひかえめに会釈し、ドライマティーニに口をつけた。アルコール度数の高い酒を呑んでも、少しも酔える気がしなかった。

　石洋ハウスに関する後藤の講釈に耳をかたむけていると、ドアの方から鈍い音が連続した。

その激しさからして、執拗に足蹴にしているようだった。個室のむこうで言い争いが起きたかと思うと、重厚な扉がひらき、横にスライドしていく。

困り果てた店のスタッフにいさめられるように、竹下が入ってきた。

室内の話し声がたえた。

棚のスピーカーから聴き知ったジャズのスタンダードが流れている。ピアノとベースでつむがれる哀切な旋律が、空気をさらに気詰まりにさせていた。

かたわらに無言で立ちつくす竹下の表情は、薄明かりのため判然としない。もともとは竹下も、この夜の会合に参加する予定だったらしい。急な用事がはいったとかで、直前にとりやめになったとだけ聞かされていた。

竹下はハリソン山中の姿をみとめると、たよりない足運びで麗子の脚をおしのけ、割って入るようにその隣に腰をおろした。

「竹下さん、聞いたやろ。天下の石洋ハウスがかかりよったで」

後藤の声は遠慮がちだった。

竹下は周囲の音が聞こえないかのように、うすく口をあけたままハリソン山中の顔を凝視していた。橙色の明かりにほんのり照らされた横顔はやつれきって血の気がうせ、眼の焦点がさだまっていない。

「金くれ……金」

竹下がなにごとかつぶやいた。

「プロジェクトがうまくいけば、お金は入ってきます」

ハリソン山中に動じる様子は見られない。

「いますぐ必要なんだよ……現金が」

竹下が唸り声をあげ、ハリソン山中につかみかかった。ネクタイがねじりあげられ、こぼれた酒がブラウン地のスーツを濡らす。

止めに入ろうとすると、心配無用とでも言わんばかりにハリソン山中が微笑をふくんだ眼でこちらを一瞥した。

「出せ……ぜんぶ、めちゃくちゃにすんぞ」

ネクタイを握りしめる手に力がこもっていた。

眉間に皺をよせた麗子は竹下から身を遠ざけ、後藤はロックグラスを手にしたままかたまっている。拓海も腰をうかした状態から動けなかった。

朴訥としたベースの低音だけが室内にひびいていた。

「わかりました、いいでしょう。いったん、いま手元にあるぶんをお渡しして、のちほど、まとまったお金を振り込んでおきます。それでいかがですか」

ハリソン山中が札入れから一万円札の束を抜き出す。

竹下はなにも言わずそれをポケットに突っ込むと、よろめくように立ち上がり、どこかへ電話をかけながら個室の外へ出ていった。

上顎に舌が貼りつくほど、口の中が乾ききっていた。

「一段落するまではおとなしくしてもらいたいんですがね……」

笑いながらネクタイを直すハリソン山中の独り言に、言葉をかけるものはいなかった。曲が終わり、焚き火の薪がはぜるようなレコードのノイズが鳴っている。

＊

店の奥にある座敷に顔を出すと、待ち構えていたように歓声と拍手が湧き起こった。

「辰さん、おめでとうございます」

同僚や後輩が口々に祝辞を投げかけてくる。皆、忙しい業務の合間をぬって、定年退職をむかえた老刑事のために、今宵の一席をもうけてくれていた。

辰は恥じらいながらも笑顔で応じ、上座に腰をおろした。学生風の店員によって酒がはこばれてくる。幹事の大仰な挨拶とともに乾杯し、霜のはりついたビールジョッキに辰も口をつけた。

「失礼します」

威勢のいい声とともに、厨房にいた坊主頭の店主が座敷に姿をみせる。両手には豪勢な舟盛りがかかえられていた。

「班長、長い間ご苦労さまでした。ほんとにお世話になりました。これはうちからのほんの気持ちです。皆さんで召しあがってください」

店主の粋な計らいに座が沸く。

辰は、眼を赤くして涙ぐむ店主に感謝の意をつたえた。

もう随分前、ある事件で内偵をしていた捜査対象者がこの店の常連だという情報を得た。店主に事情を説明し、連日のごとく通いつめ、ひそかに店から情報を提供してもらった。以来、公私を問わず、付き合いをつづけている。店主の次男が警察官になりたいと言ったときには、自分の責任の範囲で口利きもした。刑事の仕事をつづけてこられたのも、店主のような人々の支えがあったからにちがいなかった。

「辰さん、我々からもささやかながらプレゼントがあります」

若手のひとりが、スナップ写真がはめこまれた記念の盾を手渡してくれる。いつの間に撮られたのか、そこには捜査会議中の辰が手帳になにか走り書きしている様子が写っている。

盾の上部に浮き彫りにされた警察章に見入った。四十年あまりにわたって毎日のように見てきたはずのそれも、こうして目にすると感慨深いものがある。

「それと、いつも奥様に迷惑、いや、寂しい思いをさせてきたかと思いますんで、今後はこのおそろいのランジェリーで夫婦水入らずの時間を過ごしていただければと」

若手が、きわどいシルエットに織られたレース地の下着を皆に見えるようにかかげていた。周りがはやし立ててくる。

「馬鹿野郎。もっと派手なの着けてるよ、いつも」

下着をうけとりながら半畳をいれると、皆、大笑いした。

酒が追加され、気兼ねのない陽気な声がそこかしこで飛び交う。

「どっか再就職されるんですか」

隣にいた後輩のひとりが、空いたグラスに焼酎をついでくれる。

「いや。いまのところは」

酌をうけながら、辰は首を横に振った。

今月、妻と日本一周の船旅に出る予定でいる。さんざん迷惑をかけつづけてきた妻への罪滅ぼしのつもりだった。その先はどうするだろう。かねてから世話になっている知人の会社から、トラブル処理担当としてうちに来ないかと誘われていた。まだ返事はしていない。

「ゆっくりした方がいいですよ。また倒れたりしたら、今度こそぽっくり逝っちゃいますから」

「心配されるほど焼きはまわってねえよ」

高血圧は薬でどうにかやり過ごしているものの、肝臓や腎臓の数値は相変わらずかんばしくない。医者からは極力ストレスをためこまないよう厳命されていた。

「自分も、辰さんみたいに、思い残すことなく刑事人生をまっとうできるようがんばりますよ」

――思い残す。

何気ないひと言だった。胸内で浮沈を繰り返したまま、なかなか消えてくれない。

刑事として数えきれないほど多くの事件にたずさわり、その大半を曲がりなりにも解決にみちびいてきた。裏をかえせば、いくつかの事件についてはいぜん犯人検挙にいたっていない。むろん中には被疑者死亡で迷宮入りしてしまった事件もあり、わけても地面師であるハリソン山中についてはいまだに夢にあらわれる。

在職中に、ハリソン山中の再度の検挙はおろか、恵比寿の地面師事件すら真相を解明することはかなわなかった。限られた時間と乏しい手札の中で、自分のもてる力を尽くしたとはいえ、局面を打開するまでにはいたっていない。

グラスをかたむけ、口に焼酎をふくむ。砂壁に張られた骨董市の開催を告げるポスターに眼がいった。その日は、七年前に辻本正海が犯行におよんだ日であり、拓海が家族を失った日でもあった。

辻本正海と千葉刑務所で面会したあと、辻本の会社が倒産した経緯が気になって、独自に調べてみた。辻本が語ったとおり、医師になりすましたブローカーの男にだまされて医療機器を購入し、結果、巨額の損失を出した。そこから坂道を転げ落ちるように経営状況が悪化し、倒産にいたっている。ブローカーの男は用意周到で、実際に何回か少額の取引をすることで、辻本とともに会社からも信頼をとりつけていた。

事件後、辻本の会社は被害届を出している。倒産から数ヶ月たって、ブローカーの男は身柄を拘束されたが、その後、嫌疑不十分だとして不起訴となり、釈放されていた。数年前に海外へ出国したきり、現在は所在がわからない。

まだ聞き取りのできていない関係者が何人かおり、確認しきれていないことも山積している。これまでの捜査情報や資料は同僚に引き継いだものの、誰もが多忙をきわめる中では、どれほどの捜査が今後行われるかは読めない。時間の経過とともに捜査の優先順位は着実に下落し、事件は風化の一途をたどっている感じがする。

もし許されるなら、事件が解決するまで、刑事として走りつづけていたかった。だがそれもまた、手前勝手な考えだろう。

末端の人間が特定の事件や犯人に執着するのは、私情をもちこんで現場を混乱させるのとなにも変わらない。組織に生かされてきたものは、組織のルールにしたがっていさぎよく下のものに道をゆずり、いまよりも治安が回復されるよう彼らを信じるべきだった。

退職してから日を追って肥大する未練を洗い流すように、グラスの酒を一息にあおった。

「タッツァン、寂しいよ」

付き合いの長い同僚が酔っ払ってしなだれかかってくる。

「なに馬鹿なこと言ってんだ。あと、たのむぞ」

笑いながら酒をついでやっていると、ズボンのポケットにつっこんでいた電話が鳴った。フィリピンで長期取材している、旧知のジャーナリストからだった。もともと新聞記者で、昔かかわった連続通り魔殺人事件の際、こちらが根負けするほどしつこく聞き込みをしてきた男だった。現在は、フリーランスとして東南アジアを中心に幅広く取材活動を展開し、いくつかのメディアにルポルタージュを発表しているらしい。

「辰さん、いま話せる？」

「ちょっと待ってくれ」

辰は席を外し、わりあい静かな入り口の方に移動した。

「それで、どうだった」

自然と声が大きくなる。気分が昂ぶっているのは、仲間からの祝辞や酒のせいばかりではなかった。

「見つけたよ、例のブローカー。ぜんぶ話してくれた」

＊

昼過ぎ、後藤と最終確認をしてから、ＡＫＵＮＩホールディングスのオフィスへむかった。ビル街の裏手にある細い路地を折れると、しばらくして、時代を感じさせる洋館風の建物が視界に入ってきた。入り口に置かれた古びたサインボードには〝創業一九二六年〟と記されている。前にも来たことのある喫茶店だった。

後藤の制止もきかず中に入ると、吹き抜けの空間がひろがっていた。

教会を思わせる内部は、日中にもかかわらず薄暗く、朽ち果てた樹木に似た匂いがほのかにただよう。奥の壁際に大人の背丈ほどもあるスピーカーがしつらえられ、大地の底から立ち上がってくるような、荘厳なパイプオルガンの音色が店内の空気をつつみこんでいた。

「なんやここ」

かたわらの後藤が呆れたように立ちつくしている。

劇場さながら客席は一様にスピーカーへむかってならべられ、数人のひとり客が音楽に耳をかたむけていた。桟敷風の二階にあがり、音の響きがいい正面中央の席にならんで腰をおろした。

「茶しばいてる場合ちゃうやろ。行かへんのか」

後藤が非難めいた口調で言った。

曾根崎たちと約束した時間がさしせまっていた。

「大きな声はご法度です。先方は待たせておきましょう。主導権はこちらにありますから、焦らすぐらいがちょうどいいですよ」

「拓海くんも、だんだんハリソンに似てきたな」

後藤が苦笑しながら煙草に火をつけている。

拓海はペンをとると、迷いのない手つきでリクエストの曲を小紙に書き、注文をとりにきた若い女性店員にわたした。

「ここだけの話やけどな」

後藤が、年季の入ったスピーカーを見つめながらしみじみとした声をこぼす。

「今度ので最後にしようと思っとる。もう金はいらん、じゅうぶん稼いだ。歳やし、家族と静かに暮らせたら、もうそれでええわ」

はじめて聞く話だった。これまでそのような素振りを見せたこともない。

「ハリソンな、あいつはやばい。頭おかしい。こないだ竹下さんともめたときもヘラヘラしとったし、ササキのじいさんも長崎でようわからん死に方しとるし、今度のやって、正直どうなるかわからん」

秘密めいた店の気配に油断したのか、湿っぽい口調で堰を切ったように言葉をはきだしている。梯子を外された思いだった。

「怖じ気づいたわけじゃないですよね。途中で降りたりしたら、許さないですよ」

ふくれあがる怒気を押し殺して言った。

「……わかってるて。そんな顔せんでも」

後藤は視線をそらして、コップの水に手をのばした。

運ばれてきた珈琲に口をつけているうち、かかっていたオルガン曲が終わった。

「つづけて、リクエストいただいた曲をおおくりいたします」

階下に見える先ほどの女性店員がマイクをにぎっている。事務的だが、この場の主役が音楽であることをわきまえた話し方だった。

「ショーパブみたいやん」

嬉しそうに茶化す隣の後藤にむかって、静かにするよう顔の前で人差し指を立てた。

「バッハ作曲、『管弦楽組曲第三番ニ長調、BWV一〇六八、第二曲』。指揮、小澤征爾。演奏、サイトウ・キネン・オーケストラ」

女性店員がマイクを置くと、間もなくスピーカーが空気を震わせはじめた。

椅子に深く身をしずめ、弦楽器のかなでる重層的な音の波に意識をゆだねた。

明後日は、母、そして妻と息子が灰になった日だった。毎年、三人の命日が近づいてくると、無性にこの曲が聴きたくなる。ある年は墓参りへむかう道中のイヤホンで聴き、ある年はこうして店で流してもらった。

「……ええ曲やん」

いつか後藤も聴き入っているようだった。

曲が終わり、弦楽器の余韻が消失していく。静寂がおとずれ、どちらからともなく席を立った。

大通りに面したＡＫＵＮＩホールディングスのオフィスに着き、受付をすませると、曾根崎がロビーまで出迎えてくれた。

「先方がお待ちになっています」

曾根崎の表情に焦りの色が見える。石洋ハウス側は三十分ほど前にあらわれ、上階の大会議室で静かにこちらの到着を待っているという。ＡＫＵＮＩホールディングスとしても、交渉がまとまれば手数料収入が億単位におよぶ。本件が詐欺かどうか無理に詮索しようとせず、あくまでも善意の第三者として利益を確保するつもりのようだった。

室内に入ると、ずらりと着席していた石洋ハウスの関係者が一斉に立ち上がった。

「大変お待たせいたしました。遅くなりまして申し訳ございません」

形ばかりに謝意をのべ、名刺入れをダレスバッグから取り出す。後藤とともに、用意した名刺を順に交換していった。

「どうも。司法書士業務と、川井さんの財務アドバイザーやらせてもろうてます」

かたわらの後藤が愛想笑いをうかべながら、石洋ハウスの若い担当者に名刺をわたしている。

事前の取り決めにしたがい、役に徹しきっていた。

五名もの大人数であらわれた石洋ハウス側は、遅刻してきたこちらへの不満など誰ひとりおくびにも出さない。冷やかしの雰囲気はいささかも感じられず、誠意のこもった丁重な態度で接してくる。曾根崎が話していたとおり、この案件にかける石洋ハウスの真剣さがつたわってきた。

石洋ハウスの部長との挨拶を終えると、最後に名刺交換にやってきた最年長とおぼしき男に視線をそそいだ。川井の張り込みをともにしたオロチほどではないものの、周囲より頭ひとつ抜け、筋肉質で体の線も太い。眼にはけわしい光がやどり、たたずまいに毅然としたものがただよっている。部長をはじめ他の部下も、あからさまに男へ気をくばっているのが感じられた。

「開発部門の責任者をしております青柳と申します。なにとぞ、よろしくお願い申し上げます」

青柳が会釈し、こちらに名刺を差し出してくる。どうであれ、この男を説得しないことにはなにもはじまらない。気圧されぬよう平静をつくろい、低頭して応じた。

商談は、曾根崎たちAKUNIホールディングスを差し置き、石洋ハウスの部長主導ですすめられた。

「先日、現地におもむきまして、あらためて素晴らしい土地だなと」

真正面に相対した部長が温和な表情で場をとりもつ。端で静観している青柳のかたい視線がしきりに意識された。

「当社としましては、ぜひとも前向きに検討させていただきたいと思っております。それでですね、今回どういった経緯で川井様は売却されることになったのか、差し支えなければそのあたり簡単にお聞かせ願いたいのですが」

　他人との付き合いをいとう狷介な地権者を、どこの馬の骨かわからないお前たちがどうして翻意させることができたのだ、と言外にのべているように聞こえた。

「いやね、そんな大そうな話ちゃうんです」

　隣の後藤が口をひらいた。

「あんまりプライバシーの細かいことは言うたらあれなんですけどね。川井さん、文化活動っちゅうか、演劇ですね、それにここんところ熱心になられてまして、私財をなげうってでも応援しようじゃないかと。ほんで私のところに、相談に来られたんですわ」

　先ほど喫茶店でこぼした弱気が嘘のように、後藤の弁舌は堂にいっていた。財務アドバイザーとして金の管理はまかされているとでも言いたげに、川井が実際に出資している久保山主宰の公演パンフレットを何点か石洋ハウスへ見せている。

「もともとあの駐車場も隣の施設も、先代から、世のためひとのために役立てるよう言われとったみたいですから。ただ、ちょっとまぁ、施設の方でいろいろあって、川井さんも元気をなくしてた時期があったんですけど」

　ふいに歯切れの悪くなった後藤の説明に、石洋ハウス側が理解を示すようにうなずいている。おそらくは、川井の夫が施設の入所者と駆け落ちしたことを把握しているのだろう。

「そこに演劇がすっと入ってきたわけですわ。ご存知かどうかわかりませんけど、演劇っちゅうのは凝りはじめるとえらい金がかかる。有名な俳優さん呼ぶだけでどーんと予算が跳ね上がってしまう。せやけど、そんなん川井さんの財力からしたら、大したことありません。ひいきの劇団にお金を出すだけやなくて、もっとひろく、持続的な形で世の中のために貢献しようじゃないかと、お考えになったんですわ」

「ほう……」

部長が興味深そうに相槌をうっている。後藤は、ハリソン山中のえがいたシナリオにしたがって先をつづけた。

「これは、ここだけの話にしてもらいたいんですけどね。じつは、劇場を作ろうと計画されてます」

後藤が鞄からタブレット端末を取り出して操作し、机の中央に置く。部長らが身を乗り出すようにして画面をのぞきこんだ。

画面には、カメラで撮ったラフスケッチが表示されていた。水彩で色づけされており、斬新なデザインの劇場イメージが、外観図、平面図、断面図とそれぞれ勢いのあるタッチで描かれている。

ラフスケッチは、盗作疑惑をかけられて隠遁中の若手建築家に接触し、相応の謝礼をはらって依頼したものだった。条件は、第一に客席数は千席前後、第二に予算は無制限、第三に音響設計は度外視、そして第四に「もしもこんな劇場があったら」とし、存分に才能を発揮してもらった。依頼に応じた建築家は、ありあまる時間と才能を存分に費やして期日までに仕上げてくれ、その出来栄えはこちらの期待をおおいに超えるものとなった。

「地上六階、地下二階。バルコニー席や車椅子席もふくめて、客席数は千席。レストランやラウンジなんかも併設されてて、演劇専用のホールとして多くの方に、ほんで末永く利用してもらえるようにという川井さんの思いがこめられてます」

後藤がラフスケッチを指し示しながら説明をくわえていく。声に熱がこもっていた。

「これは、どちらにつくられるおつもりなんですか」

部長の隣から課長が口をはさむ。

「まだなんも決まってませんけど、川井さんは、できるんなら下北沢がええんちゃうか、とおっしゃってますね。ちょうどあそこは再開発が進んでますし、なにより演劇の街ですから」

「……なるほど、下北沢にですね」

課長がどことなく納得しきれない様子でうなずいている。どうして、いまある土地に建てないのかと不満を述べているかのようだった。川井が所有している山手線新駅前の土地を担保にすれば、金融機関からじゅうぶんな融資を受けられるだろうし、都心で交通至便となれば、劇場運営にも有利に働くのではないか、と。

後藤が石洋ハウス側の疑念を見透かしたように説明をくわえる。

「ほんとはね、川井さんだってそんな面倒なことせんと、いまの土地に建てたいんですよ。こんどできる高輪なんちゃらっちゅう駅の真ん前で、めっちゃ便利ですから。ただね、いろいろあったんですよ。あの土地っちゅうか、あの施設には。わかりますでしょ。もう手放したいんです。気持ちの問題なんです」

語勢が激しいぶん切実に聞こえた。石洋ハウス側が施設の事情に通じているらしいことを、後藤も察しているのだろう。

「いえ、申し訳ございません。疑うような訊き方をしてしまいまして。とてもよくわかります。劇場の話は大変素敵ですし、当社もお力添えさせていただき――」

「私の口からは言えませんけどね、それでもまだ気にされるっておっしゃるんなら、施設のことそちらで調べてみてくださいよ。なんで閉鎖になったんか」

後藤の不服そうな態度に、石洋ハウス側があわてた。課長がなだめるように声をかけ、機嫌をとっている。

売却の経緯について、これだけ情緒を前面に押し出されれば、石洋ハウス側としても突っ込みづらくなったことだろう。

「ま、そんなわけで土地を売りたいと川井さんから私の方に相談があって、ほんで、前からようけお付き合いさせてもらってる、こちらの業者さんの力をお借りすることになった次第ですわ」

後藤から紹介をうけ、石洋ハウス側の視線が拓海のもとにあつまる。小さく頭を下げてから、ダレスバッグから書類一式をとりだした。

「曾根崎様からお聞きおよびかと存じますが、弊社はすでに川井様と本物件について売買契約を取り交わしています」

売買契約書のコピーを石洋ハウスの部長へ手渡す。川井名義の偽造印鑑が捺印(なついん)されており、不動産取引の慣習にならって金額の部分はあらかじめ黒く塗りつぶされている。

「それとこちらが川井様の身分証明書と印鑑証明になります」

身分証明書は、パスポートの券面をコピーしたものだった。なりすまし役であるタニグチの丸刈り写真が掲載されており、複写の際に顔の部分だけ解像度を落として不鮮明にしてある。その余白には、〝売主の本人確認につきまして、司法書士である私がパスポートにより確認しました。〟と、捺印とともに後藤の偽名が署名されていた。

提出した書類が、石洋ハウスの部長から末席にいる若手担当者に託され、二人がかりで確認されていく。

呼吸が浅くなり、心拍数が上昇しているのがわかった。あまり見すぎてはいけないと理解していても、つい気になってしまう。後藤も落ち着きなく、そちらに眼をくばっていた。

正規の印鑑証明書はもちろん、私文書である偽造契約書などに疑義が出されることはないだろう。あるとすれば、パスポートの写真だった。

タニグチの写真については、ひそかに作成した寺の偽ウェブサイト内の、住職紹介ページでも別撮りしたものを掲載している。石洋ハウス側にサイトの存在を通知しているとはいえ、仮に担当者が本物の川井の顔を認識していて、見咎(みとが)められてしまったら、ようやくこぎつけたこの商談もむなしく崩れ落ちてしまう。

パスポートのコピーが一人目の担当者にわたり、やがて二人目の若手にわたった。二人目が紙面を凝視している。その時間がいくらか長すぎるような気がした。

「それで……金額の方なんですけど、どれくらいをお考えになってますでしょうか」

部長が慎重な口調で切り出し、こちらの顔をうかがっていた。

パスポートのコピーを確認していた二人目の若手が、問題ないとでも言うように印鑑証明に手をのばす。大きな関門のひとつをくぐりぬけ、肩の力がぬけた。いくぶん気が楽になり、よどみなく言葉が出てくる。

「まず前提として、物件は山手線内では稀に見る一団の土地で、地下鉄泉岳寺駅からも至近です。またご存知のように、同じく物件と目と鼻の先にある山手線新駅が数年後に本開業する予定で、今後、周辺環境は一変し、大いに発展していくことが予想されます」

もったいぶった言い回しに、石洋ハウス側の眼に焦れた色がきざしている。

「本来であれば、そうした期待値を価格に反映すべきなのでしょうが、売主様には、さきほど説明があったとおりの事情がありますから、常識的な範囲でと私どもに一任してくださいました」

「……具体的には？」

部長がこらえきれず言った。

現在、周辺の実勢地価は坪あたり千二百万円前後まで上昇し、場合によってはそれ以上の高値で取引されている。仮に坪千二百万円とおけば、あわせて八百十坪におよぶ土地はおよそ九十七億円となる。一般に、そこから利益を出そうとすると、税金や諸経費も考慮しなければならないだろう。

「百四十億」

口にしたとたん、部長の表情がくもった。想定していた価格の上限を大幅に超えていたのかもしれない。交渉が難航するのを予想したのか、他の面々もかたい表情をうかべている。

部長がなにか言おうとするのを見て、拓海が先に口をひらいた。

「土地が土地ですから、もしかしたらその値段でも買おうと思われるところはあるかもしれません。ですが、今回は川井様のご厚意もあるので、百十億でいかがでしょう」

そう提案すると、会議室の空気がゆるんだのがわかった。

ハリソン山中とは、百億円を基準に交渉すると事前に取り決めていた。石洋ハウスがなんらかの事情で緊急にまとまった用地を必要としているのは調査によりつかんでおり、下手に安売りする必要はないという判断だった。

課長がすばやく電卓をたたき、液晶画面に表示された数字を部長と青柳に見せた。部長が、持参した資料をボールペンで指し示しながら、無言で青柳に了解をもとめている。間もなく、隣にむけていた顔をこちらにすえた。

「なんとか、九十八億でお願いできませんでしょうか」

丁重に切り出した部長の声には、幾多の交渉で培われただろうしたたかな響きがふくまれていた。

石洋ハウス側から具体的な数字が提示され、一挙に現実味が増してくる。九十八億円という途方もない金額を出す気でいるらしい。胸が高鳴った。ここまでくれば数億の違いなど誤差で、それらしい駆け引きを演じながら話をまとめてしまえばいい。

「せっかく川井さんがええようにしてくれたんやから、あんま欲かかん方がええんとちゃいますか。このあと、三井(みつい)も野村(のむら)も来てるし」

腕を組んで見守っていた後藤がはったりをうそぶく。

競合会社の名が飛び出し、石洋ハウス側に動揺の色が見えた。ふたたび無言の協議がおこなわれ、部長が重そうに口をひらく。

「それでは……百二億でどうでしょう」

先ほどの提示から四億円もつりあがった。これまで他の案件で苦労したのが馬鹿馬鹿しく思えてくる。このあたりが石洋ハウスの許容できるぎりぎりのラインだろうか。

「百八億」

余勢をかって言い放つ。体が熱をおび、知らぬ間に神経がたかぶっていた。

「百八ですか、うーん……」

部長が顔をしかめている。本心のようにも見えるし、演技のうちかもしれなかった。それでもこれ以上は、話そのものがご破算になってしまう気がする。

「わかりました。でしたら、お互い痛み分けで百五億。施設の解体費用はこちらが持ちますので、百五億でいきましょう。それで手を打ちます。いかがですか」

石洋ハウス側の反応をうかがった。待ったの声はかからなかった。

気をよくしてつづけた。

「ただし、ひとつ条件があります。川井様が、諸事情あって売却を急がれています。購入申込書を明日中にご提出ください。こちらも同日中に売渡承諾書をおわたしします。その上で、契約を来週中、決済を再来週中までにお願いしたいのです。可能でしょうか」

通常では考えられないスケジュールだろう。それでも急がなければならなかった。時間がかかればかかるほど、こちらにとって不都合な情報が外部からもたらされ、一度は合意がとれたはずの決定も揺らいでしまう。

「いや、さすがにそれはちょっと……なにぶん金額が金額ですから、幹部会議にかけて決裁を通さなければなりませんし」

部長はあからさまに当惑していた。

「そらわかるけど、でも、さっさと決めとかんと他所さんにもってかれますよ。川井さんはすぐにでも金にしたいんやから」

後藤が相手をおもんぱかるような口調であおった。

焦燥した様子の課長が、部長になにごとか耳打ちしている。どう判断すればよいか決めかねているように映った。

拓海はテーブルのむこうのやりとりを黙って見つめていた。

「承知いたしました」

声を発したのは青柳だった。

こちらに視線をすえて、言葉をつぐ。

「決済はもう少し猶予をいただくかもわかりませんが、なるべくご希望にそえるよう努力いたします」

これまで見てきたどの商談相手のそれともちがう、冷淡で動物的な眼差しだった。動悸がし、気づけば四肢が緊張している。青柳の顔から眼をそらすことができなかった。

「しかし、こちらも条件があります。私としましても開発部門の責任者として、この場だけで契約にゴーサインを出すことは承服いたしかねます」

青柳はそこで言葉を切り、挑むような口調で言った。

「売主様、川井様と会わせてください」


左手に座る後藤が大口をあけて、指につまんだロブスターをかじる。

「もう肉たのもうや。麗子ちゃんいつ来るか、わからんし」

苛立ちをはらんだ声だった。ふだんと同じように振る舞っているかに見えて、その実ナーバスになっているのかもしれない。

石洋ハウスとの商談が三日後にせまっていた。物件の所有者である川井になりすましたタニグチを、先方と引き合わせることになっている。そこでうまく相手をあざむき通すことができれば、一挙に百億円が現実味をおびてくる。正念場だった。

右隣のハリソン山中が袖をまくり、腕時計に眼を落とした。

「そうしましょうか。できれば、焼きたてを召し上がっていただきたいんですけどね」

円卓には純白のテーブルクロスがかけられ、ダウンライトが光の輪をひろげている。大皿に盛られたロブスターの朱が映え、各自のグラスに満たされたシャンパンが華々しい。連絡もつかず、約束の時間を過ぎてもいっこうにあらわれない麗子の席だけ、皿の上のナプキンがたたまれたままだった。

拓海は膝のナプキンで口をぬぐい、顔をあげた。

ひかえめな照度にたもたれた大箱の店内は、見渡すかぎりどの席も客で埋まっている。ディナーを楽しむ人々の陽気な話し声が、適度なざわめきとなってアールデコ調の天井に反響していた。

通りかかった女性店員を呼び止め、付けあわせのほうれん草と、看板メニューのTボーンステーキを注文した。

「ええ女ばっかそろえすぎやろ。麗子ちゃん見たらねたむわ。だから、けえへんのかな」

後藤がグラスをかたむけながら、執拗な眼で女性店員の後ろ姿を見送っている。

「なにかあったんですかね」

ふだんであれば鷹揚にかまえていられても、今夜にかぎってはそうもできない。今度の商談でなりすまし役をつとめるタニグチの面倒を見つづけ、その窓口となっているのは麗子だった。

「いつものことやろ。どうせまた買いもんが長引いたとか、男と喧嘩したとか、そんなん言いながらやってくんねん」

シャンパンのボトルネックをつかんだ後藤がぞんざいな手つきでグラスに酒をつぐ。ボトルをクーラーにもどし、ハリソン山中へ探るような眼をむけた。

「それより、竹下さんはどないなってんの」

前回の打ち合わせ以来、拓海も竹下を目にしていない。この夜も欠席だった。金を無心しようとハリソン山中の胸ぐらをつかみにかかった折の、竹下の表情が脳裏をかすめる。薬物のためか、焦点のさだまらない眼は狂気そのもので、とてもまともには見えなかった。

「少し体調がすぐれないみたいです。ただ、竹下さんの部下の方々については、もともと拓海さんがハンドリングしているのでなにも問題ありません」

ハリソン山中がナイフを動かしながら、淡々と返答している。

ここへ来る前も、連日の張り込み調査をともにしたオロチと打ち合わせをしていた。そのオロチも、このところボスである竹下に会えていないという。行方をたずねても、例のごとく女に現をぬかしているはずだと気にもかけていなかった。

「それと拓海さん、鍵の方はどうなってますか」

「明日の夜に手配してあります。昼間だと近所の目があるので。あと、沖縄の部隊から連絡がありました。無事に川井と久保山がホテルにチェックインしたようです」

安堵したハリソン山中がうなずき、グラスに手をのばした。

進捗状況を確認しているうちシャンパンのボトルが空になり、オーパス・ワンが抜栓されると、はかったようにステーキがはこばれてきた。

「ほんまにここの肉はうまい。肉の味がする」

後藤が咀嚼しながら、休みなくステーキにナイフを入れる。ハリソン山中がそれを聞いて、満足そうにうなずいていた。ワインを口にふくみ、ミディアムレアに焼きあげられた肉との調和を味わっている。

「こんなん食わんとやってられん。拓海くんも、もっと食わなあかんで」

こちらの皿にナイフを差しむけた後藤が、なにかに気づいた。背後へ視線をおくっている。

振り返ると、入り口の方から、ひとりの女性が店員にともなわれて近づいてくるのが見えた。紺青（こんじょう）のレース地で仕立てられた膝丈のタイトドレスを身につけ、痩せぎすの体に不釣り合いなほど胸が張ってひと目をうばっている。麗子だった。

拓海の真むかいに腰をおろしたものの、ナプキンをひろげようともしない。

「……ぜんぜん言うこと聞いてくれないの」

両手で前髪をおさえたまま大皿のロブスターを凝視している。アイスグレーに透きとおった長い爪が、ダウンライトの光をはじき返してまばゆかった。

「麗子ちゃん、また男やろ。男なんてな、みんな子供と思わなあかんで。だいじょうぶ、すぐ仲直りできる。とりあえず乾杯しよ」

後藤が麗子のグラスにワインをそそぐ。

「私もがんばって説得してみたけど、やっぱり無理だって」

誰とも眼をあわさず、つぶやいている。これほど差し迫った顔をする麗子ははじめてだった。

「なにがあったんですか」

拓海が声をかけると、テーブルを見つめていた麗子が顔をあげた。

「無理なんだって……できないって」

「できないって、なにがやねん」

後藤の表情から、いつか余裕の色が消えていた。

「タニグチさん協力できないって」

テーブルが重苦しい沈黙につつまれた。

「協力できないって……だって、もう前金も受け取ってるし、頭も丸めてるじゃないですか。なんでいまさら」

おぼえず詰問口調になってしまう。予想もしていないことだった。直近の報告では、本人の意欲は高く、なりすまし相手である川井の個人情報の暗記に余念がなかったと聞いていた。

「借金あるって言ってたでしょ。あれが、ばれちゃったみたい」

眉をよせた麗子がしきりに髪をかきあげている。

訊くと、タニグチの自宅にとどいた業者からの督促状が家族に見つかり、問いただされて借金の存在を白状してしまったのだという。借金については、事情を聞きおよんだタニグチの両親が肩代わりすることになり、今回のプロジェクトに協力する動機が失われたということらしい。

「拓海ちゃん悪いけど、別のひと探してみるから、いったんリスケしてもらってもいい？」

「探すって、いまからですか」

タニグチを採用するまでの苦労を思った。たとえ適任者がすぐに見つかったとしても、演技や道具をはじめ、また一から準備しなければならない。すでに沖縄に到着した川井や久保山のことも考えれば、抜本的な計画の見直しすら必要な事態だった。

「それはちょっと厳しいやろ。相手も急いどるからそういつまでも待てん、話がこわれてまうわ」

苦り顔の後藤が、肉片に生クリームであえたほうれん草をたっぷりとのせてほおばる。

「タニグチさん経由で万が一警察が動く可能性も考慮すると、悠長にかまえてはいられないかもしれませんね……」

そう言って、ハリソン山中は思案げな眼をして酒に口をつけた。

「……面接で髪切るのことわられたひとに、もう一度お願いしてもダメよね」

多少の責任を感じているらしい麗子のつぶやきに、反応するものはいない。皆、押し黙っていた。

グラスの脚をつかみ、ワインを口にふくむ。

深い虚脱感が押し寄せてくる。長い時をかけて慎重に積みあげてきたものを、眼の前で蹴散らされた思いだった。

かたわらで歓声があがった。

見れば、店員のひとりが、花火と蠟燭でかざられたケーキを隣のテーブルにはこんでいる。火花で明るむケーキを前に破顔する男女をかこんで、スタッフたちがバースデーソングを合唱しはじめた。周りのテーブルの客も手をたたいて一緒に祝っている。会話のたえた拓海たちのテーブルだけ、取り残されたようだった。

焦点の暈けた眼で手元のグラスをながめているうち、拍手がやんだ。テーブルのむこうで肘をかかえている麗子と眼があう。視線をそらしかけて、思いとどまった。あわい残像が脳裏に去来し、網膜でかさなった気がした。

「……ちょっと待ってください」

麗子に眼を貼りつけたまま、拓海はつぶやいていた。

「なんか……似てませんか」

「似てるってなにがやねん」

こちらの視線にうながされるように後藤が首を横へひねる。

「私も、そう思いますね」

いつしかハリソン山中も麗子に視線をそそいでいた。それで後藤も気づいたらしい。

「……言われてみれば、いけんこともないかもな。化粧とか髪型とか、オッパイなんかにごまかされてるだけで。歳もおんなじぐらいやろ」

「ね。なに言ってんの」

麗子が冷ややかな声を出す。

「でも麗子さんだったら状況わかってるし、暗記も一緒にやってたから難しくないはずです。予定どおりいけますよ」

石洋ハウスに提出したパスポートのコピーは、顔写真の部分だけ解像度を落としている。川井とタニグチ、それに麗子の顔写真の三つをあわせてデジタル処理すれば、どうにか使えるものが用意できるかもしれない。いまからなら、パスポートの取得は無理でも、免許証の偽造であれば間にあう。

ハリソン山中が麗子の頭部に眼をむけていた。髪は光にさらされた部分が茶色にすけ、毛束ごとにゆるやかな曲線をえがいて胸にまで達している。

「無理だって。絶対、私はやんないから」

「代われるなら、代わってあげたいとこなんやけどな。どうしてもな、これがな」

後藤が毛髪のとぼしくなった自分の頭をいとおしそうになでている。

「麗子さん、なんとかお願いできませんか」

度を失っている麗子にむかって言った。もう他に手はなかった。

「ええやん。髪なんかまた伸びてくるんやから。伸びてくるだけましやわ」

「なに言っちゃってんのよ、すだれみたいな頭してるくせに。無理よ無理。そんなとこのここ出てったら、まっさきに捕まるじゃない」

なりすまし役になるリスクをもっとも理解しているのは麗子かもしれない。

「引き受けてくださったら、成功した暁には一億ボーナスを上乗せします。どうでしょう」

ハリソン山中がなだめるように落ち着いた声で言った。

今回の案件の取り分は、仮に百億円全額入ってきた場合、ざっくり四十億円がハリソン山中に、三十億円が竹下に、拓海と後藤がそれぞれ十二億円ずつ、麗子が六億円となっている。ハリソン山中は自分の取り分から一億円を出す気らしい。タニグチに約束していた三百万円からすると、破格だった。

「無理」

麗子はきっぱりと言った。

「やるのに前金で一億、成功したら五億。もともとの六億は別。じゃなきゃ私はやらない」

誰とも眼を合わさず、独り言のようにつぶやいている。

無茶な要求だった。百億の金どころか、手付金すら詐取できるかいまの段階ではわからない。

気詰まりな空気が流れた。

椅子の背に体をあずけきった後藤が、苦笑を眼にたたえて後頭部をかいていた。ハリソン山中にとっても予期しない要求らしく、静かにワインを飲んでいる。

「わかりました。前金と成功報酬は私が出します」

拓海がそう言うと、後藤とハリソン山中がこちらへ眼をむけた。

前回の案件で手にした分け前が手つかずのまま口座に残っている。今回、麗子に半分ばかりゆずったところで、六億もの大金がはいってくる。多すぎるぐらいだった。

「拓海くん、ほんまに言うとんの？」

後藤が身を起こす。

それには答えず、麗子の方をむいた。

「出したら、間違いなくやってくれるんですよね？」

返答がなかった。腕を組んだまま、けわしい表情であさっての方に視線をそらしている。その眼には、歓喜とも憂慮ともつかない逡巡（しゅんじゅん）の光がうごめいていた。

*

坂の街だった。

駅を出るとすぐに密集した住宅街があらわれ、遠く視線をのばせば、屏風（びょうぶ）をひろげたように家々が迫（せ）り上がっていた。ところどころ民家のあわいや崖上から青々とした新緑が吹き出し、野山の名残をかすかにとどめている。

辰は、印刷した地図を手に坂道をのぼっていった。

かろうじて車が一台通れるほどの道が、住宅の隙間を縫うように入り組んでいる。民家にかこわれた小さな公園に、一本の老いた桜の木があった。葉桜がまばゆい陽光をあび、そのたもとで、昼食をとる子連れの若い母親たちが談笑していた。

くたびれたジャケットの内ポケットが振動している。

見ると、妻からの電話だった。

「ホーム終わっていまむかってるんだけど、なんか電車遅延してるみたいだから、どっか適当に喫茶店でもはいって待ってて」

駅の構内とおぼしき騒々しい雑音とともに、妻の息せき切った声が聞こえてくる。

この日、妻と都内の百貨店で服をみつくろう予定だった。来週にせまった船旅の晩餐会(ばんさんかい)に参加するには、手持ちのものではマナー違反になってしまうのだという。午前中から妻は、義母が入居する郊外の老人ホームに顔を出しており、あとから家を出た自分と百貨店の入り口で落ち合うことになっていた。

「それなんだけどな。悪い、つき合えなくなった。適当に買っといてくれ」

そう応じながら葉桜をあおいだ。

まだ散りきっていない白い花が緑の中にのぞき、微風にゆれている。幼児の泣きわめく声がかたわらから聞こえていた。

「どういうこと。なにしてるのよ」

「まあ……うん」

視線を足元に落とした。

かわいたアスファルトの上で、スラックスからのぞく靴が影にしずんでいる。いつも仕事で履いていたものだった。合皮の形がくずれ、すっかり踵がすり減っている。妻からは早く処分しろと言われていた。これも、今度の船旅までには新しいものに変わっているかもしれない。

「またいつもの当たらない勘なんでしょ?」

妻の断定した指摘に、失笑がもれる。

「外れること願ってるんだけどな」

「いつまで刑事気分でいるつもりなのよ」

あきれ果てた声で妻が言った。電話のむこうで白い歯をのぞかせているであろう彼女の顔が目にうかぶ。

「夜は大丈夫だから」

三人の娘が自分の退職を祝って一席もうけてくれていた。

彼女たちが物心ついたときには、すでに休日も捜査に追われる日々で、父親らしいことはなにもしてこなかった。どのような毎日を過ごし、いかなる青春の葛藤を経て成長していったのかも妻任せでほとんどわからない。それがいまでは三人とも仕事をもち、それぞれの人生を生きている。職場の同僚と結婚した次女からは、つい最近懐妊したという嬉しい知らせもあった。

「遅れないでよ。あの娘(こ)たち楽しみにしてるんだから」

もっとも心待ちにしているのは妻自身のようにも聞こえた。

電話を内ポケットにしまい、地図に眼を落とした。

ゆるやかな傾斜がつづく。何度か道を間違えたのち、やがて鬱蒼とした緑の崖が右手にあらわれた。樹木のトンネルをつらぬくように、急峻(きゅうしゅん)な石段が崖の上へのび、その果てに瓦葺きの棟門が小さく見える。

辰は息を切らしながら石段をのぼり、古びた門をくぐった。

こぢんまりとした境内は種々の植物が植えられ、石畳がまっすぐ本堂に通じている。石畳を踏み、本堂の脇にある庫裏の呼び鈴を鳴らした。

しばらくして、住職とおぼしき同年輩の男性が戸から顔を出した。

「こちらにはじめてうかがったものなんですが、お墓にお参りさせていただきたくて」

そう口にし、空身(からみ)であることに気づく。急遽予定を変更したとはいえ、花ぐらいどこかで買ってくるべきだったかもしれない。

「どうぞどうぞ。場所はおわかりですか」

住職がおっとりとした声で言った。

「いえ、辻本家のお墓なんですが」

「ああ……辻本さんところの」

心なしか住職の顔がくもった気がした。

線香を買い、住職に庫裏の裏手へ案内してもらった。

小高い丘の上に墓地がひろがっていた。山肌をなぞるように階段状に区画され、通路は清掃が行きとどいている。他に人影はなく、ひっそりとしているものの、陽がよく当たるせいか陰気な感じはしない。

辻本家の墓は、最も高所の区画にあった。墓石の前に立つと、眼下にすり鉢状の街が見渡せ、その先の、コンビナートにかこまれた湾口さえみとめることができた。

「こちらのお墓にお参りされる方は？」

さりげない口調でかたわらの住職にたずねた。

「ええ、毎年いらっしゃいます。ご親族の方が。このぐらいの時期ですかね。いつも綺麗にしていかれて、いいお付き合いさせてもらってます」

ひとりになってから、墓前に腰をおろして線香をたむけた。墓石に設置された花筒は空だった。線香立ての灰から判断しても昨日今日で誰かがおとずれた様子はない。

眼をむけると、墓地を少し下った敷地内に参拝者用の駐車場があり、一角にベンチがもうけられている。そこからは、墓地への人の出入りがひと目で見てとれそうだった。

墓を離れ、ベンチに腰をおろすと、自動販売機で買った冷たい缶コーヒーを口にしながら、フェンスのむこうに視線をのばした。

コンビナートの煙突から白煙が立ちのぼり、湾の海面が陽光にかがやいている。うっすらと色づいた空はどこまでも高く、かわいたそよ風が気まぐれに境内の大楠（おおくす）をゆらす。ウグイスののびやかな鳴き声が、時おり谷間にひびきわたっていた。

ジャケットの中に手を入れ、封筒を取り出した。マーガリンで一部変色している。退職する際に無断で持ち出していたものだった。

来るだろうか。たぶん、来る。いや、間違いなく来る。そう心中でつぶやき、右手の通路の方に絶えず意識をくばりつづけた。

一時間がたち、二時間がたった。

その間、墓をおとずれるものはおらず、住職の女房らしき女性が買い物へでかけ、もどってきただけだった。来るとしても、今日ではないのだろうか。このベンチに座るまでは、来てくれないことを望んでいたというのに、どこかで落胆している胸底の濁りに気づく。その矛盾した心の動きが我がことながら苛立たしく感じられた。

「……あの」

ふりむくと、先ほどの住職がこちらの顔をのぞきこんでいる。

「お墓参りの方は、無事にお済みでしょうか」

不審に満ちた表情だった。疑念を晴らしてくれる警察手帳は返納済みでもう手元にない。

「いや、あまりにいいところなものですから……つい。妻と、できればこういうところで眠れたらなと。あの、決してご迷惑はおかけしませんので」

住職が、いささかも納得していない様子で去っていく。あるいは通報されてしまうかもしれないと思いつつ、この場を離れる気にはなれなかった。するならしろと居直った気持ちだった。

いつか足元の影が長くのび、空が光を失いはじめていた。気温は低まり、ベンチの冷たさがスラックスの布地越しにつたわってくる。全身の筋肉がこわばっていて、尻が痛かった。

時計を見ると、ここに腰をおろしてすでに四時間近くたっていた。

娘たちとの会食が頭をもたげてくる。いますぐむかえば、かろうじて間に合う時間だった。湾が茜色に染まり、薄闇に塗りつぶされていく。眼下の家々にぽつぽつと明かりがともる様をながめながら、いたずらに時間だけが過ぎていく焦燥感にとらわれていた。

来ないのかもしれない。

なにひとつ約束されていないというのに、ひとりよがりの妄想をぶらさげている自分が恨めしかった。なにをいつまでも拘泥しているのだろう。退き際にちがいなかった。

かたわらの空き缶を手にし、立ち上がろうとしたとき、かすかな物音がした。遠くで聞こえる車の走行音でも、崖に根をはった楠の葉擦れの音でもなかった。右手に首をむけると、人影が墓地の方へ移動していく。

辰は人影を眼で追い、少し時間を置いてからおもむろに腰をあげた。

ふたたび墓地へおもむくと、辻本家の墓の前に男の姿があった。暗色のスーツとは対照的に、外灯にうかびあがる頭髪は白い。瞼をとじ、手をあわせている。

足音に気づき、男が眼をひらいた。

白髪から連想されるそれを裏切るように、三十なかばの容貌がこちらを見つめ返している。

よく見れば目元のあたりや鼻の形状に、刑務所で面会した辻本正海の面影がうっすらただよっている。角度が悪く、不鮮明ではあるものの、いくつかの防犯カメラに残されていた井上秀夫の画像とも似ていた。

「辻本、拓海さんですね」

辰は声低く言った。

「どちらさまですか」

「……警察です」

後ろめたいものが喉元に迫り上がってくる。どうにか飲みくだした。

「なんの用でしょう」

こちらの存在など歯牙にもかけない落ち着きぶりだった。事件とは無関係なのか。

「昨年、恵比寿の土地をめぐって七億の金がだましとられる事件がありました。なにか知っていることはありませんか」

拓海は視線を外し、少し考える素振りをしてから、

「いえ、なにも」

と、答えた。

無言で拓海の目を見つめた。感情のとぼしい水晶体だった。じっと見つめていると、深い暗闇へ引きずり込まれそうになる。いつだったか、薄気味の悪い笑みをうかべながら黙秘をつづけるハリソン山中が、深更の取調室でふと見せた目と似ていた。

「……嘘だ」

辰は相手をにらみつけたままつぶやいた。

「お前は知ってる。事件のことも、ハリソン山中のことも、ぜんぶ知ってる。お前はあの日、井上秀夫という架空のコンサルタントをかたり、偽の所有者をつかって不動産会社から金をだましとったんだ」

「よくわかりませんけど……なにを根拠に言ってるんですか」

拓海の無表情に動揺は見られない。

「そんなものはいらない。俺にはわかる。賭けてもいい。お前のその顔は嘘をついてる顔だよ」

語気強く言い放っているにもかかわらず、どうしてか肩の力が抜けていく。

「……お前は地面師だ」

自分に言い聞かせるようにささやいていた。

坂の下を通過する電車の音が谷間にひびき、遠ざかっていく。間もなく、もとの静寂がおとずれた。

「任意ですよね。もういいですか」

拓海が柄杓(ひしゃく)の入った足元の手桶をにぎる。

「お前の家族がやってた医療機器の会社だけどな。なんで倒産したのか調べさせてもらった」

そう言うと、拓海は手桶をもったままその場にかたまった。

「医者のふりしてたブローカーいただろ、お前が専務の親父に紹介した。親父に架空の取引で大損くらわせたやつ」

拓海は口をつぐんで立ちつくし、墓地の下方にひろがる街の一角に視線をすえている。

「そいつな、ハリソン山中の共犯者(レツ)なんだよ、昔の。薬物(ヤク)さばいたり、詐欺やったり。それ知ってんのか」

一瞬、外灯の白光に照らされた横顔に変化があらわれた、ように見えた。

「一番はじめ、そいつから話しかけられたろ。横浜の、ホテルニューグランドのバーで。お前、ずっと目つけられてたんだよ」

捜査に協力してくれた旧知のジャーナリストによれば、そのブローカーはいまはフィリピンにおり、日本人相手にポン引きまがいの仕事をしているという。ジャーナリストが接触し、たずねると、ハリソン山中と協力し、拓海のいた会社をはめたことも認めた。どうも分け前をめぐってもめたらしく、ハリソン山中に対する怨恨の念をにじませていたようだった。

拓海はいぜん沈黙をつらぬいている。かまうことなく、つづけて言った。

「どういうつもりで、お前がハリソン山中なんかとつるんでるのかは知らない。ただ、おぼえとけ。お前の家族めちゃくちゃにしたのは、あいつだからな」

あれほど精気をかいていた眼が、みるみる見ひらかれて情念の色にそまっていく。混乱した光が立てつづけに錯綜し、跡形もなく消えた。

なにひとつ言葉は返ってこず、頬の付近が虫が寄生したかのように小刻みに動いている。

「親父に会ってきた。手紙のひとつぐらい返してやれ」

ジャケットの内ポケットから封筒を取り出す。表には、正海の几帳面な字で息子の名が記されていた。

「俺の連絡先がはいってる。話す気になったら、連絡しろ」

顔を痙攣させながら悄然(しょうぜん)と暗闇を見つめる白髪の男に封筒を手渡し、その場を離れた。背中に神経をとがらせた。聞こえてくる声はなかった。

思うさま空気を肺にとりこめず、言いようのない徒労感が自覚される。ベンチに置きっぱなしだった空き缶をひろい、足早に坂をくだった。

*

拝啓

所内の運動場から見えるヒメシャラもあざやかな紅に色づき、すっかり秋の季節となりました。時の流れの早さを痛感する今日この頃ですが、いかがお過ごしでしょうか。

早いもので、私が取り返しのつかない過ちを犯したあの事件から、六年あまりが過ぎました。どれだけの歳月が流れようとも、私の身勝手な理由から、自分が誰よりも大切にしなければならない家族の命をこの手でうばい、そして、私や家族のために持てる力のすべてを尽くしてくださっていた貴方の人生までも破壊した事実は、金輪際（こんりんざい）消え去ることはなく、またそのようなことがあってはならないと思っています。

自分のしでかした愚行の極みを思い返すと、いまこうして生きていることが恥ずかしくてなりません。ならば、自らの死をもって罪をつぐなうべきなのかもしれませんが、それもまた、手前勝手で姑息な行為のように思うのです。どれだけ謝罪の言葉と悔悟の念を積み上げたところで、もはやなんの意味もなしえず、そらぞらしい房内の雑音に過ぎぬものですが、いまの私には、生き恥をさらしながら、ただただお詫びの言葉を唱えて一日一日を生かしていただく以外の道は残されていないと思っています。当然です。申し開きの余地もありません。

ただ気がかりなのは、貴方のことです。あの事件以後、どのようにされていますでしょうか。こちらからお願いできる立場には毛頭ありませんが、しかしもしも気がむきましたならば、一言でかまわないので、いえ、言葉はいりません。白紙で結構です。ただの一通、お便りをいただけましたら幸甚に存じます。

何度もお手紙を差し上げまして誠に申し訳ございません。向寒の折柄(おりから)、ご健康にはくれぐれもお気をつけください。

敬具

平成○○年○○月○○日

辻本正海　拝

辻本拓海　様

*

「ねえ、ちょっと苦しいんだけど。きつすぎたかも」

麗子のじれた声が車内にひびいていた。

「言うたって、さらしやもん。きつく巻かな意味ないやん」

背後から聞こえてくる後藤の声には、わずかだが嘲笑の響きがふくまれている。

タクシーは国道十五号を南下していた。

午後のやわらかな陽が助手席に差しこんでくる。細めた眼で、フロントガラス越しの風景をながめた。

この道をオロチの運転で走り、川井を乗せたタクシーをホテルまで尾行したのは、昨年の暮れのことだった。ずいぶんと昔のことのように思えてくる。

「大丈夫ですか。そろそろ着きますよ」

後ろに首をひねると、後部座席の麗子がしきりに胸のあたりを気にしていた。あらためて見るその変貌ぶりに、一瞬そこにいるのが誰だかわからなくなる。

長かった髪は無残にも丸刈りにされ、形のいい頭部の輪郭があらわだった。常に濃かった化粧はごく薄くほどこされているだけで、アイラインやアイシャドウはもちろん、口紅すら塗られていない。眉毛はあわく描かれ、ダイヤモンドを数珠つなぎにしたカルティエのイヤリングや、虹彩（こうさい）の直径を大きく見せるカラーコンタクト、まつ毛のエクステンションといった装飾品はすべて外されている。川井の普段着を参考に急いで用意した着衣はゆるやかなもので、体のラインがわかりづらい。さらしを巻いておさえた胸のふくらみも、首にかけたスカーフによって目立たなくなっていた。

「あかん。こんなん商談中に笑ってまうわ。尼ちゃんすぎる」

後藤が隣に眼をやりながら唇をかんだ。

「笑ったら殺す」

苦悶（くもん）の表情で麗子がさらしを直している。

「麗子さん、先方には体調不良とつたえてあるので、きびしそうだったら遠慮なく言ってください。対応しますので」

石洋ハウスとは、仲介をになうＡＫＵＮＩホールディングスの曾根崎を通じ、ホテルのラウンジで面会する約束をしていた。そこで川井に扮した麗子を引き合わせ、間違いなく本人だと認めさせることさえできれば、その他の細々とした問題はどうにでもなる。

沖縄にいる別働隊から拓海のもとに電話がかかってきた。

相手の声はひどく狼狽していた。

「まずいぞ。女の方だけ今日そっちにもどることになった」

「今日？」

沖縄に滞在している川井と久保山は、予定では明後日に帰京するはずだった。

「なにがあったんですか」

「詳細は不明。けど、もう空港にいる」

すでに川井は那覇空港の保安検査場を抜け、制限区域にはいっているらしい。おそらく往路と同じ航空会社である、十四時二十五分発のＡＮＡ便で東京へむかうだろうとのことだった。

「それだと、いつ到着予定ですか」

「定刻どおりなら、十六時五十五分に羽田に到着する」

羽田空港から泉岳寺駅まで車で三十分ほどかかることを考慮すると、早ければ十七時半過ぎには自宅に戻っていることになる。

電話を切って、腕時計のガーミンに眼を落とした。液晶画面は、心拍数九十五とともに、現在時刻の十四時六分を表示している。

「どうしたのよ」

後部座席から麗子の不安げな声が飛ぶ。

「川井ひとりだけ予定を変更して、今日こちらに戻ることになったそうです」

「それやばいやろ。どないすんねん」

後藤も事態の急変に驚きをかくさなかった。

「……石洋ハウスとの会合は十四時半からなので、多少長引いたとしても特に問題にはならないはずです。予定どおりいきます。ただし、本堂の件ははずしましょう」

念のため、川井が到着したら連絡してもらえるよう、羽田空港にひとを手配することにした。いつしか車内に陰気な空気がただよいはじめている。

「あっこやろ」

後藤が身を乗り出し、前方を指さした。その声に、最前までの弛緩した響きはなかった。

左側につらなっていたビルが途切れ、大きな駐車場と三階建ての古びた建物が眼にはいってくる。川井の所有する物件であり、石洋ハウスが渇望する物件だった。ちょうど駐車場のむこう側を電車が通過し、その先に建設途中の高輪ゲートウェイ駅が小さく見えた。

この土地に、石洋ハウスはどのような幻の楼閣をえがいているだろう。じっくり見とどける間もなく、視界の外へはじかれていった。

「そういえば、拓海ちゃん昨日は大丈夫だったの?」

麗子の声だった。

「なんかあったん」

「昨日、打ち合わせだったのよ。服の確認もかねて。でも、ちょっと長引いちゃって。拓海ちゃん帰り急いでたみたいだから」

昨夜の墓参りのことが思い起こされてくる。あの老刑事の発した言葉が、頭の中で断続的に再生されていた。

「問題ないです、まったく」

前方に視線をすえたまま返事し、口をつぐんだ。いまは目の前の仕事に集中すべきだった。

タクシーは交差点を右折すると、ゆるやかに蛇行する坂道を駆け上がり、やがてホテルの車寄せで停止した。

《十四時二十二分》

待ち合わせの時間にはいくぶん早い。ラウンジには、まだ石洋ハウスもＡＫＵＮＩホールディングスも来ていないようだった。

奥のソファ席に通され、三人横並びで腰をおろす。

ひろびろとしたラウンジは吹き抜けの天井までガラスがはられ、春の陽光につつまれている。脇に眼をむければ、芝生のひろがる庭園をのぞむことができた。

「先に、飲み物たのんでしまいましょうか」

そう言ってから、後藤の隣でメニューをながめている麗子の手元にふと眼がいった。血の気が引いた。

「……麗子さん」

その指先から眼が離せなかった。

苺を主体とした季節のデザートに気をとられ、メニューから顔をあげようとしない。

「なに」

「嘘やん」

後藤も麗子の手元を見ている。

爪はいずれも指先からかなりの長さに突出し、アイスグレーのマニキュアが塗られたままだった。急な準備だったうえ、麗子の頭髪や顔にばかり意識がむき、その当たり前の違和感に誰も気づかなかった。

「嘘、どうしよ」

瞠目した麗子が両手の指をひろげたまま、こちらに顔をむけている。

腕時計に眼をやった。

《十四時二十五分》

時間がなかった。いまから強引にでも開始時間の変更を打診すべきか。

「とりあえず、その長さだけでもなんとかしましょう。フロントにいけば、爪切りぐらい貸してくれるでしょうから」

麗子をうながして、腰をうかす。

「ちょ、待て待て」

ほとんど怒号だった。後藤に強く腕を引かれ、ソファにもどされた。

「あかん。来よった」

見ると、ラウンジの受付に黒いスーツ姿の人だかりができていた。ＡＫＵＮＩホールディングスの曾根崎の姿がある。ひときわ背が高いのは石洋ハウスの青柳にちがいなかった。

「……なるべく手元が見えないようにしましょう」

それだけ告げ、息を殺して先方がやってくるのを待った。

《十四時二十七分》

立会いをつとめる曾根崎がこちらに気づき、一行をしたがえて足早に近づいてくる。

「お待たせして申し訳ございません」

愛想をふりまく曾根崎につづいて、他のものが腰を低くしてあらわれた。

石洋ハウス側は、おかかえとおぼしき司法書士をのぞくと、課長、部長、そしてこの取引の全権をにぎる青柳の三名だった。柔和な表情をうかべつつも、青柳の落ち着かない眼はしきりに麗子の方へむけられていた。

　席につくことなく、彼らが無駄のない動きで鞄から名刺入れを取り出している。麗子に名刺を受け取らせるのは避けなければならなかった。

「場所も場所ですし、これだけの人数ですから、名刺の交換ははぶきませんか。必要であれば、のちほど、こちらから担当の方の名刺を川井様にお渡ししますので」

　そう牽制(けんせい)すると、石洋ハウス側が虚をつかれたようにその場にかたまった。

「川井さんの体調がね、ちょっと思わしくないんですわ」

　後藤が隣の麗子を気にするように言い添えている。彼らはきまり悪そうにテーブルのむこうへ腰をおろした。

　曾根崎にドリンクの注文をまかせた部長が、話の口火を切った。

「このたびは、ご多忙中のところ貴重なお時間をいただきまして、誠にありがとうございます」

　石洋ハウス全員の丁重な低頭をともなった社交辞令は、ほとんど麗子ひとりにささげられているように感じられた。坊主頭のインパクトはそれなりにあるらしく、いぶかしんでいるような気配はない。

「早速なんですが、時間も限られていることですし、簡単にご本人様の確認だけさせていただいてもよろしいでしょうか」

　自分と後藤の方をむいていた部長がにこやかに言ってから、「ご本人様」の方をうかがう。

　麗子は伏し目がちにうなずき、ぎこちない様子で膝上のハンドバッグに手をいれた。爪を意識しているのか、偽造免許証を探すその眼にうろたえた光がきざしている。

テーブルから会話がたえ、全員の視線が麗子の手元にあつまっていた。嫌な汗が吹き出てくる。隣の後藤も余裕を失って、テーブル下のハンドバッグを注視してしまっていた。

「毎年、こちらのホテルでサクラ祭りがおこなわれているのはご存知ですか」

出し抜けに口をひらいて、窓のむこうに視線をのばした。庭園の芝生に一本だけ植えられた桜が枝葉をひろげ、三人組の中年女性がそのたもとで写真を撮っている。

「ちょうどあそこに見える桜が、ホテル全体の開花基準木らしいんですよ。もうすっかり葉桜になってしまいましたけど」

このラウンジを下見した際に知り得た情報だった。聞くともなしに教えてくれたホテルの女性スタッフに、いまごろになって感謝の念がわいてくる。

皆の注意が庭園にそれ、その間に麗子がハンドバッグから偽造免許証を床に落とした。後藤が代わりにひろいあげると、なにごともなかったかのように司法書士へ手渡していた。

司法書士がそれとなく免許証の透かしを確認している。急いであつらえたものとはいえ、目視しただけではまず見抜けない。ついで免許証の写真と本人を見比べはじめた。便乗するように、青柳の遠慮のない視線が麗子にそそがれる。

体の緊張が意識された。見抜かれてしまえば、これまでとなる。いくら画像を加工して川井にそれらしく似せていても、しょせん本物とはちがう。多少とも頼みになるのは坊主頭ぐらいだった。

麗子はハンドバッグの持ち手をにぎりしめて庭の方に仏頂面をむけていた。

「川井菜摘さんご本人でお間違いないですね」

司法書士が事務的な口調で言った。そこに疑いの響きはなかった。

「……はい」

麗子がどもりがちに答える。ふだんは勝気に見えても、案外に繊細なのかもしれない。

「それでは、生年月日をお願いします」

司法書士が手元の書類とともに免許証に眼を落としている。

「昭和三十八年、七月……」

そこまで言って、麗子が身をかがめるように咳きこんだ。暗記した内容が飛んでしまったらしい。すかさず後藤が、テーブルのむこうに見えないよう、みずからの膝の上で三本の指を出す。

「ごめんなさい、三日です」

つまずいたのはそこだけだった。干支や現住所はなんなく答えられている。なおも麗子に質問をかさねようとするのを見て、後藤がさえぎった。

「先生な。さっきも言うたけど、川井さんちょっとしんどいねん。わかるやろ、手短にお願いしますわ」

司法書士が言葉を失って顔をひきつらせていた。無言のまま石洋ハウス側に合意をもとめ、ようやく本人確認が終わった。

これでどれだけ相手の疑念が払拭できただろう。「川井」の機嫌をそこねぬよう細心の注意をはらっているように見えながら、その実なにを考えているのか読めないのは、ここに来てからずっと変わっていない。とりわけ青柳が微笑しながら時おり麗子にしめす眼光のするどさは、こちらを落ち着かなくさせていた。

「そやそや。川井さん、例の件いいですよね」

麗子の了解を得て、後藤が鞄から取り出した数枚の書類をテーブルに置いた。いずれも石洋ハウスが郊外に手がけた分譲マンションの広告だった。力を入れているわりに売れ行きは不調で、多くの完成在庫をかかえているらしい。

「今回ね。石洋さんに契約急いでもらったり、いろいろ無理お願いしてる代わりっちゅうわけじゃないんですが、川井さんの方で、ここにあるマンションいくつか購入されたいとお考えになってます」

「いくつかとおっしゃいますと……」

意外そうに聞いていた部長が口をはさむ。

「十億でおさまるんなら、いくつでも。演劇ホールのお金、残しとかなあきませんので」

後藤が答えると、それまであまり感情を表に出さなかった石洋ハウス側が色めきたった。

ハリソン山中の読みどおり、青柳たち開発部門からすれば、社内の営業部門に多大な貸しをつくれることになるのかもしれない。部長が早急に提案をまとめたいと興奮気味に話している。

テーブルにはびこっていた緊張がにわかにほぐれはじめた。

「演劇ホールのスケッチ、拝見させていただきました。とても素晴らしかったです」

口をひらいたのは青柳だった。眼からけわしい光が消え、気づけば眉をひらいている。

「あのスケッチは、どちらの建築家が描かれたものなんですか」

「あれは……」

麗子が言葉につまり、手元に眼を落としている。スケッチはおろか、建築のことなど麗子が知るはずもなく、たずねられても答えられない。思わしくない流れだった。

た。

「皆さんでお茶会かなにかですか」

坊主に扮した六十年配の方が麗子に親しげな笑顔をむける。いかにも旧知の間柄のようだった。

「ええ……ちょっと」

麗子がうつむきがちに会釈を返している。

「今度、山中さんらと野田岩のうなぎ食べに行きますから。たまには川井さんも顔出してください。また詳細、ご連絡しますから」

そう言い置いて、男たちが去っていった。

石洋ハウス側は一連のやりとりを、とくに不審に思うでもなく見守っているように映る。いつか麗子に対する質問もうやむやになっていた。無事に相手の疑念を払拭することができたかもしれない。いたずらに時間をかけるべきではなかった。

「それでは――」

快活な声を出して幕引きをはかろうとしたとたん、誰かの言葉がかぶさってきた。

「すみません」

青柳だった。遠慮がちに見えながら、どことなく強引な視線を麗子へむけている。

「じつは、このような文書がたてつづけに我々のもとにとどいておりまして……」

鞄からＡ４サイズの紙を数枚とり出して、テーブルに置いた。見ると、〝通知書〟と題された内容証明らしく、通知人は地主である〝川井菜摘〟とあった。

「主張はどれも同じです。要するに、この取引はすべて事実無根のでたらめであり、我々は騙されていると」

思いがけぬものだった。

「そんなん、ただの怪文書やんか。相手にしたらあかんわ」

後藤が指摘するとおり、川井がこちら側の動きに気づいている節はなく、内容証明の通知人が川井本人やその関係者というのは考えにくい。

そもそも内容証明自体、いわば手紙の一種で、身分証明書などの提示は求められず、その気になれば通知人本人でなくとも作れてしまう。川井でないとすれば、誰の仕業だろう。土地の希少性を考えれば、やはり石洋ハウスの取引を快く思わない同業他社かもしれない。

「妨害工作なんか、なんもめずらしくないやろ。どこだって喉から手が出るほど欲しいんやから、なりふりかまわずやってきますよって」

後藤が一笑にふしても、青柳の眼から不審の色は晴れない。にわかに心拍数が駆け上がっていく。

「川井さん、こんなん出してませんよね」

後藤の指し示した内容証明を見て、知りません、と麗子が首を横に振る。

「ほれみてみ、ご本人がこれは偽物ですよって、おっしゃってるやないか。失礼も、ほどほどにせえよ」

「しかし……私どもとしましても、こうしたものが出ている以上は慎重にならざるをえないのもまた正直なところです」

後藤が高圧的な態度に出るほど、かえって青柳の熱は冷めていくかのようだった。

拓海はたまりかねて横から口を出した。

「お寺の本堂に、大変立派な御本尊がおまつりされているとうかがっております。なんでも、安土桃山時代のものだとか」

麗子に顔をむけて、つづけた。

「ぶしつけなお願いで誠に恐縮ではありますが、お参りさせていただくことはできませんでしょうか」

「……いまからですか」

動揺した麗子がこちらに眼をやる。後藤も意外といった顔をしている。川井の帰京が早まった以上、できればこの策は使いたくなかった。麗子の背中を押すようにうなずいて見せる。

「少しでしたら」

「ありがとうございます。もしよろしければ、皆さんも一緒に行かれませんか。赤の他人には、本堂の内部など案内できないはずですから」

そう提案すると、青柳は興味深そうに同意し、文書を鞄にしまった。

《十五時十二分》

タクシー二台に分乗し、川井の自宅脇にある本堂へむかった。

電話が鳴る。沖縄の別働隊からだった。

受話口から聞こえてくる声は、さきほどにもまして狼狽の色が濃かった。聞けば、川井が搭乗すると思っていた十四時二十五分発のＡＮＡ便が機材の関係で欠航になったのだという。

「それで、川井はどうしたんですか」

平静でいられなかった。こちらの乱れた声に、後部座席で話し込んでいた後藤と麗子が口をつぐんだ。

電話の相手は、川井が出てこない、と答えた。那覇空港の制限区域から欠航便の客が続々と出てくるというのに、川井の姿が見つからないのだという。

「どういうことですか、それって」

相手は弱った声で、もしかしたら十三時十五分発のＪＡＬ便ですでに発っているかもしれない、と言った。もしそれが事実だとすれば、羽田空港への到着予定時刻は十五時四十分ということになる。

時計に眼をやった。

《十五時二十六分》

いまさら後戻りはできなかった。

「どないしたん」

電話を切ると同時に、後藤がこらえきれず声をかけてくる。

「未確認ですが、川井の自宅到着が想定より早くなる可能性があるそうです」

「早くなるって、どれくらいなの」

麗子の声にも焦燥の響きがはなはだしい。見ると、運転手から借りた白い手袋をはめかけたまま瞠目している。

「早ければ、十六時……三十、いや二十分頃です。荷物のピックアップなどがあるでしょうから、実際はもっと遅くなるはずです。とにかく急ぎましょう」

車内の空気が張りつめ、会話がたえた。

《十五時三十二分》

到着後、寺の前で二台のタクシーを待たせると、麗子がこわばった顔で門をくぐり、さほどひろくない境内へ皆を先導していく。長袖のせいもあり、手袋は日焼け防止に見えなくもない。

「こんにちは」

境内の草木に水をやっている、作務衣姿で丸刈りの大柄な男がこちらへ低頭している。寺の関係者をよそおったオロチだった。青柳たちが当然のようにオロチに挨拶を返している。

《十五時三十六分》

本堂は賽銭箱すらなく、どちらかといえば宝物殿のような外観だった。平時は閉め切られている正面扉の前に麗子が立ち、事前に用意していた合鍵で南京錠をあけた。

靴を脱ぎ、青柳たちにつづいて畳敷きの堂内へ足を踏み入れた。い草とお香を混ぜ合わせたような匂いが鼻をつく。薄暗い内部は簡素な造りで、五十畳ほどの空間がひろがっている。中に入るのは、拓海たちもはじめてだった。

奥の須弥壇(しゅみだん)に、一体の如来立像がまつられていた。高さは一メートル足らずだろうか、入り口から自然光が差しいり、その穏やかな表情をやさしく照らしている。皆、思い思いの場所から無言で仏に見入っていた。静謐(せいひつ)な気配がただよい、誰もが取引のことなど忘れてしまったかのようだった。

《十五時四十五分》

後方から仏像をながめていると、外に出ていた後藤に肩をたたかれた。

緊迫した表情だった。

「羽田の連中から電話があった。緊急事態や。川井の尼ちゃん、いまさっき羽田からタクシー乗ったって。こっちにむかっとる」

「どうして……早すぎませんか」

「定刻より早く着いたらしい。とにかく、すぐここ出んとあかん」

《十五時四十八分》

須弥壇の脇で仏具の位置を直している麗子に近づき、さりげなく耳打ちする。

「川井がここにむかってます。いますぐ切り上げてください」

「いま？」

動転した麗子が振り返り、仏像にながめいっているスーツ姿の男たちの方をむいた。先に言葉を発したのは、青柳だった。

「感動しました。なんと言えばいいんでしょう、こう、仏様の表情を見ているだけで、心が自然とやすらいできます」

いつからか、その眼に素直な光がきざしている。

「先日、じつは図書館に行きまして、そこにあった文献で私も知ったんですが、こちらの仏様は過去に盗難にあったそうですね。幕末の頃でしたか」

はじめて耳にする話だった。拓海たちですら把握していない情報を、代役の麗子が知っているはずもなかった。この場を切り上げることもできず、顔をひきつらせている。

「こちらの仏様に魅せられた外国人が祖国へ持ち去ろうと考え、客として馴染みだった若い遊女をたぶらかし、けしかけたとか」

遊女は、ひそかにその外国人に好意をよせていたために、迷ったあげく新月の夜に実行にうつしてしまう。その後、仏様は無事にこちらへもどされ、罪に問われた遊女も、寛大な住職のご厚志によりお咎めをうけることはなかった。

青柳はそこで言葉を切り、得心した様子でつづけた。

「世のためひとのためというお考えは、当時から連綿と今日までうけつがれてきたものなんですね」

「……ええ」

どことなく悦にいって講釈する青柳の勢いに、麗子がのまれてしまっている。

腕時計を一瞥する。

《十五時五十四分》

一刻も早く退散しなければならなかった。麗子の代わりに引き上げをうながそうとしたとき、ふたたび青柳が口をひらいた。

「残念ながら遊女の片思いはみのることなく、悲しみの果てに自ら命を絶たれてしまったそうですが、ええと、なんというお名前でしたか。こちらに遊女の名が記された石碑が残されているという記述を見たんですが。オタキでなくて、オ……」

青柳がおだやかな表情で、麗子からの助言を求めている。たったいま存在を知った遊女の名など答えられるわけもなく、堂内が静まり返った。

用意した策はつき、時間ばかりが気になって新たな良案も思いうかばない。後藤も混乱しているのか傍観してしまっていた。

「……でも、仕方ないですよ」

不意の言葉だった。麗子が思案に沈むような眼を足元に落としている。なにが仕方ないというのだろう。堂内に当惑した空気が流れていた。

「その遊女の娘は恋してしまったんですから。誰だって、自分の心に嘘なんかつけませんよ」

うっすらと眼に光るものがある。

「ひとを好きになってしまったら、相手が外国人だろうと家庭があろうと、その恋がみのらないとわかっていても、そんなの関係ないじゃないですか」

その言葉は、夫に逃げられ、劇作家と不倫に走る川井の声のようであり、独り身をつらぬいてきた麗子自身の真情のようにも聞こえた。

「もう……よろしいですか」

麗子が出口へむかうと、皆、黙ってそれにならった。

《十六時二分》

「本日は誠にありがとうございました」

境内の外で待たせていたタクシーに青柳たちが満足げな様子で乗りこむ。

「そうだ、忘れておりました」

一度はドアを閉めた石洋ハウスの課長があわてて助手席から出てきた。慇懃に腰をおって、虎屋の紙袋を麗子へ手渡している。焦れったかった。食いしばった奥歯に力が入り、あと少しで怒気が顔ににじみ出そうになる。

ようやく石洋ハウスの一行を乗せたタクシーが発進した。

車影が見えなくなるまで見とどけてから、施錠するため急いで門へもどった。

《十六時六分》

噛みあわせが悪いのか、なかなか鍵が回らない。気が急いていた。指先が言うことを聞かず、借り物のようだった。挿し直したはずみで鍵が地面に落ちる。

「なにしてんねん、自分」

後藤の怒号がますます心の余裕を失わせる。

おぼつかない手で、もう一度挿し直すと、ようやく鍵が回った。ただちに待機していたもう一台のタクシーに身をいれた。

《十六時九分》

「とりあえず、行ってください」

悠長に行き先を訊いてくる中年ドライバーに指示を飛ばす。額に汗がにじみ、砂をまぶしたように口中に水気が感じられない。

前方から一台のタクシーが近づいてきた。徐行し、すれ違う。乗っている客は女性ひとりで、見覚えのあるハットをかぶっていた。サングラスをはずしながら、スマートフォンを片手に人目もはばからず唇をゆがめて泣いている。どうしたというのだろう。もしかしたら、沖縄で愛人の久保山となにかあったのかもしれない。振り返って眼で追うと、川井の家の前で停止した。

手元の時計を確認する。

《十六時十分》

肺につめていた息が鼻腔から漏れ出てくる。心拍数が百四十台まではねあがっていた。

「馬鹿みたい……」

後部座席の麗子が物憂げな声を出していた。

行き先不明のタクシーが国道に合流していく。シートに深く背をあずけると、汗に濡れたシヤツが体に張りついた。放心した眼で、すぐ前を走る軽ワゴン車のブレーキランプを見つめていた。

「言い忘れとった」

後藤の声だった。ひどく疲れて聞こえた。

「竹下さんな、死んだらしい」

六

掘りごたつの長テーブルにならんだ鍋が火にかけられ、そこから昆布出汁の香りがほのかにただよっている。銀座の夜を映したかたわらの窓には、無数の電光が散っていた。

「結局はな、自分(てめえ)を最後まで信じ抜くことができるかどうかなんだよ」

青柳は、カセットコンロの青い火に満ち足りた視線をすえながら言った。

「データがどうだとか、市況がどうだとか、誰かがこう言ってるだとか、常識がどうだとか、んなもん、はっきり言ってどうだっていいんだ。俺からしたら、そんなもんに振り回されてるやつはクソだ」

グラスを手に相好をくずしていた部下らがいつか談笑をやめ、こちらの話に聞き入っている。その畏怖をふくんだ真剣な表情を目にすると、なにか彼らを完膚なきまでに屈服させた心地がし、無量の充足感が胸にこみあげてくる。

「どんだけ窮地に追い込まれようとも、どんだけ周りから白い眼で見られようとも、どんだけ自分に嫌気がさしてもな、心のどっかで自分を信じきれているなら最後はどうにかなる。そういうやつは強い。なにがあってもしのげる」

　青柳は酒を口にすると、部下一人ひとりに語りかけるように言葉をついだ。いつになく饒舌になっていた。

「今回にしたってな、どいつもこいつも無理だって言ったよ。いつだってそうなんだ。土地なんて絶対見つからない、やるだけ無駄だってな。もしかしたら、こん中にも端から無理だって匙を投げてた不届きものがいるかもわからん。だがな、俺は必ず見つかると思ってた。確信してた。一度たりとも自分という人間を疑わなかったからだ。どん底にいる自分を最後まで見放さなかった」

　山手線新駅前にひろがる土地の取得に一区切りがついたのは、数日前のことだった。一時は怪情報が寄せられたが、物件の所有者である川井菜摘本人とのホテルでの面会、身分証明書の照合、川井が住職を務める寺の本堂の見学などにより、本人だという確証を得た。その後は先方の希望をくむような形で、売買契約、決済および所有権移転ともに異例の速さですすめられていった。社内の幹部会議では慎重をうながす声があったものの、物件の希少性とその可能性を主張し、最後は青柳が強引に押し切って決裁を通すことができた。

　個室の扉がひらき、大皿に盛られた但馬牛の薄切り肉がはこばれてきた。菜箸を手にした若手の部下らが率先して鍋に牛肉を入れていく。

「あの土地は、どうなりそうですか」

　隣でグラスを手にもった管理職の部下がこちらに顔をむけていた。今回の交渉に尽力したひとりだった。その実直な表情には、苦境を乗りきった主君に対する、尊敬とは少しちがうおもねるような色がにじんでいる。

「まだなにが決まったわけじゃないが、いまの感じだと、たぶんホテルでいくことになると思う」

土地の取得が決定するやいなや、ただちに部署横断の特別チームが編成された。今後は、そのチームを中心にプロジェクトがすすめられていくことになるだろう。

「常務、お飲み物いかがですか」

斜むかいの席から、青柳の秘書がこちらの残り少なくなったグラスを気にしている。アイシャドウで華やいだ、その意志を感じさせる眼に、いつになくふくんだものを感じた。

「同じものでいい」

そっけなく返し、すぐに視線をそらした。下腹部に突きあげるものが感じられ、ポケットにしのばせたバイアグラの錠剤が意識されてくる。

やがて祝宴がたけなわになり、散会となった。

「足しにしてくれ」

青柳は部下のひとりに数枚の一万円札をわたすと、河岸（かし）を変えるという彼らと別れ、ひとりタクシーに乗った。行き先は、このところ利用している高層ホテルだった。

到着すると階上の一室に直行し、ベルを鳴らす。ややあって躊躇するようにドアがひらいたかと思うと、先ほどまで部下らと鍋をかこんでいた秘書が顔をのぞかせた。

「お疲れ様」

会釈ひとつせず、いつもの勝気な眼でどこか試すようにこちらを見つめている。

秘書がドアノブを離し、部屋の奥へ消える。青柳も、あとを追うように室内に足を踏み入れた。毛足の長い絨毯の感触が足裏につたわり、蓄積した疲労の深さを教えてくれる。

秘書はこちらに背をむけて窓際に立っていた。そっと近づき、後ろから腕をまわす。

「今度ので、社長になれるんでしょ？」

「たぶんな」

うなじに顔をうずめると、髪や化粧や服や肌の匂いが入り混じった、どこか甘やかなそれが鼻腔をくすぐってくる。久しぶりだった。嗅ぎなれているはずなのに、たまらなく情欲をかきたててくる。

「そうなったら、私のポスト用意してくれる？」

秘書が、あらがうように青柳の太い腕を両手でつかんだ。フロアランプの淡い光に照らされた彼女の表情が窓にうつりこんでいる。不安の色が濃かった。

青柳は黙ってうなずき、その細い体を強くだきしめた。臀部の弾力がタイトスカートのうすい生地越しにつたってくる。薬の効能に助けられ、ペニスがたぎっていた。痛いほどかたくなったそれを彼女の尻に執拗に押しつけた。

「小間使いなんかじゃなくて、今度のプロジェクトに異動ってことだよ？」

すがりつくような声だった。

秘書の腕をほどき、白いブラウスの上から乳房をわしづかみにしながら、最も隆起した箇所をなぶるように親指でこする。彼女の細い顎があがり、切なげな吐息がもれた。身をよじるのをおさえつけたまま、もう片方の手をスカートの中に差しいれ、荒々しく内股をさすりあげる。陰部をなでると、こちらにもたれかかるように体がのけぞり、吐息が嬌声に変わった。

「私をプロジェクトのメンバーにするって言って。じゃなきゃ、もう逢わない」

眉根をよせた秘書が懇願するように声をしぼりだす。

「するよ……」

窓に彼女の両手をつかせると、なめらかな触り心地を楽しむようにサテンのスカートをなでまわし、乱暴にたくしあげた。扇情的なラインをえがいた黒い下着が、形のいい尻に食いこんでいた。

「……ヤル気まんまんじゃねえか。この助兵衛が」

青柳は乱れた呼吸で両膝を床につき、抱きつくように尻の割れ目に顔をうずめた。汗ばんで湿った脚をひらかせ、黒い下着の隙間から潤った性器の割れ目に舌をねじこむと、快感に屈したらしい女の泣き声が高まった。

*

いささか時代がかった制服姿の店員が、傷の目立つテーブルにアンティーク調のソーサーとカップを置いて立ち去っていった。

拓海は、二杯目となる珈琲に口をつけ、窓の外に眼をむけた。

巨大な繁華街をかかえたターミナル駅からは数駅離れているためか、夕暮れのこの時間になっても、人通りはさほど多くない。勤めを終えたらしい人々が、まばらに地下鉄の出入り口へ吸いこまれていく。刻々と黄昏色にそまりつつあるアスファルトの路面に彼らの影がのび、またとない斑模様をえがいていていた。

残光をまとった路上の風景をながめているうち、ここ数ヶ月のことが止めどなく思い起こされてくる。

山手線新駅前の土地を標的にした巨額の詐欺案件は、計画が頓挫してもおかしくないような危機にたびたび見舞われつつも、かろうじて石洋ハウスの籠絡（ろうらく）に成功し、当初期待していた金をほぼ満額詐取するにいたった。百億円にのぼる詐取金は、ただちに仮想通貨に交換、洗浄されたのち、順次各自の隠し口座に分配されている。昨日の時点で、拓海の口座にも分け前の六割方が振り込まれていた。

今回の仕事（ヤマ）は、地面師稼業に就いて以来桁違いに規模が大きかったのみならず、その困難の度合においても最もタフなものだった。辛くもそれを乗り越え、一生かかっても使い切れないような金を手にしたいま、相応の充足感はたしかに身内にあふれている。にもかかわらず、心の淀（よど）みを感じてしまうのは、ひとつには竹下の死があるかもしれない。

一報をうけた関係者の話によれば、竹下はラブホテルのベッドで変死していたところを発見されたのだという。死因は、薬物の過剰摂取らしかった。なかば当人みずからが招きよせた結果とはいえ、浅からぬ因縁があった以上、その突然の不幸は否応なくこちらを重苦しい気分にさせた。

そのことが影響してか、仕事が成功裡に終わった際に決まってひらかれるメンバー同士の祝宴は、今回、誰からも呼びかけの声はあがらなかった。麗子とは石洋ハウスをお堂へ案内した日から、後藤とは決済の日から、一度も顔を合わせていない。電話をしても通じなかった。

ハリソン山中とは、決済後にむこうから何度か連絡があった。用件は、今回の竹下の取り分を、いったん預かるためハリソン山中の口座に移してほしいというものだった。指示どおりに手配すると、近いうち食事でもしましょう、という言葉を最後に連絡は途絶えている。

電話の中でハリソン山中は、竹下の訃報を型どおりの悔み言であっさり片づけていた。ハリソン山中の来歴と気質からすれば、あるいはその恬淡とした態度に不自然なところはないのかもしれない。一方で、生前の竹下とたびたび衝突していたことを思い返すと、なにかしらその死について知っていることがあるのではないかという疑念は、容易に消えてくれなかった。

——お前の家族めちゃくちゃにしたのは、あいつだからな。

先日の老刑事の言葉が思い起こされる。

あの日、毎年かかさずおとずれている横浜の墓地に、なんの前触れもなく刑事があらわれたのには少なからず驚かされた。あの老刑事はおそらく家族の命日を調べあげ、墓参を予測して待ち伏せしていたのだろう。一族の会社が倒産したことをふくめ、こちらの内情についてかなりの部分までつかんでいるようだった。もっとも、根拠なく拓海を地面師だと断定していたことを思うと、ハリソン山中らと詐欺をはたらいているという確固とした裏づけまでは取れていないのかもしれない。どれくらい老刑事の言ったことに信憑性(しんぴょうせい)があると見るべきだろう。ハリソン山中があの倒産の原因となった取引の裏で絵を描いていたと口にしていたが、これもまた勘に過ぎず、単に鎌をかけていただけなのだろうか。

なにもかも失い、一度は生そのものを断念した。そこから期せずして地面師稼業という浮上の機会を得て、今日までそれに専心して生きてきた。進んで罪をかさね、みずからを日の当たらないところに置くと、内にはびこった暗い過去が闇にまぎれ、あたかも溶け消えたかのように錯覚された。いまわしい記憶から解き放たれた気がし、曲がりなりにも前をむいて一日一日をやり過ごすことができた。それもすべては、ハリソン山中が失意の底にいる自分に手を差しのべ、地面師にみちびいてくれたからにほかならない。

だが、もしも老刑事の言が事実だとすれば、自分はハリソン山中に二重に騙されていたということになる。地面師といういまを生き、過去から自由になったつもりが、結局はずっと過去にしばられていたというのか……いや、そんなことがあるはずがなかった。

たとえ世間から後ろ指をさされようとも、今後も自分自身の生のために地面師をつづけていく。自分にはこれしかなかった。が、そうつぶやきながら、一度胸をかすめてしまった疑惑にいつまでも蓋をしておけないことも自覚していた。

店の入り口の方で、客の来店を告げる店員の声がした。

見れば、流行りのジャージを着た大柄な男が立っている。オロチだった。拓海が手を挙げると、すぐに気づいて歩み寄ってきた。

セカンドバッグを小脇にかかえたオロチがテーブルのむこうに腰をおろす。顔を見るのは、石洋ハウスの青柳たちをお堂に案内した際、オロチが境内で寺の関係者を装っていたのを目にして以来だった。関係者のみで執りおこなわれた竹下の葬儀にも、オロチは準備や後片づけに駆り出されたようだが、拓海たちは当局の目を警戒して参列していない。

「大変でしたね」

「仕方ないすよ。ジャンキーなんて、みんなろくな死に方しないすから」

無関係の他人が死んだかのような言い方だった。訊けば、下っ端のオロチを尻目に、残されたものたちの間で竹下の遺産や利権をめぐって諍いが起きているのだという。

「これから、どうされるんですか」

竹下なきいま、身の振り方はオロチ本人にゆだねられているらしい。竹下が率いていたいくつかのグループの世話になる気はないようだった。

「なんも考えてないす。どうしよっかな、鮨職人でもやろっかな。世界中どこでも通用するし、銀座の店とかそうすけど、めちゃくちゃ儲(もう)かるって言うじゃないすか」

職人の修業のような、地道で根気のいる作業などできるだろうか。彼にむくとは思えず、素直にそのことを口にすると、

「考え古すぎす。いまどきそんなんやりませんよ。動画みたり、ちょろっとスクールみたいなのに行けば、あんなの余裕すよ」

と、オロチが軽々しくも明るい調子で笑い飛ばした。

「拓海さんは？」

数日前に、台湾行きの航空券を予約したばかりだった。

石洋ハウスから詐取した金が巨額におよんだ以上、当局の捜査はいつにもまして厳しくなると予想される。念のため日本を離れることにした。台湾にわたって三千メートル峰をいくつか縦走したのち、東南アジアを周遊するつもりでいる。

「あと、これ忘れないうちに」

オロチが、セカンドバッグから写真の束を取り出した。

彼が竹下の遺品整理を手伝っているというのを聞き、もしもなにか竹下の過去がわかるようなものがあれば、捨てずにとっておいてほしいと頼んでいた。たいして期待はしていなかった。実際、さまざまなデータが保存されているだろうパソコンやスマートフォンの類などは、グループの有力者が真っ先に回収したため、一切さわらせてもらえなかったという。写真だけとはいえ、それでも、なにも出てこなかったよりはましかもしれない。

礼をのべ、手間賃がわりに写真を買い取らせてほしいとつたえた。

「いいすよ別に、どうせぜんぶ捨てるものだったんだし」

「そういうわけにはいかないですよ。これ、とっといてください」

なかば強引に、事前に用意していた大手珈琲チェーン店の紙袋をにぎらせた。

「拓海さん……これマジ？」

封をした紙袋の隙間から、中をのぞきこんだオロチが眼を丸くしている。紙袋には、外国人組織がいとなむ地下銀行で現金化した三百万円が投げこんであった。無報酬同然でいろいろと力を貸してくれた彼には、どうであれ、わたすつもりでいた。

「マジです」

口調を真似てうなずき、二百枚以上はあろうかという写真に順に眼を落としていった。

印画紙に紙焼きされた写真には、フィルムを現像したとおぼしき色褪せたものがあるかと思えば、デジタル画像をプリントした比較的新しいものもあり、さまざまな年代のものが無秩序に混在している。そこに写し出されたものは、どれもたわいなかった。大半が、ゴルフのコンペや国内外のリゾート地などで、真っ黒に日焼けした竹下が女や仲間たちとレンズに笑顔をむけたりしている。

写真を繰る速度を速めていく。

残り数枚になろうかというとき、一枚の写真で手が止まった。右下に日付がある。最近のものではなかった。撮影された場所は、おそらく横浜の中華街にある老舗店の正面入り口だろう。両脇に植えられた竹が印象的なエントランスを背景に、ロングショット気味で三人の男が写っている。

左で笑顔をみせているのは竹下だった。まだセラミック製の人工歯に変える前らしく、虫歯かシンナーのやりすぎか、前歯の大部分が欠損している。真ん中に立つ高身長の男は、ハリソン山中だった。仕立てのよさそうなスーツを身にまとい、後ろに手を組んで澄ました表情をうかべている。二人がこれほど前から懇意だったとは知らなかった。

右端に写っている小柄な男に視線をうつす。

眼をこらした。思わず声をあげそうになった。かつて幾度となく親身になって励ましの言葉をかけてくれた、忘れもしない顔がどうしてかそこにあった。

「なんか面白い写真でもありました?」

機嫌よさそうにスマートフォンをいじっていたオロチが、上目遣いでこちらを気にしている。

「……いえ」

平静をつくろって生返事をし、ふたたび手元の写真を繰った。


翌週、早朝から郊外へ出向いていた。

「ここにあるの、ぜんぶ持ってっちゃっていいんですか」

ショッキングピンクのポロシャツを着た不用品回収業者の男が軍手をはめながら、値踏みするような眼でトランクルームの中をのぞきこんでいる。

「かまいません、お願いします」

そう告げると、業者の男は慣れた手つきで中の「不用品」を、おもてに停めてある軽トラックへ運び出していった。

拓海も、四畳足らずのトランクルームに足を踏み入れた。

ここは、以前から物置代わりに借りているところだった。内部は、大小の棚がしつらえられ、ところ狭しと登山用具が保管されている。登山靴やウェア、雨具、サイズの異なるザック類、タープ、長さや太さごとに束ねられたザイル……幾度もの山行をともにし、日頃のメンテナンスもおこたっていない。いずれも愛着をよせ、大事に使ってきた。

　ここ数日つづけてきた身辺整理もようやく終わりが見えつつある。前日にねぐらにしていたワンルームを引き払い、さんざん乗りまわしてきたジムニーも処分した。すでに台湾行きの航空券もキャンセルしてある。残すはここだけだった。

　寝袋やチタン製のマグカップなどが乱雑に置かれた棚をながめると、一本のフォールディングナイフが眼にはいった。野営をはじめたときから使いつづけてきたものだった。傷みの目立つ、真鍮（しんちゅう）とチェリーウッドからなるハンドルを握ると、ずっしりとした重みをつたえてくる。刃をひろげてみた。丹念に研ぎこまれた、九センチにわたる流線形のステンレススチールブレードがにぶい光をはなつ。刃を閉じ、尻のポケットに突っこんだ。

「不用品」を満載した業者の軽トラックを見送ったのち、電車を乗り継いで、横浜へむかった。駅に着いてからは、昼下がりの街を気ままに散策し、やがてよく知った公園にたどりついた。ここをおとずれたのは何年ぶりのことだろう。小さな頃からなにかあるたび、いや、なにもなくとも足をむけていた気がする。結婚する前の妻とも二人でよく歩いた。

　噴水やバラの花壇が点在する園内のやわらかな芝生を踏み、ずらりと一列にならんだベンチに腰をおろした。

　眼前にさえぎるものはなかった。

　白い欄干のむこうに海がひろがっていた。すぐ右手には、往時の貨客船が役目を終えて係留され、その後方にそびえる雄大な吊り橋は、淡青の空を切り抜いてはるか対岸の埋立地帯へつづいている。左に視線を転じれば、なだらかに隆起した小島を思わせる現代建築の桟橋が港湾に突きだし、背後にひろがる高層建築群が近未来的なスカイラインをえがいている。

岸壁に打ち寄せる波の音がかすかにし、潮の香りをふくんだ微風がわたる。刷毛(はけ)ではいたような薄い雲が悠然と移動していた。

時が経つのも忘れ、やわらかな陽光をはらんだ海原を見つめた。

着信に気づき、見ると、スマートフォンのディスプレイに長井の名が表示されている。周期的に端末が振動を繰り返し、ながめているうちやんだ。

端末をポケットにしまおうとして、思いとどまった。長井の自宅には餃子を手土産に持っていって以来、一度も訪れていない。メールでのやりとりがあっただけで、電話すらしていなかった。

迷ったすえ、親指でディスプレイをたぐり、かけ直した。

「悪い、トイレだった」

「メールもらった件なんだけど、本当に全部、この京都の研究所に寄付しちゃっていいの？」

驚きをふくんだ声音だった。

「メールに書いたとおり」

「なんで。せっかくの……」

少しも理解できないといった相手の表情が目にうかぶ。

「なんとなく。研究がすすめば、お前の顔のやつも治るかもしれないし」

ぞんざいに言葉を返すと、不承不承(ふしょうぶしょう)といった感じをにじませながらも指示どおりにすると約束してくれた。

電話を切ろうとすると、長井に呼び止められた。

「あのさ」

受話口から葛藤の気配がつたわってくる。

「会ったよ……あの娘と」

「会ったって、あのゲームで知り合った娘と？」

思いがけない知らせに、間のぬけた声がもれた。事情を聞いてみると、少し前に、長井の自宅近くの公園で夜遅く彼女と落ち合ったのだという。顔を合わせても、彼女の態度は電話で話していたときといささかも変わらなかったらしい。それを機に交際することになったという詳細を聞きながら、胸底にあたたかいものがこみあげてくるのをどうすることもできなかった。

「展開早いんだけど、二人で話しあって、来年ぐらいには結婚しようってことになった」

「そういうわけか……」

ベンチの前を、外国人観光客とおぼしき集団が右から左へにぎわしく通り過ぎていく。皆、薄着となり、日差しをまとった外気と港の景色を愉しんでいるようだった。

彼らとすれ違うように、反対から子連れの若い夫婦がやってきた。なにごとか言葉をかわしながら、幼女を真ん中に三人で手をつないで歩いている。時おり両親が握った手を引き上げ、その都度、甲高い無邪気な笑声をともなって幼女の両足がアスファルトの地面から離れる。遠ざかっていく彼らの姿を見えなくなるまで眼で追った。

「それで、身内だけの簡単な式を挙げようと思ってるんだけど、そんときは、拓海くんも来てもらっていい？」

どことなく不安を押し殺したような声に聞こえる。

「行くよ……行く。決まってんだろ。俺がいなかったら、新郎側の友人ゼロになるじゃねえかよ」

長井が嬉しそうに笑った。

「式の詳細まとまったら、また連絡するから」

電話が切れた。全身の力が抜けた気がし、ベンチに背をあずけて瞼を閉じた。しばらくそこから動けなかった。

どれくらい経ったか。

重い腰をあげようとして、掌中のスマートフォンに意識がむく。誰かに連絡するだけなら、処分せず持ってきた、もう一台のまっさらな飛ばしの携帯電話を使えばこと足りる。

それとなく周囲を見渡したのち、スマートフォンを思いきり放り投げた。指先を離れたアルミニウム製の筐体はゆるやかな弧をえがくと、陽光をうけて一瞬ひらめき、小さな飛沫をあげて海面に没した。これで自分が口を割らないかぎりは、長井に累がおよぶ可能性は多少とも低まっただろう。

ベンチを立つと、園内のコンビニエンスストアで、持参した手紙を一通投函した。宛先には千葉刑務所の住所が記されている。随分前にしたためたものをあらためて書き直したものだった。

公園をあとにし、歩道をなぞる。あざやかな若葉をしげらせた銀杏並木が両側につらなり、木漏れ日が路面にあわい影を散り敷いている。

ふいに鳴った汽笛に満身がつつまれた。港中にひびきわたるような茫漠とした音が周囲の建物に長々と反響し、街のざわめきを打ち消している。

かすかに潮騒が聞こえた気がしたが、振り返らなかった。

＊

軽やかな開栓音が、誰もいない午前中の休憩室にひびく。青柳はあくびを嚙み殺し、缶コーヒーに口をつけた。

決済のあとは、どれだけ体が睡眠を欲していても眠れない。夜通し汗みどろになって女の裸体を組み敷いても、それは変わらなかった。瞼を閉じても、ひっきりなしに散漫な思考が頭の中をかけめぐり、結局は寝つくのを断念してしまう。とりわけ今度のは、ごく短期間で異例の事態におわれつづけたせいか、いつにもまして心身の疲労がひどく感じられる。それでも、こうして昂ぶった神経をなだめながら、少しずつもとの日常にもどっていく感覚は悪くなかった。

窓際に歩みよると、やわらかな光の束が地上へ降りそそぎ、直線ばかりで構成された眼下のビル群をかがやかせている。コーヒーの苦味を口の中で転がしながら、その清々しい気配にみちた光景に見入った。

つい数ヶ月前の、まだコートが手放せなかったときは、この街々を疑いの眼でしか見られなかった。それがいまは、無条件でこちらのすべてを受けいれてくれているように映る。

ふと思い出して、視線を上方に転じた。

空は周囲の高層ビルに切り取られ、そのあわいで青く澄みわたっている。目をこらしてみたが、どこにも機影をみとめることはできなかった。午前中の便で、妻と娘が学校のキャンパス見学のためニューヨークへ発つことになっている。今頃は、太平洋の雲海を機窓からながめているかもしれない。

電話が鳴った。

「聞いたぞ。起死回生の一発をぶっぱなしたらしいな」

受話口越しに、友人の弾んだ声が鼓膜をふるわせてくる。まるで友人自身がなにか功を立てたかのような喜びようだった。

「もう知ったのかよ。こんど飯でもご馳走させてくれ」

あの夜、スナックにいた友人の誘いがなければ、どうなっていたかわからなかった。AKUNIホールディングスの曾根崎と接点をもつこともなければ、山手線新駅前に残された奇跡のような物件と出会うこともなかったかもしれない。

「社長就任の予祝としようぜ」

友人がおどけるように言う。

「気が早いんだよ」

近いうち互いの予定を合わせることを約して、電話を切った。

休憩室を出ると、商業事業部長の須永と入れ違いになった。先日の臨時幹部会議では、須永ひとりが今回の稟議を通すことにかたくなに反対していた。

こちらの存在に気づきながら、眼を合わせようともしない。

「礼ぐらい言えよ。代わりにそっちの完成在庫さばいてやったんだ」

声をかけても、無視を決めこんだ顔が憎悪に染まるだけだった。

フロアにもどってすぐ、異変に気づいた。第四開発部が血相を変えて騒ぎ立てている。山手線新駅の取引を担当した部隊だった。

部下のひとりに詰めよった。

「なにがあったんだ」

「例の土地で測量の準備をしていたら、不法侵入で通報されたみたいです。いま警察がきて、事情を聴かれている模様です」

「警察？」

なにかの情報が入れ違いになったのだろうか。もしくはたまにある嫌がらせの類かもしれない。

「なんでだよ。もう、うちのもんだろ」

「わ、わかりません」

要領をえない部下を置いて、青柳はただちにタクシーで現場へ急行した。

到着すると、会社の営業車とは別に二台の警察車両が停まっていた。赤いパイロンの置かれた駐車場の真ん中で、制服姿の警察官と部下たちが言い争いをしている。

「どうなってんだ」

焦燥の顔でどこかへ電話をかけている部下へとがった声をあびせた。

「……あちらの方が通報されて」

見ると、五十がらみだろうか、スーツ姿の見知らぬ男が人だかりから外れて立っていた。青柳の視線に気づき、近づいてきた。

「川井菜摘様の代理人をつとめさせてもらってます」

相手の襟元に弁護士バッジが光っていた。

おそらくは川井が、あとになって急に手放した土地が惜しくなり、弁護士に泣きついたのだろう。個人の感情がからむ土地取引では珍しくない話だった。青柳は形ばかりに身分を明かした。意識していないと、怒鳴り声をあげてしまいそうになる。

「ここはすでに我々が買い取らせていただいた土地です。いまさら気が変わったとおっしゃられても、こちらとしては――」

「いえいえ。ですから、気が変わったもなにも、先ほどから申し上げておりますように、そのような売買契約の事実は一切ございませんから」

弁護士はあきれ果てたように言った。

「どういうことでしょう。すでに契約も交わしましたし、所有権も移しましたが」

「そんなものは存じ上げません。少なくとも川井様は関知してませんから。ちなみに、その契約というのはいつの話ですか」

青柳は胸の動揺をおさえこむように契約日をつたえた。

「おかしいですね。その週にも私は川井様と電話で話をしましたが、土地の売買の話など一言もおっしゃってませんでした。川井様の資産管理もまかせていただいているので、その種の話があれば必ず相談していただけるはずなんですがね」

相手の言っていることが理解できず、言葉が出てこない。弁護士が不思議そうな表情でこちらをうかがう。

「どなたと、契約されたんですか」

自分たちが契約したのは誰だったのだろう。あの日、ホテルのラウンジで面会し、寺の仏像を案内してくれた尼僧は川井菜摘ではなかったということなのだろうか。自分たちは川井菜摘ではない誰かと、土地の売買契約をむすび、金を支払ったということなのか。そこまで思いいたって、冷たいものが脊髄のあたりを通過した。

かたわらで警察官に事情を説明しているエリア担当の部下をつかまえ、胸ぐらをつかむ。その細い眼が見開かれ、無言のままなにかを叫んでいるように見えた。

「問題ねえっつったじゃねえかよ。この野郎」

力まかせに拳を頬にたたきこむと、部下は顔をひしゃげさせながら無造作にならべられたパイロンの上に吹っ飛んでいった。

無意識のうちに体が動き、しだいに足運びが速まっていった。背後で誰かの声がした。無視して歩道を横切り、そのまま国道へ出た。足がもつれ、ブレーキとクラクションの音が背中にあたる。鼓膜をふるわせている自覚はあるというのに、遠くの方で鳴っているように聞こえた。国道をわたりきったかと思うと、腰のあたりに強い衝撃をうけ、視界がひるがえった。空の青が眼に映じ、つかの間、体が宙を舞っている感覚につつまれた。

排ガスの臭いがし、小石の転がったアスファルトが間近に見える。足に疼痛（とうつう）がある。手をついて、無理やり体を起こした。折り目のついたスラックスが裂け、血のにじんだ膝頭がのぞいていた。

「大丈夫ですか」

狼狽した声がした。すぐそこに停車した乗用車から、若い男がかけ寄ってくる。とりあわず、青柳はふたたび走りはじめた。

見覚えのある寺院の門が視界にはいってくる。門の前に、配送業者のロゴがラッピングされたワゴン車が停まっており、制服を着た配達員が後部ハッチから荷物を取り出していた。

老いた配達員を突き飛ばすと、脚を引きずりながら境内に入り、川井が住居にしている庫裏の呼び鈴を押した。なかなか出てこない。待ちきれず、もう一度押した。何度も連打した。一秒でも早く知りたかった。このまま未来永劫、知らないでおきたかった。

無窮とも思える時間が流れ、ドアが開いた。

ドアの隙間から、剃髪した女がおびえきった表情で顔をのぞかせる。視線をそらすことができなかった。見知らぬ女がそこにいた。お堂の仏像を案内してくれた女とはあきらかに顔立ちがちがう。ここに住んでいるのは川井だけのはずだった。

「……かわい、川井菜摘さんはいらっしゃいますか」

自分の発した声とは思えなかった。

「私ですが……なんでしょう」

世界が半歩ほど遠ざかった気がした。

眼前が白みだし、汗ばんだ体が指先の方から痺(しび)れをおびていく。早鐘のように打つ心音が耳朶にひびいていた。

段ボールの小箱を手にした配達員がやってきた。とっさに腕をつかんだ。

「このひと、川井菜摘じゃないですよね」

怪訝そうにこちらをにらみつけている女を指さした。壊れた玩具のごとく手先がわななき、さだまらない。配達員が段ボール箱をかかえたまま困惑している。

「なんなんですか。警察よびますよ」

色をなした女が大声をだしていた。

青柳はよろめきながら配達員ににじりよった。制服につつまれた骨ばった肩をつかむ。

「ちがうって言えよ。この野郎」

誰かの絶叫がかろうじて聞こえる。

「言ってくれよ……ちがうって」

誰かのささやきが鼓膜にとどろいていた……。

……嵐に遭ったような轟音がふいに途切れた。

「おい、聞いてんのかよ」

会議室につどった幹部たちが青柳に厳しい視線をおくっていた。

「どういうことだ」

「しっかり説明しろ」

「要するに、地面師に嵌められたってことなんだろ」

ひっきりなしに罵声が飛んでくる。

「黙ってないでなんとか言えよ、てめえ」

ひときわ激しくまくしたてているのは、商業事業部長の須永だった。ひとりその場に立ち、前のめりになってこちらを指さしている。額に青筋を走らせ、異様に興奮した表情はどことなく愉楽にひたっているように映る。昆虫の足をもいで遊ぶ幼児のそれだった。

「お前がぜんぶ悪いんだぞ。ぜんぶ」

——俺が悪い？

我に返り、青柳はおもむろに立ち上がった。

会議室が静まり返る。皆、一様に驚いた顔でこちらを見ていた。

「馬鹿か……信じたやつがみんな悪いに決まってんだろ」

誰に言うでもなくつぶやいて、席を離れた。得体のしれぬ笑いがつきあげてくる。こらえきれなかった。声に出して笑うたび、入社以来、砂をかむような思いで築いてきたものが足元から盛大な音を立てて自壊していく気がする。自分を束縛していたらしい鉄の鎖を一本ずつ引き裂くような感覚につつまれ、やたらと胸がすいた。

青柳はズボンのポケットに両手をつっこむと、誰にも眼をむけず、底抜けに明るい笑声をあげながら会議室をあとにした。

＊

夜気は澄みわたり、かすかに草木の匂いがする。時おり首もとをなで、汗ばんだ体のほてりを教えてくれていた。

「黙ってないで言え。どこだ」

耳に押し当てた端末の受話口から、相手の切迫した低声が聞こえてくる。心の揺れを断ち切るように場所をつたえ、電話を切った。

歩道のむこうから話し声が近づいてきた。

ともにスーツ姿の若い男女が、むつまじく言葉をかわしながら拓海の眼前をとおり過ぎていく。舗装路の誘導灯に照らされたそれぞれの手には、鞄とは別に、営業用とおぼしき揃いの紙袋がさげられていた。商談の帰りと思いきや、どちらからともなく空いた方の手がからみあう。そのままほどかれることなく、ひとつの影となって遠ざかっていった。

なんでもない彼らの日常が、異世界の出来事として感じられてくる。

このまま消えてしまおうか。そうする程度の自由は、自分にもまだかろうじて残されている。誰かの承諾を得る必要などどこにもないはずだった。

余光で明るむ足元の地面に、身を横たえた一頭の蛾がいた。灰色がかった羽は半分ほどにちぎれ、よく見れば、宙に投げ出したまつ毛ほどの足で力なくもがいている。しばらく眼が離せなかった。

そっと靴底で踏みつぶし、舗装路に敷かれたブロックにこすりつけてから、敷地内にそびえ立つ高層ビルへ足をむけた。

ビル内にあるジャズレストランの入り口で受付を済ませ、ジンジャエールを買って指定したカウンター席におもむくと、すでに相手は到着していた。シャンパンのボトルを手に、みずからグラスに酒をついでいる。

「遅れてすみません。こちらがお呼びたてしといて」

右隣のハイスツールに手をかけ、腰かけた。

「いえ、私もいま着いたところです。それに、ちょうど拓海さんとお会いしようと思ってたんですよ。明日の午前中の便で羽田を発ってしまいますから」

ハリソン山中がカウンターのジンジャエールに眼をやった。

「よろしければ、ご一緒しませんか」

カウンターには、自分のためにシャンパングラスが用意されていた。胃腸の調子を理由に遠慮すると、意外そうな顔をうかべ、相好をくずした。

「さすがに、今回は困難つづきでしたからね。でも、拓海さんのおかげで無事に成功をおさめることができました。あらためて、感謝申し上げます」

互いにグラスをとり、乾杯する。口にふくんだジンジャエールが煮詰めたかのように甘ったるく感じられた。

空中階に位置する店内は、三層におよんで吹き抜けになっている。天井桟敷の趣きをもつ最上層のここからは、階下のテーブル席で食事をする客や、グランドピアノ、ウッドベース、それに二つのドラムセットがならべられたステージが見下ろせた。平日だからか、出演者が駆け出しのインストゥルメンタルバンドだからか、開演を前にして空席が目立つ。

「いつでしたか。前にここへ来たのは」

ハリソン山中が、ステージのむこうに視線をすえていた。一面にはられたガラスが大都会の借景を映している。先ほどまでいた眼下の庭園は闇色につつまれ、その後方にひろがるビル群の明かりが眼にしみた。

「四年前です」

ハリソン山中にこの店へ連れてきてもらったのは、自分が交渉のフロントに立ってはじめて案件を成功させたときだった。その折のターゲット物件は、ちょうどいま座っているこのカウンター席から視界におさめることができた。いまでは、周辺に新しく建てられたビルの陰に隠れてしまっている。

五十ほどある最上層のカウンター席は、自分たちの他に誰も客がいない。ハリソン山中がカウンター席を買い占めた前回と同じだった。

「わずか四年で、我々はずいぶん遠いところまできてしまいました。ここから見える風景もだいぶ変わった。おそらくは、どちらかひとりだけだったら到達できなかったでしょう」

ハリソン山中が酒を口にふくみ、今後のことなんですが、とカウンターにグラスを置いた。

「私個人は、もっと先にいけると思っています。こんなところにとどまって過去をしのぶよりは、多少の危険がともなおうとも前に進んでいたい。ここからは想像もおよばないところへきっといけると信じています」

手元のジンジャエールを見つめながら、黙って聞いていた。

「残念ながら、後藤さんと麗子さんは今回で最後にしたいというご意向をしめされました」

こちらのあずかり知らないところで、二人と接触していたのかもしれない。

「どうされます」

見ると、ハリソン山中が親しげな微笑をむけていた。

この微笑に違和感をいだかなくなったのは、いつの頃からだろう。風俗店のドライバーとして最初に相対したときにはすでに、意識の深いところで自分の内部へなじませようとしていた気がする。

心臓の鼓動が意識されてくる。気の抜けたジンジャエールをなめ、荒れた唇をひらいた。

「後藤さんと麗子さんは……竹下さんみたいになるんですか」

ほんの二、三秒、ハリソン山中の顔から微笑が消えた。

「どうでしょうね。本人たちの態度次第ですが、なんらかのペナルティーは必要かもしれません。まぁ、それは仕方ないでしょう。なにかを得るにはなにかを失うのが世の常ですから。ただ、やるときは、抜かりなくやるのでご心配は無用ですよ。いまは便利な世の中ですから、ものの百万も払えば、海のむこうから業者がやって来てきっちり仕事してくれます。竹下さんのときだって、あれはどれくらいありましたかね、二百回ぶん、いや、その倍くらいの量をいっぺんに注射してもらったんです。あとで映像見せてもらいましたが、なかなか見ごたえがありましたよ、滝のように汗をだらだら流しながら鯉みたいに口をぱくぱくさせて。歯が白いものですから、髑髏が笑っているようでした」

しだいに話すスピードが増す。眼に喜色の光がみなぎり、あふれるイメージを言葉にするのがもどかしそうだった。

「ササキさんでしたか、恵比寿の案件のときに協力してくれて、長崎に行かれたご老人。金に詰まってゆすってきたのには閉口しましたけど、あの方はすごかったです。勘がいいので、すぐに悟られたんでしょうね。業者がうかがったら観念して、ほとんど抵抗しなかったそうです。それでここからが面白いんですよ、聞いてください。業者が絞め落とそうとしたら、ササキさんが、最後にプリンを食べさせてほしい、と言ったんです。ただのなんでもないプリンですよ、プリン。たまたまその業者が日本語を少し理解できたものですから、ササキさんの願いを聞きいれてあげたんですね。感動ものですよ。ササキさんは、冷蔵庫にあったプリンを惜しむように残さず食べ終えると、みずから偽装用の縄を首にかけたんです。そのときの顔。あれは、どのように説明したらいいんでしょうね、赤子というか、仏というか、どこか神々しくて、ある種の真理に到達したとでもいいたげな透徹した顔なんです。映像越しでしたが、その場に立ち会えなかったことを後悔するほど、じつにいいものを見させていただきました」

グラスに口をつけた。溶けた氷でうすまったジンジャエールはほとんど炭酸の刺激が感じられず、もう甘くもなかった。

「さぞかし……いい気味だったんでしょうね」

左右に引かれていたステージ裏の暗幕が動き出す。巨大な窓ガラスに映りこんでいた夜景が両側からわずかずつ黒い布地に塗りつぶされていく。

「それはそれは、もう」

こらえながら、なお歯間から漏れでてくるような笑声だった。クーラーにうかんだ氷が涼やかに鳴り、ややあって、グラスにそそがれたシャンパンの細かな気泡が一斉にはじける音がする。

「そうやって、俺の家族もはめたんだもんな」

隣に顔をむけた。心にわだかまっていた恐怖はいつか消えていた。ジャケットから一枚の写真を抜きだし、カウンターの上にほうり投げる。そこには、竹下とハリソン山中とならんで、かつて自分と父をおとしいれた医療ブローカーが写っていた。

「ご存知でしたか」

芝居がかった笑顔に動じるところは見られない。あっさりとした口ぶりでつづけた。

「あれは、ご家族が丸焼きになってしまって残念でした。豚じゃあるまいし、別に丸焼きになる必然はどこにもなかったわけですから、まったくの無駄死ににになってしまいました」

「……黙れよ」

おもむろにスツールからおりる。

この人間の皮をかぶった鬼畜に、長らく手下同然に追従していた自分はどうかしていた。

「拓海さんの父君でしたかね、重役をされていた。責任感あふれる、しかしなかなか頑迷なお方で、ちっとも我々サイドに心をゆるしてくれませんでした。若い女の子に興味がおありということでしたから、実際に女子高生をだかせてみたらコロッとひとが変わったように従順になってくれたんですよ。家族には黙っててほしいとかなんとか泣きじゃくりながら地べたに手をついて。まったく家族想いです。いつでしたかね、拓海さんと仕事をはじめた頃、拓海さんの本名を知って、あの泣きべそのロリコンのご子息かと妙に感心したものですよ」

「黙れっつってんだろ」

胸内が激しくざわついていた。

「話をもどしましょう。拓海さんはどうされますか。他の裏切り者とちがって、当然、私とこれからも一緒にやってくれますよね」

シャンパングラスをカウンターにもどし、ジャケットの内ポケットから、見覚えのあるオレンジ色のケースに入ったスマートフォンを取り出した。そのシボ革風の質感をたしかめるように、片手でもてあそんでいる。

「……やると思うか」

相手が声を出して笑った。

「それはやるでしょう。地面師やめてどうしようというんですか」

心の動揺をはっきりと自覚しながら、黙っていた。

「またもとのくだらない世界にもどられるというんですか。さんざん見てきたじゃないですか。その理不尽ぶりを。世の中というやつは、どれだけ文明が進歩しようとも、いつだって醜くゆがんでいるものです。なぜなら、人間とはそういう生き物だから。一部の持てる者に利潤が流れるよう設計されている。だから、いつまでたってもこの地上から不幸がなくならない。だから、差別、貧困、争いごとがなくならない。持てる者はますます豊かになり、そういった強者のために、持たざる弱者はひたすらに辛酸をなめつづけなければならない。真摯に生きる者が馬鹿をみるんです。一見、公正をよそおっているぶん余計に始末が悪い。いびつなルールにしばられた世界を信じて、なにがしたいんですか」

ハリソン山中が名乗っていた「ウチダ」が偽名だと知り、本格的に仕事をともにするようになった頃、よく聞かされた話だった。何度も耳にしているうち、当初おぼえたはずの引っかかりは摩耗していき、いつかみじんも疑わなくなっていた。

「……うるせえよ」

「どうか世界の本質を見てください。欺瞞にみちた常識や空気にだまされないでください。地面師たるご自身を信じてあげてください」

「……るせえ」

思いのさま叫んだつもりが、かすれた声しか出てこない。

「運命を克服しましょう。過去に拘泥してる場合じゃないはずです。いまを生きましょう」

口元をゆるめたハリソン山中が、右手にスマートフォンのケースをもったまま両手をひろげる。その眼にくつろいだ光がうかんでいた。

地面師たちと、無心で仕事に打ちこんでいた日々がなつかしかった。過去も未来も見通す必要のない、混濁したいまという時間の激流に頭まで身をしずめていればよかった。ハリソン山中が言うように地面師として世間にそむくことが、自分にとってのいまを生きるということなのだろうか。誰かをあざむいてさえいれば、心おだやかでいられるのだろうか。

「家族なんか、またつくればいいじゃないですか。もっといいのができますよ」

こちらの気持ちをやわらげようとするかのようなその一言に、胸をつかれた。

いつか沖縄の瀬長島で妻と息子と三人でながめた、金色にまたたく海があざやかによみがえってくる。寝息をたてる息子のあたたかな体温が腕や胸につたい、こちらの肩にそっと頭をもたせてくる妻の髪の匂いがした。

――綺麗な海……また見れるかな。

もっと一緒にいたかった。もう、ほんのわずかでもいいから、なんでもない時間をともにしたかった。それを、道端の石を蹴飛ばすように奪い去ったのは眼の前にいる男だった。

「ざけんじゃねえぞ……この野郎」

尻のポケットからフォールディングナイフを引き出し、相手に視線をすえたまま刃をひらく。躊躇はなかった。

「そんなオモチャなんかもって、どうするつもりですか」

ハリソン山中が椅子に腰かけたまま、こちらに体をひらいている。ケースをもてあそぶその眼に、かすかながら緊張の色がうかんでいるように見えた。

「刺して自首する……ぜんぶ話す」

右手にナイフをにぎり、一歩あとずさって間合いをはかった。宙を踏んでいるようだった。ナイフの重みも、その感触も感じられない。

「じつに愚かですね。そんなことしてなんになるんです。なにか変わるんですか」

声を振りしぼって言葉を返そうとした。食いしばった奥歯がかたく接着されたように離れず、にらみつけた眼を大きくひらくことしかできなかった。

足先から全身の血液が逆流するような感覚につつまれ、毛の逆立った頭皮の毛穴から一斉に汗が吹きだす。視界が白み、せばまっていた。ハリソン山中の顔しか見えなかった。

「なにも変わらないいんじゃないですか。あなたも、あなたの過去も」

ハリソン山中が、子供に自然の摂理を教えさとすような口調でつぶやいた。

「うるせえっつってんだろ」

叫んだときには、体が動きだしていた。ナイフを腰だめにかまえ、ハリソン山中の懐に体ごとつっこんでいった。

ハリソン山中が椅子から腰をあげた。逃げるそぶりはない。食い入るようにナイフを凝視して棒立ちとなっている。

ひるむことなく、体をぶつけた。

＊

妻が選んでくれたおろしたての靴は、シックなデザインとは裏腹に走りづらかった。踏みしめるごとに右の踝が当たり、気づけば違和感が痛覚に変わりつつある。

辰は痛みにたえながら、前をゆく人々を押しのけてエスカレーターをのぼっていった。

これから会えないかと拓海から連絡があったのは、先ほどのことだった。

明後日からの船旅にそなえ、都内の大型書店で本をみつくろっていたところ、とつぜん非通知の番号から電話がかかってきた。妙な胸さわぎをおぼえつつ出ると、横浜の墓地で耳にしたのと同じ声が聞かれた。ほとんど期待していなかったぶん平静をつくろうのが大変だった。相手は最寄りの駅名だけを告げ、一度は通話が切れたが、いましがた連絡があり、別人のように悄然とした声で、これからハリソン山中とジャズレストランで落ち合う旨を知らせてきた。

筋力のおとろえた体でエスカレーターを駆けあがっていく。

呼吸が狂ったように乱れ、いまにも心臓がやぶれてしまいそうな危うい感じがひしひしとする。

足運びがにぶってくる。立ち止まることはしなかった。

エスカレーターを上り切ると、ジャズレストランのエントランスが見えた。

「警察だ」

こちらの剣幕におされ、レセプションカウンターのむこうに立つ若い男性スタッフが動揺を目にうかべている。形ばかりに制止しようとしていた。

無視して先を急いだ。

音楽が漏れ聞こえる扉をあけた。軽快なリズムを反復する音の渦につつまれた。

薄暗い店内に視線を走らせる。

上階に人影があった。

ひとりの男が階下のステージに目もくれず、足元を見下ろしている。

忘れもしない顔だった。

*

ナイフの刃先が、腰を引いたハリソン山中の腹部をとらえる。そのまま体内に埋没していくはずが、硬質な感触にはばまれた。

「残念でした」

体をかがめたハリソン山中が上目遣いで笑っている。

なぜ、と思ったとたん、襟首をつかまれた。あらがう間もなく、圧倒的な力で引き寄せられ、ハリソン山中の頭が顔面に飛びこんでくる。思わず目を閉じた。激しい痛みが鼻に走り、骨の折れる音がした。手元からナイフが離れていく。顔がゆがみ、かろうじて目をあける。ハリソン山中が片足を引いているのが見え、次の瞬間にはその膝が眼の前にあった。脳が揺さぶられるほどの衝撃とともに、くだかれた前歯に歯茎をえぐられ、口の中に血の味がひろがった。ハリソン山中の顔が遠ざかっていき、かたい床に叩きつけられた。

「備えあれば憂いなしじゃないですが、身につけといてよかったです。アメリカの海兵隊が採用しているだけあって、品質はさすがですね」

うめきながら眼をやると、ハリソン山中がこちらを見下ろしながら破れたシャツをめくっている。中に、防刃ベストのようなものが見えた。

その手に、オレンジ色のケースがはずされたスマートフォン状の金属がにぎられていた。握りの部分があり、中央付近に人差し指をかけている。スマートフォンに擬装させた拳銃と理解するのに時間は要さなかった。

店内の照明が落ち、拍手が湧く。間もなくピアノの軽快な旋律とともに、演奏がはじまった。

「いつまでも思い出に生きるひとは、永遠に思い出の中にいた方が幸せかもしれませんね——」

疾走感にみちた音楽が店内に充満し、その声がかき消された。

ハリソン山中がゆっくりと撃鉄(げきてつ)を起こす。その青く陰った表情は不思議と慈愛にみちていた。

銃口に眼がいった。強力な磁石で引き寄せられるように視線がそこに固定され、床に倒れたまま身動きがとれない。見ているうち、銃口の穴がしだいに拡大し、いつか視界全体を埋めつくして無音の闇につつまれた。

乾いた破裂音が鼓膜に突き刺さった。

*

階段を一段飛ばしで駆けのぼると、カウンターの先に、床へ眼をむけるハリソン山中が見えた。

ステージを青くそめる照明の余光にうかびあがったその面立ちは、かつて取調室で幾度も目にしたそれとほとんど相違ない。異様な興奮が体をめぐり、考えるまもなく突進していた。

ハリソン山中がこちらに気づき、身をひるがえして走りだした。非常口のむこうへ消えていく。

「山中っ」

あとを追った。

床に黒い人影があるのに気づいた。大の字になって倒れている。顔は血にまみれ、鼻はつぶされていたが、拓海にちがいなかった。

薄闇の中で悶絶（もんぜつ）している拓海をよく見ると、ジャケットの下に着ているグレーっぽいTシャツが、腹部のあたりで黒い染みをひろげている。膝をつき、染みに触れてみると、指先が赤くそまった。水を浴びたようにシャツを濡らし、床にまで血溜まりをつくっている。尋常ではない出血の仕方だった。

「大丈夫か」

拓海のシャツをはぐると、血に濡れた腹部の一点で黒い液体が盛りあがっていた。液体は湧き水のごとくあふれ、脇腹をつたって床へしたたり落ちている。鋭利な突起物で深く刺されたか、被弾したように見えた。

「おい、誰か」

辰は傷口をおさえながら、周囲を見渡した。

誰もいない。客席の暗がりには、けたたましい音楽が充満していた。二つのドラムが競いあうように打ち鳴らされていた。

「しっかりしろ」

拓海は、腫れあがった唇から前歯のかけた歯列をのぞかせてうめくだけだった。額には大粒の汗がうかび、血の気がうすれている。傷口に掌を押しあてていたが、出血が止まらなかった。自分の知識では、他に止血の手立てがなかった。

「助かるからな。心配すんな。いいか、お前は助かるぞ」

反応をしめさなくなった拓海の耳元で声を張りあげた。ここで死なせるわけにはいかなかった。

異変に気づいたらしいスタッフが柱のむこうから、こちらをうかがっているのが見えた。

「救急車よんでくれ。早く」

怒号をとばしながら視線を移すと、暗がりで緑色にうかびあがる非常口のサインが目にはいった。やってきたスタッフに拓海をまかせて走った。

重いドアを開け、蛍光灯に照らされた非常階段を駆けおりていく。

一階まで吹き抜けの構造だった。階下をのぞきこんだ。人影はなかった。

手すりにつかまりながら、一段飛ばしで足をおろす。膝に力がはいらなかった。白いペンキで塗られた手すりやステップに拓海の血が付着していく。

新品の靴が踝に食いこみ、肉がえぐられるように痛む。心臓が異様な速さで胸を打ち、必死に呼吸を繰り返しても肺に酸素がとりこめない。

ここまで来て逃したくはなかった。ようやくその姿を目にすることができた。ずっと追いつづけてきた男だった。金属のステップを叩く自分の足音だけが、ひびいていた。

一階へたどり着くと、体をあずけるようにして、外へ通じるドアを開けた。あえぎながら、あたりに視線をめぐらした。

それらしき人影はどこにも見当たらない。地面の誘導灯が点々と園内の遊歩道をなぞり、森閑とした夜陰がひろがっていた。

船内で目にした報道番組によれば、それから一週間近く、首都圏では雨の日がつづいたらしい。

この日、朝早く自宅を出ると、最寄り駅から都心へむかう電車に乗った。

通勤時間帯とかさなった車内は満員で、身動きがとれない。辰はつり革につかまることもできず、四方をとりかこむ他の客にもまれながら、息をひそめるようにして終点のターミナル駅に到着するのを待っていた。

電車がしきりに揺れ、そのたびにひとの壁が前後左右からのしかかってくる。前に立つ肥えた男性客の、密着した背中からつたってくる湿っぽい熱がうっとうしく感じられ、普段ならやり過ごせるはずの、背後から聞こえてくる誰かのイヤホンの音漏れが気になってならない。

妻の忠告どおり、もう一日ぐらい体を休めてからの方が、多少とも心持ちは変わったかもしれない。

日本一周の船旅からもどってきたのは、昨夜のことだった。横浜発着の大型客船に揺られ、十日あまり各地に寄港してきた。寄港先の名産物に舌鼓をうったり、波音につつまれながら娘たちの近況や今後について妻と尽きない話をかわしたりと、在職中には考えられない豊かな時間を過ごすことができた。それでも、心の底では十全に旅を愉しみきれていなかった気がする。

乗客の頭の隙間から、まばゆい陽光をうけた窓の一部が見え隠れしている。辰は首をのばし、変化にとぼしい住宅街が過ぎ去っていく窓外の風景をながめた。

ターミナル駅のデパートで菓子折りを買い、そこから地下鉄に乗り継いで最寄り駅から目的の大学病院まで歩いた。

受付で面会に来た旨を告げ、教えられた三階に位置する病室のベッドをのぞいてみたが、どこかへ出かけているのか、不在だった。

ナースステーションの看護師に居場所をたずね、そこにいるかもしれないという、病棟に面した中庭へむかう。途中のロビーで、当番の若手の刑事と入れ違いになった。すぐにこちらに気づき、若手が緊張した面持ちで低頭した。

「ご苦労さん。野郎の術後どうだ」

それとない調子で、入院している患者の様子をうかがった。

「予後は良好みたいです。医者の話だと、来月には退院できるようです」

幸いにして急所は外れたらしく、執刀医も運がよかったと言っているらしい。

「なんか話したか」

「ええ。訊けば、なんでも話してくれます。腹に穴はあきましたけど、自分の眼からも、腹をくくってるように見えます。あいつがぜんぶゲロッたら（自供すれば）、地面師がらみの事件（ヤマ）は根こそぎ片づきますよ。例のハリソン山中（ホシ）もとれるでしょうし。辰さんのおかげです」

若手がいくぶん誇らしげに言った。

辰はねぎらいの言葉をかけ、署にもどるという若手と別れて中庭におもむいた。

手入れが行きとどいた庭には、みずみずしい芝生の青がひろがり、枝葉をひろげたケヤキの高木があわい木陰をつくっている。ところどころベンチが置かれ、薄緑の病衣をまとった患者が思い思いの時間を過ごしていた。

ケヤキの木陰がかぶさったベンチに、白髪の男性患者が腰掛けていた。かたわらに立つ担当刑事とおぼしき、二人のスーツ姿の男たちと言葉をかわしている。松葉杖をかかえ、鼻の包帯が痛々しいが、その表情は遠目にもおだやかに見えた。

刑事に顔をむけていた拓海がこちらに気づいた。

まともに顔を合わせるのは、あの海をのぞむ横浜の墓地以来のことだった。そのときは外灯の光だけがたよりだった。いまこうして、いくぶん面映ゆく感じられるのは、太陽のせいばかりではないかもしれない。

拓海と視線がぶつかる。

そのやわらいだ眼差しに、なにかを思い決めた光がちらついているように見えた。

どのような言葉をかけようか。菓子折りを手にさげた辰は、最初にかける言葉を探しながら、ゆったりとした足運びで彼のもとへ歩み寄っていった。

＊＊＊

清潔な白木のカウンターがまっすぐのびた店内では、ふだんと同じように、身なりの洗練された客たちが酒肴を愉しんでいた。

客の大半は地元のシンガポール人で占められており、慣れた様子で肴をつまみ、同伴者と話しこんでいる。他に目につくのは、やはり日本人だろうか。観光客よりは、国際金融都市である土地柄を反映して、大企業の駐在者や商用で出張してきたビジネスマンが多い。牧田の顔見知りはいなかったが、中には、日本よりも優遇された税制をあてこんで移り住んできたものもいるかもしれない。

「あと六年もあるのか。長いな」

眼をむけると、カウンターの隣に腰をかけた大河原が宙に視線をすえている。

その声には、うんざりした響きがふくまれていた。東京にいた頃の肌の白さは、いつか陽に焼けて失われ、頭髪のうすれた額にある老人特有の染みを濃くしている。目尻にきざまれた皺に苦労の色がにじんでいた。

来年で古希をむかえる大河原は、牧田のかかえる顧客のひとりだった。五年ほど前に、牧田が定期的に日本国内で開催しているセミナーで知り合い、少しでも多く家族に資産を残したいという大河原の意をうけ、贈与税も相続税もないシンガポールに移り住むことをすすめた。移住後は大河原の資産管理をまかされ、こうしてたまに食事をしながら近況をうかがっている。

「六年なんて、あっという間ですよ。日本と同じように、これだけ美味しい鮨だって食べられるわけですから」

牧田はなだめるように言葉を返し、大河原の盃に酒をついだ。

異国の生活に耐えきれなくなり、途中で日本にもどる移住者は少なくない。大河原が移住してすでに四年が経っている。あと六年、あわせて十年超を日本国外で過ごせば、海外の資産については課税をまぬがれることができる。もう少しの辛抱で大河原自身の資産が守られると同時に、資産管理の手数料収入をあてにする牧田にも利益をもたらしてくれる。

「こんなの、銀座の久兵衛と比べたら屁でもないよ。牧田さんはまだ若いから、これで満足なのかもしれないけどさ」

牧田は苦笑しながら、大河原の声が誰かの耳にとどいていないか、それとなく視線をくばった。

カウンターの中央では、中年の日本人職人が、豊洲から直送されたマグロのブロックをしめしながら、正面に腰かけたシンガポール人の若夫婦に部位や産地について説明している。ブロークンな英語で、日本人の初学者特有のなまりがあるものの、しかし気持ちのつたわる話しぶりだった。

「暑いし、言葉も通じないし、スーパーでも居酒屋でも、どこ行っても知ってる顔ばっかだし。むこうに座ってる日本人だって、同じコンドに住んでる奴だよ」

大河原がなおも苛立った声をだしてガラスの猪口(ちょこ)をかたむけている。冷酒をかさねたその顔は赤くそまり、心なし牧田に対する当てつけの色がにじんでいた。

空調の冷風は肌寒いほどで、外気の蒸し暑さは少しも感じられない。数寄屋(すきや)風にしつらえられた内装や洗練された調度類、仕事のゆきとどいた握りだけを見れば、あるいはこの店が銀座や赤坂にあると言われてもわからないだろう。

「そういえば、あっちは大変みたいですね。地面師で」

牧田は、相手を落ち着かせようと、ふと思い出した話題を口にした。大河原が猪口にのばそうとした手を止めた。

「なによ、その地面師って」

「ニュースご覧になってませんか。不動産専門の詐欺師です。すごいみたいですよ、いま。あの石洋ハウスも、百億だか、地面師にだましとられたらしくて」

「百億って、そりゃおだやかじゃないね。石洋ハウスって、そんな間抜けだったかな」

大河原の横顔には、腑に落ちない色がうかんでいた。

「大騒ぎですよ。昨日も、入院してた若い地面師が逮捕されて。テレビに映ってましたけど、これがみんないかにも悪い顔してるんです。犯人の女なんて、地主の住職になりすますために坊主になって芝居うってたみたいで」

日本で連日報道されている、にわかに信じがたい地面師たちの手口を話しているうち、自然と声が大きくなる。

「ずいぶんと古風な手口なんだな。そんなんで引っかかるもんかね」

大河原もおかしそうに目元をゆるめていた。

「大河原さんも、日本にたくさん不動産お持ちでしたよね。そちらは、どうされてるんですか」

牧田が管理をまかされている大河原の資産は、シンガポールに移したもののみだった。日本国内のものについては関知していない。

「どうしてるもなにも、どうもしないよ。前はひとに管理まかせてたけど、どれも信用ならないから、たまにむこうもどって自分でみてるよ」

投げやりに答える大河原に意見しようとしたときだった。

「お愉しみ中のところ、横からすみません」

不意の日本語だった。

牧田が声の方に視線を転じると、大河原のむこう隣の席で、自分よりひと回りほど年長に映る紳士が顔をむけていた。襟が凛と立ちあがった上質な白シャツをまとい、袖口からは、いかにも値が張りそうなアンティーク調の腕時計がのぞいている。

先ほどから静かに鮨を口にしていたひとり客だった。それが癖なのか、ことあるごとに右手の小指にはめられた二連のリングをまわしていた。

「最近こちらに移り住んできたものなんですが、じつは、東京にいる私の知人がちょっと前に、いまお話にでた地面師詐欺の被害にあってしまいまして」

そう言葉をつぐと、ウチダと名乗る紳士はこちらの警戒心をとくように邪気のない微笑をうかべた。

謝辞

本作品の執筆に際し、多くの人々がご協力してくださった。

ソーシャル・ネットワーク経由で縁にめぐまれた、あくのふどうさん氏、かずお君氏、全宅ツイのグル氏、テツクル氏、哲戸次郎氏、また、水楢昂裕氏には、不動産売買の流れや実情を当事者の立場から助言していただいた。光村印刷株式会社技術本部の柴田栄治氏には、偽造防止技術一般についてご教示いただいた。司法書士の長田修和氏には、法律の専門家として、こちらの初歩的な誤りや思い違いを詳細な代案とともにご指摘いただいた。その他、ここに記せなかった多くの方々からご支援をうけたことも、付記しておかなければならない。この場を借り、伏して深謝申し上げたい。なお、本作品にいたらない点があるとすれば、それらの非はすべて作者が負うものである。

最後に、企画発足当初から一貫して、「小説すばる」編集長の坂本栄史氏、編集者の古川峰子氏、稲葉努氏から貴重な意見を数多くいただいた。心から謝意を申し述べる。

二〇一九年九月　新庄　耕

【主要参考文献】
『地面師 他人の土地を売り飛ばす闇の詐欺集団』森 功 著（講談社）
『羆撃ち』久保俊治 著（小学館）
『サバイバル登山入門』服部文祥 著（デコ）

【初出】「小説すばる」二〇一九年一月号～六月号、八月号～一〇月号

【装幀】泉沢光雄
【写真】松本コウシ（『続・眠らない風景』より）

＊本作はフィクションであり、実在の個人、団体とは関係がありません。

新庄　耕（しんじょう・こう）
一九八三年、京都市生まれ。神奈川県在住。慶應義塾大学環境情報学部卒業。二〇一二年「狭小邸宅」で第三六回すばる文学賞を受賞。著書に『狭小邸宅』『ニューカルマ』『カトク　過重労働撲滅特別対策班』『サーラレーオ』がある。

地面師たち

二〇一九年一二月一〇日　第一刷発行

著者　新庄耕
発行者　徳永真
発行所　株式会社集英社
〒一〇一-八〇五〇　東京都千代田区一ツ橋二-五-一〇
電話　〇三-三二三〇-六一〇〇（編集部）
〇三-三二三〇-六〇八〇（読者係）
〇三-三二三〇-六三九三（販売部）書店専用
印刷所　凸版印刷株式会社
製本所　加藤製本株式会社

ISBN978-4-08-771684-9　C0093
定価はカバーに表示してあります。

集英社文庫　新庄耕の本

好評既刊

狭小邸宅

学歴も経験も関係ない。すべての評価はどれだけ家を売ったかだけ。大学を卒業して松尾が入社したのは不動産会社。きついノルマとプレッシャー、過酷な歩合給、挨拶がわりの暴力が日常の世界だった。松尾の葛藤する姿が共感を呼んだ話題作。第三六回すばる文学賞受賞作。（解説／城　繁幸）

ニューカルマ

大手総合電機メーカーの関連会社に勤務するユウキ。かねてから噂されていたリストラが実施され、将来に不安を募らせる中、救いを求めたのはネットワークビジネスの世界だった。成功と転落、失ってしまった仕事と友人……。もがいた果てに、ユウキが選び取った道とは――。（解説／大矢博子）